KB055894

나의
골드스타
전화기

나의 골드스타 전화기

초판 1쇄 발행 | 2016년 10월 20일

지은이 | 김혜나

발행인 | 박노황
편집인 | 심수화
주 간 | 김경석
기 획 | 이성섭 · 김민기

발행처 | 연합뉴스
주 소 | 03143 서울시 종로구 율곡로 2길 25
　　　　www.yonhapnews.co.kr/munhak

편집디자인 | 도서출판 강(02-325-9566)
인 쇄 | 영신사(031-580-3700)

정 가 | 13,000원
구입문의 | 02-398-3591, 3593-4

ISBN 978-89-7433-122-1 03810

*이 책은 수림문화재단의 지원으로 출간되었습니다.
*광화문글방은 연합뉴스의 출판 전용브랜드입니다.

김혜나 장편소설

나의
골드스타
전화기

광화문글방

차례

1 전화기

　신호는 초조하게 울리고 있었다. 띠리리리링, 띠리리리……
띠리리리링, 띠리리리…… 희한하게도 짝수 신호음에서만 마
지막의 '링' 소리가 잘 들리지 않았다. 나는 전화번호부 속에
박아두었던 시선을 거두고 전화기 본체를 들여다보았다. 금방
이라도 부서질 것처럼 보이는 낡고 오래된 유선 전화기이니 어
쩌면 당연한 일이었다. 그러나 상황이 어찌되었든 간에 지금의
나에게는 이 통화연결음이 무척이나 지루하게만 다가왔다.

　전화기는 그렇게 숨을 고르고 또 고르며 상대방의 전화기를
향해 나아가고 있었다. 나는 수화기 속에서 울리는 연결 신호
를 들으며 키보드 자판의 방향키를 제멋대로 두드려보았다. 끝
을 알 수 없는 무리수의 셀들 위에서 셀포인터는 조금 귀찮은

듯 내 손가락을 따라 움직였다. 오늘은 이렇게 전화만 걸다가 하루 업무를 마감하게 될 것이다. 이 지긋지긋한 신호연결음을 하루 종일 들어야 하다니. '하루 종일'이라고 해봤자 고작 다섯 시간뿐이지만 이곳에서의 다섯 시간이 이곳에 있지 않는 열아홉 시간보다 더 길게 느껴진다는 것이 지금 내 삶의 가장 큰 문제였다.

나는 타 대학 교수들에게 전화를 걸어 조만간 열릴 'IEEE' 회의에 참석할 수 있는지 묻고 있었다. 'IEEE'가 어떤 말들의 약자인지는 알 수 없었다. 다만 "아이 이 이 이"라고 읽지 않고 "아이 트리플 이"라고 읽는다는 것만 겨우 알고 있었다.

담당 교수가 넘겨준 주소록은 모두 영문으로 작성된 문서였다. 그 속에는 회원들의 영문 이름과 소속 대학, 연구실 전화번호, 휴대전화 번호가 깔끔하게 정리되어 있었다. 하지만 그것만 보고서 곧바로 상대방에게 전화를 걸 수는 없었다. 영문 이름은 철자가 모두 제멋대로라 정확한 한국어 발음을 찾기가 어려운 탓이다. 이를테면 'KIM DAE HEUN'이라고 적힌 이름이 '김대헌'인지 '김대흔'인지 '김대훈'인지 가늠이 되질 않았다. 그렇다고 해서 혀를 한껏 굴려 "실례지만 '김대흐언' 교수님 연구실인가요?"라고 물을 수도 없는 노릇이었다.

키보드에서 그만 손가락을 떼고 마우스를 집었다. 그리고 'KIM DAE HEUN' 교수의 소속 학교 홈페이지에 들어가 '학과

정보' 메뉴를 눌렀다. 다시 '교수진 소개' 메뉴에서 해당 교수
의 이름과 연구실 전화번호를 맞춰본 뒤 전화를 걸었다. 주소
록에는 오십 명 가량의 이름이 빼곡히 정렬되어 있었다. 그러
므로 내 작업 속도는 당연히 더딜 수밖에 없다고 전화기에 대
고 속삭였다.

"꼭, 너 때문만은 아니라고."

나는 전화기에게 타이르듯 말해주었다.

이렇게 일일이 확인을 해가며 전화를 걸어봤자 당사자와는
통화가 되지 않고 연구실 조교가 받는 경우만 허다했다. 해당
교수는 수업 중이거나 회의 중, 외출 중이라는 이유에서였다.
이럴 경우 다시 휴대전화로 연락을 하는 것도 무의미해 조교에
게 메모만 남겨놓은 뒤 그만 수화기를 내려놓았다. 교수들은,
싫은 상대의 전화쯤 마음껏 피해도 오해 살 일이 없겠다는 생
각을 하면서 말이다.

조교에게 메모를 남겨놓았다고 해도 이 번호로 다시 전화가
오는 경우는 드물었다. 아니, 아예 없다고 해도 좋을 것이다.
그러나 나는 그들의 회의 참석 여부를 반드시 알아야 했다. 그
래야만 그 인원에 어울리는 식당을 찾아 예약을 마칠 수 있을
것이다. 때문에 오십여 명의 교수들에게 전화를 걸어보는 동
안 부재중이던 사람의 이름 앞에는 별표를 그려두었다. 그리고
작업이 모두 끝나고 나면 처음의 순서로 되돌아가 별표를 해둔

번호에 다시 전화를 걸었다. 그때에도 조교가 받으면 교수와 통화가 가능한 시간을 물어 이름 옆에 적어두고 그 시간에 맞춰 전화를 걸기로 했다.

　이런 일을 할 때면 고등학교 3학년 때 잠깐 일해본 텔레마케팅 회사의 업무가 떠올랐다. 그곳은 중학생을 상대로 하는 학습지 회사로 컴퓨터를 이용해 공부할 수 있는 프로그램을 사면 최신형 컴퓨터를 무료로 제공해주는 식의 전화판매를 하는 곳이었다. 말로만 들어서는 사기 같기만 한데, 놀랍게도 그것은 다 사실이었다. 또한 그 프로그램을 구입하면 일주일에 세 번씩, 6개월 동안 명문대 학생의 개인과외를 받을 수도 있었다. 그렇게 학습지 프로그램과 과외, 컴퓨터까지 합쳐 고객이 지불하는 금액이 얼마였는지는 제대로 기억나질 않았다. 다만 수습사원이라는 이유로 하루 아홉 시간씩 한 달 동안 일하고도 받은 돈이 고작 60만 원이었다는 사실과, 그 한 달 동안 판매에 성공한 건수는 딱 한 건뿐이었다는 사실만 떠올랐다. 그렇게 한 건이라도 계약이 성사된 날에는 여덟 명의 직원이 다 함께 갈빗집에서 회식을 했다. 그 회식 때 사용한 금액이 내 월급보다도 많아 충격을 받았던 기억도 났다.

　"오늘은 여기 목록에 있는 교수님들께 전화를 드려서 국제공학포럼에 참석하실 수 있는지 좀 여쭤봐주지."

내가 이곳에서 처음 일을 시작하던 날 배당받은 업무였다.
그렇게 말하는 교수의 목소리는 매우 부드럽고 나긋했다. 그러
나 그가 쓰고 있는 안경 너머로 스치듯이 드러나는 눈매는 제
법 날카로워 보였다. 그는 의자에서 일어나 내가 근무할 자리
를 안내해주겠다며 교수실의 문을 열고 나가 앞서 걸었다.

그 교수가 담당하는 전자회로공학 연구실은 두 곳으로 나누
어져 있었다. 하나는 이공대학 건물의 꼭대기 층인 5층, 교수실
바로 옆으로 이어진 방이었다. 그곳에는 여덟 명의 석사 및 박
사과정 대학원생들이 서로 등진 채 벽을 마주하고 앉아 생활하
고 있었다. 교수는 그 연구실의 문을 열어 잠시 휘휘 둘러보기
만 한 뒤 곧바로 문을 닫았다. 그리고 내가 일할 수 있도록 마
련해둔 자리는 1층에 있는 연구실이라며 건물의 계단을 내려가
기 시작했다.

"엘리베이터는 기다리기가 싫어서 말이야."

기역자 모양으로 휘어진 건물의 복도를 그는 뛰듯이 걸었다.
그런 그가 들어선 곳은 1층 복도 가장 끝 쪽에 위치한 방이었
다. 나는 조금 뒤처지듯 걸어 그의 뒷모습만 바라보고 있다가
이내 그를 따라 방 안으로 들어갔다. 그곳은 2평이나 될까 싶은
조그마한 공간이었다. 벽면을 따라 자리한 책상이 양쪽으로 각
각 두 개씩 총 네 개가 있었다.

문 안쪽으로는 쓰지 않는 컴퓨터와 모니터, 키보드, 스캐너

등이 오래된 벽돌마냥 켜켜이 쌓여 있었다. 왼쪽 벽으로 붙은 나머지 하나의 책상에는 그간 쌓아두던 잡동사니들을 서둘러 치운 흔적이 또렷이 드러나 있기도 했다. LCD 모니터 하나에 출입문을 등지고 선 책꽂이 하나가 전부인 자리였다. 그리고 창가 자리에는 남학생 두 명이 서로 등진 채 앉아 있었다. 교수와 내가 들어서자 그들은 멀뚱한 표정으로 주춤주춤 자리에서 일어났다. 나는 그런 그들에게 고개만 살짝 숙여 인사했다.

나는 내가 앉을 자리 쪽으로 다가갔다. 교수가 넘겨준 주소록 용지를 손에 쥔 채 의자에 앉은 뒤 주변을 둘러보았다. 전화기가 보이지 않았다. 나는 다시 교수의 얼굴을 올려다보았다. 그는 내 얼굴의 표정을 알아채지 못하는 것 같았다.

"전화기는요?"

그렇게 묻자 내 오른쪽 옆자리에 앉아 있던 남학생이 "여기……"라며 좀 부끄러운 듯한 목소리로 말을 꺼냈다. 나는 그가 가리키는 곳을 쳐다보았다. 그는 자신의 책상 구석진 자리에서 무언가를 꾸물꾸물 끄집어내고 있었다. 그것은 빨간색의 유선 전화기였다. 그는 그 전화기를 끌어 내 자리 쪽으로 옮겨주려는 모양이었다. 그러나 코드가 자신의 책상 아래에 꽂혀 있는지 아무리 끌어당겨도 서로의 책상 중간쯤에서 더 이상 넘어오지 않았다.

나는 남자와 내 책상 사이에 걸쳐진 전화기를 바라보았다.

전화기 본체에 연결된 선에는 두 개의 노란 고무줄이 휘감겨 있었다. 벌써 몇 번이나 휘어지고 끊어졌던 것을 간신히 연결해놓은 모양이었다. 뿐만 아니라 수화기와 연결된 선은 늘어질 대로 늘어지고 휘어져 본래의 나선형 모양이 남아 있질 않았다. 빨간색 본체 위의 검은색 숫자판 역시 숫자들이 다 지워져 제대로 보이는 게 하나도 없었다. 재다이얼, 혹은 플래시 버튼조차도 존재하지 않는 전화기였다. 정말이지 이렇게 낡고 오래된 전화기는 생전 처음이었다.

제조사의 로고마저도 다 지워져 희미한 테두리만 간신히 남아 있는 게 눈에 띄었다. 그래서 나는 그 모양을 아주 자세히 들여다보아야 했다. 그것은 다름 아닌 'Goldstar'라고 적힌 로고였다. 기억이 가물가물했다. 언젠가 「천국의 아이들」이라는 이란 영화를 보는데 그 안의 도시 풍경에서 언뜻 그 간판이 비쳤던 기억이 났다. 그때도 나는 저 브랜드가 왜 낯설지 않을까, 하는 마음으로 검색해보았던 것 같다. 그것은 바로 지금의 'LG' 예전에는 '금성'이었던 기업의 이름이었다. 그 제품이 아직까지 남아 있다니! 눈만 감았다 뜨면 신형 휴대전화와 IT 제품들이 쏟아져 나오는 이 21세기에, 대한민국에! 나는 격하게 당황한 표정을 지으며 전화기와 교수의 얼굴을 번갈아 쳐다보았다. 그러자 교수는 내 표정의 의미를 바로 알아차렸다.

"어, 전화기가 필요하면 무선으로 하나 사지."

그는 이까짓 전화기쯤 언제든 버려도 된다는 양 가볍게 말했다. 아니, 진작 교체했어야 할 물건을 미처 버리지 못하고 놔두었다고 변명이라도 하는 것 같았다.

그날은 그렇게 '전화기 구매'라는 업무까지 떠맡으며 내 자리에 앉았다. 새로운 전화기를 구매하기 전까지는 우선 이 볼품없는 유선 전화기를 사용해야 할 터였다. 그나마 '스피커폰' 단추라도 있는 게 다행이라고 여기며 나는 그것을 눌러보았다. 그러나 이 낡은 전화기는 스피커폰의 기능마저도 상실해버렸는지 아무리 눌러봐도 반응이 없었다.

오늘은 그래도 열네 명의 교수와 통화를 마쳤다. 그중 다섯 명은 'IEEE' 회의에 참석하지 않겠다는 의사를 밝혔고 나머지 아홉 명은 참석할 거라고 대답했다. 일단 참석 의사를 밝힌 사람들에게는 날짜와 시간을 전달한 뒤 장소는 정해지는 대로 다시 연락드리겠다고 말하고 얼른 전화를 끊었다.

이따금 해당 연구실 조교와 세 번씩이나 통화를 했는데도 교수하고는 연결되지 않는 경우도 있었다. 그럴 때면 곧 상대방과 내가 함께 머쓱해져 더 이상의 전화 통화가 어려웠다. 나는 마지막으로 전화를 걸어 조교에게 회의명과 날짜를 알려주며 교수님이 돌아오시면 회의 참석 여부를 여쭤봐 달라고 부탁했다. 그럼에도 이 고물 전화기가 따르르릉 소리를 내며 울려대는 일은 좀체 없었다.

전화기 본체는 내 옆자리 남학생의 책상 쪽으로 기울어져 있었다. 그의 이름은 수혁이었고, 그 뒤에 앉은 남자는 재훈이었다. 수화기의 선은 내 쪽으로 한껏 당겨진 채 팽팽한 긴장을 유지하고 있었다. 나는 수화기를 본체 위에 내려놓고 수혁 씨 쪽으로 살며시 밀었다. 이제 좀 편하게 있으렴. 나는 마음속으로 작게 말하고 뒤돌아서 분무기를 집었다. 그러고는 내 책상 위에 놓인 스파트필름 잎사귀에 찍찍 물을 뿌렸다. 잎들이 포르르 제 몸을 떨며 솜털 같은 물방울을 머금더니 이내 초롱초롱 빛났다. 입꼬리가 저절로 올라갔다. 그만 분무기를 내려놓고 연구실의 문을 열었다.

"먼저 가볼게요."

그렇게 말하고 나서 곧바로 뒤돌아섰다.

"예애에, 가세요."

수혁 씨와 재훈 씨의 목소리가 건성으로 뒤엉켜 '예'도 '에'도 '애'도 아닌 발음으로 들려왔다. 그들이 자리에 앉아 컴퓨터 화면만을 뚫어지게 바라보며 대답하고 있다는 것을 나는 알 수 있었다.

2 면접

이 일을 시작한 건 3개월 전인 지난 2월부터였다. 아직 적은 나이긴 하지만 그래도 25년 동안 살아오며 아르바이트라면 꽤나 지긋지긋하게 해봤다. 워낙 다양한 일을 꾸준히 해왔던 터라 별다른 긴장이나 준비 따위 하지 않아도 될 만큼 일자리 구하기에 나름 수완도 있었다.

대부분의 아르바이트는 이력서나 자기소개서 같은 것 없이 면접만 보는 경우가 많았다. '알바구함' 포스터가 붙어 있는 호프집에 "알바 구하세요?"라고 물으며 들어갔다가 그 자리에서 바로 앞치마를 둘러매고 생맥주를 나르던 일도 있을 정도니 말이다. 사장이나 매니저가 건성으로 물어보는 질문이라 봤자 이전에 아르바이트를 해본 적이 있는지, 사는 곳은 어디인지, 얼마

동안 일을 할 것인지 정도를 묻는 요식 행위에 지나지 않았다.

이 일 역시 별다른 학력이나 경력이 필요 없는 업무 보조 일이었다. 학과 업무도 아니고 그저 교수 한 명의 연구실 업무 보조라 아무런 부담 없이 소개받았고, 그렇기에 당연히 채용될 거라 여기고 있었다.

나에게 이 일을 소개해준 건 최진성 씨였다. 그는 이 대학교의 공과대학 전임교수로 1년 전 온라인 소설 창작 동호회에서 만난 사람이었다. 어린 시절의 그는 공부를 빼어나게 잘하는 문학청년이었으나 가난한 집안 환경 탓에 대학 등록금을 마련할 수 없었다고 했다. 인문대 진학을 포기하고 카이스트에 들어가 장학금을 받는 것 외에는 달리 학업을 이어갈 수 있는 길이 없었다나. 카이스트 과정을 마치고 졸업한 뒤에는 미국으로 건너가 석사와 박사학위를 취득했고, 한국으로 돌아와 교수가 되었다. 그런데 4년제 대학의 어엿한 전임교수가 되고 보니 나름 여유가 생겨 다시 문학이 그리워졌단다. 기회가 된다면 꼭 한 번 소설을 써보고 싶다는 욕망을 내비치며 오프라인 모임에도 참석하곤 했지만 좀체 소설을 쓰는 모습은 보지 못했다.

최진성 교수는 나에게, 사실 혼자서도 할 수 있는 일인데 그쪽에서는 좀 필요한 모양이라며 별일도 아니라고 말했다. 하루에 두세 시간 정도 일하고 한 달에 70만 원을 받는 일이니 나머지 시간에 공부하기도 자유로울 것 같아서 선뜻 소개하게 되었다고 했다. 문예창작과를 졸업하고 나서 드라마 보조작가 자리까지 거절하고 소설을 쓰겠다고 결심했던 나에게는 최적의 아르바이트 자리였다.

나는 당연히 집구석에 틀어박혀 글만 쓰고 싶은 마음이 간절했지만 돈을 벌지 않고는 살 수가 없었다. 매달 청구되는 휴대전화 요금과 인터넷 이용 요금을 내야 하고, 간혹 친구들을 만나 밥을 먹고 커피라도 마시려면 최소한 2만 원은 필요했다. 온라인 서점에서 책을 주문할 적에는 늘 5만 원 이상이 들었다. 친구들에게 밥이나 술, 생일선물 한 번 사지 않고 아끼고 또 아끼며 빠듯하게 생활해도 한 달에 50만 원 정도는 있어야만 이 땅에 발붙이고 살아갈 수 있었다. 물론 휴대전화와 인터넷을 사용하지 않고 친구 한 명도 만나지 않으며 책은 도서관에서 빌려다 보는 방법도 없지는 않았다. 하지만 그렇게 생활한다고 해도 글만 쓰면서 살아갈 수는 없었다. 인간의 생계에는 어쨌거나 돈이라는 게 반드시 필요했다.

나는 이미 스물다섯 살이고, 지방에 있는 전문대긴 하지만 대학까지 졸업한 내가 별거 중인 부모님에게 용돈을 받으며 생활할 수는 없었다. 어머니 역시 경제적 능력이 전혀 없어 지금 살고 있는 아파트를 담보로 융자를 받아 겨우겨우 생활비를 만들고 있었다. 돈 잘 버는 회계사 아버지가 있긴 하지만 같이 살면 모를까 떨어져 산 지 5년이나 되어서 나 작가가 될 테니 등단할 때까지 용돈을 대달라, 라고 말할 수도 없는 노릇이었다. 그렇게 말하고 싶지도 않았고, 그렇게 말한다고 해서 매달 50만 원씩 척척 보내줄 사람도 아니었다.

최진성 씨는 나에게 이력서나 자기소개서 같은 것도 필요 없으니 그냥 가서 인사나 나누면 될 거라고 했다. 하지만 아무리 그래도 사무직 아르바이트니 이력서와 자기소개서 정도는 작성해두기로 했다. 그래봤자 다 허위로 작성하는 내용일 테지만, 어쨌거나 사람들은 눈에 보이는 것으로 모든 걸 판단할 것이다.

졸업증명서와 성적증명서를 제출하지도 않는 업무 보조 아르바이트에 내 화려한 고등학교 생활을 일일이 적어 넣을 필요는 없었다. 크게 거짓말을 하는 것도 아니고, 다녔던 고등학교 중 두 군데만 빼버리는 사소한 일이었다. 하나 그 아무것도 아닌 감춤에 모종의 죄책감을 느끼는 경우도 종종 있기는 했다.

나는 고등학교를 세 군데나 번갈아 다녔다. 열일곱 살에 처음 입학했던 여자상업고등학교에서는 잦은 지각과 결석 때문에 번번이 정학을 받았고, 2학년 때는 같은 반 애들하고 싸우다가 일이 좀 커지는 바람에 이전퇴학을 당했다. 나는 서울 끝자락에 위치한 공업고등학교로 옮겨갔다. 그리고 3학년이 되자 가출도 싸움도 다 시시해져 지각을 자주 하는 것만 빼면 그다지 특별할 것도 없는 학교생활이었다.

그러던 어느 날 미술 수업 시간에 준비물을 챙겨오지 않았다는 이유로 담당 여교사와 말다툼이 일었다. 너무도 당당하게 단지 잊었을 뿐이라고 말하는 나를 보고 교사는 손바닥을 들어 내 뺨을 때렸다. 나도 똑같이 교사의 뺨을 때렸다. 학생들이 보는 앞에서 나에게 따귀를 맞고 나자 교사는 극도로 흥분했는지 두꺼운 출석부를 양손으로 집어 내 얼굴에 내던졌다. 출석부의 모서리가 내 얼굴의 왼쪽 눈썹 밑을 강하게 훑고 지나갔다.

나는 중학생 때부터 수많은 선생님들에게 갖가지 도구로 다양하게 맞아봤다. 그중 사람의 기분을 가장 나쁘게 하는 것이 바로 출석부였다. 거기에는 같은 반 친구들의 이름이 빼곡히 들어 있었고, 그게 나로서는 꼭 수십 명의 아이들에게 얻어맞는 기분이 들어 참을 수가 없었다. 대부분 아이들도 출석부로 맞는 것과 따귀 맞는 것이 가장 싫다고들 했다.

여선생에게 맞은 눈썹 끝이 쓰리고 따가웠다. 손바닥으로 얼굴을 쓸어보니 시뻘건 피가 죽죽 새어나왔다. 그때 피를 보고 흥분한 건 내가 아니라 나를 때린 선생이었다. 그녀는 꺅꺅 소리를 내지르며 황급히 손수건을 꺼내 내게로 가까이 다가왔다. 그런 그녀를 나는 두 손으로 강하게 떠밀었다. 그러자 그녀는 곧장 바닥에 나자빠졌다. 나는 그녀를 향해 교탁 위의 물건들을 정신없이 집어던졌다.

그 일로 자퇴를 했다. 딱 1년만 놀다가 검정고시를 볼 생각이었다. 한데 막상 그 1년이 지나고 나서 시험을 보려니 막막했다. 공부라고는 제대로 해본 적이 없는 터라 자칫 검정고시에서 떨어지면 어쩌나 하는 불안이 일었다. 개나 소나 다 합격한다는 검정고시에서 떨어지게 되면 존재가 땅 밑으로까지 무너져 내릴 것만 같았다. 그러면 나는 그 속으로 들어가 영원히 돌아오지 못할지도 모를 일이었다.

매일 집에서 빈둥거리며 놀다가 간간이 아르바이트를 하러 나가는 생활에도 조금 지쳐 있던 때였다. 그래서 다시 특지고에 3학년생으로 입학해놓고는 텔레마케팅 회사에 들어가 취업증명서를 떼어다가 1년간의 출석을 인정받았다. 그렇게 4년 만에 간신히 고등학교를 졸업한 것이었다.

나는 이력서의 '학력 및 경력'란에 졸업한 고등학교 이름만 채워 넣었다. 그렇게 하지 않으면 4년 동안 세 번이나 학교를 옮겨다녔던 나를 사람들이 어떤 눈으로 바라볼지는 안 봐도 훤했다. 그때 생겼던 눈가의 흉터는 이미 흔적도 없이 사라져버리고, 나에게는 '정학' '이전퇴학' '자퇴'와 같은 단어들만 남아 있었다.

나는 그 밑으로 지방대학 문예창작학과를 졸업한 학력도 적어 넣었다. 고등학교를 세 번이나 다녔던 학력보다도 더 싫은 것이었지만, 사람들이 좋아하는 게 무엇인지 알고 있는 나로서는 어쩔 수 없는 일이었다. 자기소개서에는 현재 작가 지망생이며, 아르바이트를 하면서 공부를 계속해 소설가가 되고 싶다는 이야기까지 제법 소신껏 적었다. 또 대학 1학년 때 성적최우수 장학금을 받았던 내용도 적었다. 이 정도면 웬만큼의 믿음은 줄 것 같았다.

나를 채용하려는 교수는 이범우 씨라고 했다. 그는 나를 보더니 자기 혼자 결정지을 일이 아니라고 말했다.

"지금 맡고 있는 연구가 다른 연구실에서도 함께 하는 것이거든."

"그래······요?"

나도 덩달아 말을 놓을 뻔하다가 애써 '요'자를 붙였다.

"응. 나 혼자 결정할 일은 아니고, 음. 그러니까, 면접은 다른 교수님 연구실에 가서 보도록 하지. 따라오게."

이제 갓 마흔 살을 넘긴 사람치고는 배가 너무 많이 나오고 엉덩이가 무척 커다랬다. 도대체 얼마나 공부만 했기에 저 정도일까, 뭐 그런 생각들을 하며 나는 말없이 그를 따라나섰다. 복도로 나온 그는 엘리베이터를 타지 않고 계단으로만 내려갔다.

"이쪽으로 가면 옆 건물과 연결되는 계단이 나오거든."

그렇게 말하는 그의 발걸음이 사뭇 빨라지고 있었다.

"엘리베이터는 오래 기다려야 돼서 말이야."

그는 정말이지 정신없이 걸었다. 그렇게 하나의 건물을 넘어가고 그 건물에서 다시 1층 복도로 내려가 건물과 건물 사이를 잇는 아주 작은 쪽문으로 허리를 굽혀 빠져 나갔다.

"이렇게 오는 게 가장 빨라."

푹 퍼진 엉덩이를 내 앞에 들이밀며 그가 말했다.

건물은 오래되어 낡고 지저분했다. 그렇게 넘어간 건물의 1층 복도를 쭉 따라 걸을 때는 사뭇 어지럽기까지 했다. 몇 개의 건물을 이런 식으로 타넘어 온 건지 제대로 기억도 나지 않았다. 걸음이 빠른 이범우 교수의 푹 퍼진 엉덩이만 눈앞에 계속 아른거렸다.

전공 관련 서적으로 둘러싸인 비좁은 교수실에 세 명의 교수와 내가 앉았다. 이번 학기에 맡은 연구과제가 워낙 많아 연구비 관리를 대학원생들에게 분담시키기가 어려운 상황이라며, 내가 그 일을 처리해주면 좋겠다는 이야기였다. 세 교수 중 한 명이 나에게 이력서와 자기소개서를 달라고 말했다. 그것도 매우 당연하게 말이다. 역시 최진성 교수의 말을 곧이들었더라면 망신만 샀을 뻔했다. 나는 내 투철한 준비성을 마음속으로 칭찬하며 서류봉투를 내밀었다. 자기소개서를 일부러 앞에 두었는데 그는 그건 읽어보지도 않고 뒤로 제친 뒤 이력서만 보았다.

"중학교는 어디 나왔어요?"

그는 내 이력서에서 시선을 떼지 않고 물어왔다. 졸업한 고등학교 이름만 달랑 써놓았더니 그렇게 묻는 모양이었다.

"월촌중학교요."

"아, 그 이대병원 앞에 있는 학교? 우리 과에 그 학교 졸업한 애들이 꽤 되던데."

"그렇겠죠."

나는 건성으로 대답했다. 학군 좋기로 유명한 목동에서도 외고와 과학고에 가장 많은 학생들을 입학시킨 중학교로 명성이 자자한 곳이었다. 거기다 민사고에 진학하는 학생들도 해마다 서너 명씩은 꾸준히 있으니 당연히 이 대학교에 입학한 학생도 많을 것이다.

"그럼, 어릴 때부터 여기, 목동아파트에 살았어요?"

"네."

"햐, 거기 아파트 값 장난 아닌데."

나는 대답 없이 고개만 조금 수그렸다. 아파트를 담보로 은행에서 대출받은 융자액 따위는 이력서에 쓰여 있지 않았다. 부모님이 재결합하지 않고 이 상태로 계속 지내다가는 조만간 아파트를 팔아 전세로 돌리든가 이사를 가야할 것이다. 그게 현실인데도 사람들은 내가 목동아파트에 살고 있다는 사실만을 바라보고 있었다.

"나도 목동아파트 하나 갖고 싶었는데…… 좀 비싸야 말이지. 형제는 있어요?"

"네. 오빠요."

"오빠는 몇 살인데요?"

"저보다 두 살 많아요. 스물일곱……"

"지금 뭐해요?"

"학교 다녀요."

"어디 학교?"

"서울대요."

"전공은?"

나는 그가 은근슬쩍 말을 놓는 게 싫었다. 그래도 나는 그의 말에 성실히 대답하려 했으나 오빠의 전공 따위는 알지 못했다. 공대라고는 했는데 정확히 무슨 과인지는 물어본 적이 없었다. 그렇다고 마냥 얼버무릴 수도 없어 대충 생각나는 대로 대답해버렸다.

"컴퓨터 공학, 이요."

"우와, 공부 잘했나보네."

그는 천천히 이력서를 뒤로 넘기고는 자기소개서를 읽기 시작했다. 그러더니 가볍게 웃었다.

"대학 다니면서 일등 했던 얘기도 썼네."

그러고는 내가 대답할 틈도 주지 않고 곧바로 다시 물었다.

"종교는 있어요?"

"종교요?"

나는 더 이상 뭐라고 대답해야 할지 떠오르지 않았다. 태어나기도 전, 어머니의 뱃속에 있을 적부터라고 들었다. 그때부터 고등학교 1학년 때까지 매주 일요일 아침마다 교회에 나가 예배를 드렸다. 토요일에도 교회에 가 성가대 연습을 했고, 주일 예배가 끝난 뒤에는 친구들과 햄버거를 먹으며 성경 공부를 했다. 그러나 나는 아무리 열심히 교회에 다녀도 도저히 신을 믿을 수가 없었다. 목사들은 언제나 주님만을 바라보며 주님의 음성에 귀 기울여야 한다고 말했는데, 솔직히 말해서 신은 나에게 보이지도 들리지도 않는 존재였다. 그러므로 나에게 '신'이란 그냥 '없는' 존재였다. 그런데 어떻게 없는 존재와 대화를 나눌 수 있는지, 어떻게 그 존재를 믿을 수가 있는지 나는 알 수 없었다. 그럼에도 내가 왜 교회에 나가서 목사들이 시키는 대로 따라야 하는지가 이해되지 않는 것이었다. 하지만 누구도 내 이야기 따위는 들어주지 않고 무조건 목사의 말만을 믿고 따르라고 했다. 믿기만 하면 모든 길이 열리고 모든 것이 이루어진다면서 말이다. 나는 진짜 개소리라고 생각했고, 그런 내 생각을 교회 사람들에게 이야기했다가 정신병자 취급당한 게 한두 번이 아니었다.

예배가 끝난 뒤 각자 느낀 점을 말해보라는 주일학교 교사의 말에 정말로 내가 느낀 점을 말했다가 욕만 얻어먹는 경우도 허다했다. 교회만 가면 모두들 나에게 정상이 아니라고 말했고, 그래서 나는 늘 교회에 가는 게 싫었다. 그러다 고등학생이 되어서야 내 고집대로 교회에 나가지 않았다. 그러나 종종 받게 되는 질문에 나는 단호히 종교 따위 없다는 말을 하지 못했다. 과거에 잠시 목사이기도 했던 아버지와 현재 전도사인 어머니, 그리고 교회에서 초등부 교사이기도 한 오빠…… 뿐만 아니다. 큰외삼촌과 작은외삼촌 그리고 이모부까지, 외가 쪽에 목사만 세 명이나 있었다. 사촌들 역시 모두 교회에 다니고 있었고, 돌아가신 할머니와 할아버지도 다들 무슨 권사니 집사니 구역장이니 하는 것들을 하나씩은 꿰차고 살았다.

나는 기독교인들로 우글거리는 집안에서 자랐고, 그 때문인지 종교가 없다는 말 같은 건 선뜻 튀어나오질 않았다. 내가 계속 아무 말 못하고 끙끙대며 앉아만 있자 교수는 나에게 그만 나가보라고 말했다. 자기들끼리 상의 좀 해보고 연락을 주겠다는 말도 빼놓지 않았다. 그 순간 이 대학교가 개신교인지 가톨릭인지 아무튼 무슨 미션스쿨 계통이었다는 생각이 번뜩 머리를 스쳐갔으나 나는 이미 자리에서 일어난 상태였다. 나는 그만 뒤돌아 교수실에서 빠져나왔다.

건물 밖으로 나와 넓은 운동장을 마주한 채 담배를 하나 빼서 입에 물었다. 불을 붙이고 한 모금 깊게 빨아들이며 담배는 역시 아르바이트 도중과 캠퍼스에서 태우는 게 가장 맛있다는 생각을 했다.

처음 아르바이트를 시작한 때는 열일곱 살, 패스트푸드점에서였다. 그때 나는 시간당 3천 원 가량을 받으며 냉동감자를 튀기고 햄버거를 만들었다. 홀에서 근무할 때에는 손님들이 식사를 마치고 일어나기를 기다려 행주로 잽싸게 테이블을 닦고 빗자루로 바닥을 쓴 뒤 의자를 가지런히 밀어 넣었다. 카운터에서 근무할 때에는 웃는 얼굴로 손님을 맞이하며 주문을 받았다. 햄버거와 닭튀김, 감자튀김과 콜라 등 많은 양의 음식을 한꺼번에 주문한 손님에게 그 내용을 반복적으로 확인해줄 때는 혀가 뱅뱅 꼬이고 눈이 핑핑 돌기도 했다.

함께 일하는 사람들 중에서는 내가 제일 막내였다. 대부분이 나처럼 실업계 고등학교 학생들로 2학년이나 3학년이었다. 종종 인문계 고등학교에 다니는 학생들도 있기는 했는데 그런 애들은 해마다 수학능력시험만 끝나면 우루루 몰려들었다. 대학에 입학하기 전에 사회 경험을 해보고 싶다고 떠벌리며 홀 청소부터 떠맡았지만 1월 말이나 2월 초만 되면 또 그렇게 우루루 빠져나가곤 했다.

1월 말의 어느 날 정오였다. 패스트푸드점에서의 점심시간은 언제나 눈 깜짝할 새에 지나가는 듯했다. 12시가 되면 주변 건물의 회사원들이 서둘러 점심을 먹기 위해 몰려들어 북새통을 이루었다. 한데 낮에는 저녁 시간대만큼 많은 아르바이트생들을 매장에 배치할 수가 없었다. 저녁에는 6시 이후부터 9시까지 꾸준히 고객이 이어지지만, 낮에는 고객이 반짝 몰리는 단

한 시간 때문에 그렇게 많은 인원을 배치해둘 수가 없는 것이었다. 아르바이트생이 한번 출근을 하면 최소 네 시간 이상은 근무하게 마련이었으니 말이다. 때문에 낮에는 매니저 한 명에 알바생 두 명이서만 일을 했다. 매니저와 내가 카운터와 주방 쪽 업무를 번갈아가며 맡았고, 들어온 지 얼마 되지 않는 신입 알바생 한 명이 홀에서 청소하는 일을 맡곤 했다.

12시부터 1시까지의 업무는 오후 6시부터 9시까지 이어지는 세 시간 동안의 업무보다 더 힘들었다. 빨리 식사를 마치고 나가려는 고객들은 늘 출입문 바깥까지 줄을 섰다. 그리고 그들이 주문한 음식은 주방에서 매니저 혼자 만들어내기 버거운 양이었다. 최소한 5분에서 10분 정도는 기다려야 한다고 아무리 친절하게 설명해도 손님들은 끝없이 화만 냈다. 주문을 하기 위해 줄 서서 기다린 시간만 해도 10분이 넘는데, 주문한 음식을 또다시 기다려야 하는 상황을 받아들일 수가 없는 것이었다. 짧은 점심시간 동안 빨리 식사를 하려고 온 건데 이럴 거면 이름을 왜 '패스트푸드'라고 갖다 붙였느냐며 계산대 앞에 놓인 메뉴보드나 빨대통을 집어던지는 사람들도 있었다.

계산대 바로 앞에 꼼짝도 않고 서서 음식을 내줄 때까지 나를 노려보고만 있는 사람들도 있었다. 다른 고객의 주문을 받아야 하니 계산대 앞에 서 있지 말고 자리에 앉아서 기다려달라고 부탁하면 자기가 앉은 자리로 음식을 가져다달라고 명령

하듯 말하기도 했다. 인원이 충분한 저녁 시간에는 종종 서빙
도 가능했지만 낮에는 혼자서 계산대를 지키느라 자리를 비울
수가 없었다. 자리에 앉아 있다가 10분쯤 뒤에 다시 와달라고
말하면 다들 화를 냈고, 담배 한 대 피우면서 기다리겠다며 내
앞에서 담뱃불을 붙이는 또라이들도 있었다.

　빨리빨리 주문을 받고 음식을 내어주고 계산을 치러야 다음
손님의 주문을 받을 수 있었다. 때문에 나는 말을 속사포처럼
빠르게 내뱉어야만 했다. 안녕하십니까어서오십시오고객님 지
금주문하시겠습니까? 네,감사합니다. 어떤메뉴로정하셨나요?
네불고기버거두개요,감사합니다. 음료수샐러드감자튀김같은
사이드메뉴가따로필요하지는않으세요? 네음료수는리필가능합
니다. 콜라로하시겠어요? 샐러드와감자튀김도함께주문하시고
요? 샐러드는옥수수샐러드와야채샐러드가있습니다. 네옥수수
샐러드로하시고요,감사합니다. 주문다마치셨나요? 그럼주문하
신음식다시한번확인해드리겠습니다,불고기버거두개콜라하나
옥수수샐러드하나감자튀김하나맞으시죠? 네케챱은많이챙겨드
리겠습니다,혹시더필요하신것있으신가요? 아무리 손님이 많고
바쁜 순간이라도 손님이 주문한 음식의 확인 멘트를 빼먹으면
안 됐다. 주문을 다 받고나서 음식을 내어줄 때 준비된 음식을
손으로 가리키며 확인해 주는 것까지, 총 세 번의 확인을 해주
는 것이 주문 받기의 요령이었다. 그러나 손님들은 내 말을 잘

듣지 않았고, 그렇게 세 번씩이나 확인을 해주었는데도 실컷 먹다가 다시 가지고 와서 주문이 잘못됐다고 따지는 경우도 허다했다.

기다리면서 미리 메뉴를 정해 곧바로 주문해주는 사람들을 마주할 때면 나는 정말 고마운 나머지 홀로 나아가 꼭 껴안아주고 싶은 충동을 느낄 정도였다. 그렇지 않고 계산대 바로 앞에서 무얼 먹을지 고민하는 사람들을 보면 유니폼을 벗어던지고 주먹질을 해대고 싶은 충동이 일기도 했다. 너무 바쁠 때는 그냥 몰아가기 식으로 주문을 받았다. 고객님,불고기버거가지금막나왔는데한번드셔보시는건어떠세요? 사이드메뉴로는감자튀김보다는샐러드나사과파이가더나을것같은데요, 라고 말하며 내 멋대로 메뉴를 정해 바로 준비되어 있거나 만들어놓은 지 오래된 음식들을 팔아치웠다.

전쟁 같은 한 시간이 지나면, 고무줄로 질끈 묶어놓았던 머리카락이 올올이 빠져나와 있었다. 버거를 잔뜩 쌓아놓았던 진열대는 휑하니 비워지고, 바삭하게 튀긴 냉동감자도 누글누글하게 늘어져 있었다. 버거를 만들던 주방 바닥에 양상추와 토마토, 양파 따위가 제멋대로 흩어져 있는 모습이 보이기도 했다. 나는 멍하니 출입문 밖을 바라보고 서서 또다시 손님들이 들어오기를 기다렸다. 그러면 금세 오후 2시가 됐고, 그때부터 알바생과 직원들이 하나둘 출근하기 시작했다.

나는 2시 근무자와 카운터 업무를 교대하고 나서야 겨우 화장실로 달려갈 수 있었다. 그런데 하루는 여자 화장실의 문이 굳게 닫혀 있었다. 노크를 한 뒤 사람이 나오기를 기다렸지만 좀체 양변기의 물이 내려가는 소리가 들리지 않았다. 나는 어서 볼일을 보고 다시 카운터로 가서 손님들을 맞이해야만 했다. 이렇게 계속 화장실 앞에만 서 있다가는 볼일도 못 보고 성질 더러운 매니저에게 욕만 잔뜩 얻어먹을 게 뻔했다. 나는 마음이 조급해져 주먹으로 화장실 문을 쿵쿵 두드렸다. 그런 뒤에도 화장실 문은 한참이나 더 있다가 열렸다.

화장실 안에는 수능이 끝나고부터 일하기 시작한 인문계 고등학교 3학년생 언니가 종이 수건으로 눈가의 눈물을 찍어내며 서 있었다. 나는 무슨 일이냐고 물었다.

"오늘 아침에, 면접을 보고 왔는데……"

그 언니는 근무가 오전 10시부터였는데 한 시간 늦은 11시에 출근했다. 원서를 쓴 대학교의 입시 면접이 9시였고, 끝나고 바로 달려왔는데도 그 시간이었다고 둘러대면서 말이다.

"나는 면접을 보면, 학업에 대한 열정이나 전공에 대한 지식, 뭐 그런 걸 물어보는 건 줄 알았어."

"그런데?"

나는 대학교 같은 곳에 가고 싶다는 생각을 한 번도 해본 적이 없어 다소 시큰둥하게 대답했다.

"그런데, 지식이나 소양, 뭐 이런 것보다는 아버지의 직업과 재산, 종교에 대해서 묻더라. 그 중에서도 집안과 관련된 이야기를 계속 물어오는데, 너무 예상치도 못한 질문이라 뭐라고 대답해야 할지 알 수가 없었어. 지금 함께 살고 있는 아버지는 새아버지라 그분 집안에 대해서는 잘 알지도 못하고, 친아버지는 요즘 뭐하고 사는지 통 연락도 없거든. 순간적으로, 그 둘에 대한 생각이 정신없이 뒤엉켜버리는 거야. 나는 둘 중에 어느 아버지에 대해서 이야기해야 할지 고민했어. 그런데 두 아버지 중 어느 쪽도 제대로 설명할 수 있을 만큼 정확히 아는 게 하나도 없었어. 그래서 계속 꿀 먹은 벙어리처럼 아무 말도 못하고 있었더니 그만 나가보라고 하더라고. 아무 대답도 안 하는 나를 보고 교수님들이 분명 이상하게 생각했을 텐데, 무슨 말이라도 해야 했는데, 결국 아무 말도 못하고 나오고 말았어. 나 무슨 일이 있어도 교대 들어가야 되는데, 안 그러면 엄마가 대학 등록금은 꿈도 꾸지 말라고 했는데, 나 정말 어떡하지? 나 평생 여기서 이렇게 아르바이트만 하면서 살게 되면 어떡하지? 응? 혜정아."

그녀는 나에게 자신의 면접기를 말하다가 설움이 더 북받쳤는지 다시 울먹이며 눈물을 마구 쏟았다. 무슨 말을 해야 할지 알 수가 없었다. 카운터를 너무 오래 비워두면 매니저에게 혼날 거라는 생각만이 머릿속을 휘감고 돌았다. 나는 그만 가봐

야겠다고 말하고는 볼일도 보지 못한 채 도망치듯 화장실에서
빠져나오고 말았다.

3 모피

근무를 마치고 연구실에서 나온 나는 학교 서문에 서서 교수들을 기다렸다. 학교 근처의 한정식집에서 모임을 가지기로 했는데 위치를 모르는 사람이 둘이나 있었기 때문이다. 그래서 모두와 함께 걸어가기로 하고 서문에서 만나기로 약속한 터였다.

연구실에서 준비하고 있는 워크숍은 앞으로 보름 정도밖에 남질 않았다. 이공대학 교수 다섯 명과 또 무슨 디자인을 전공한 예대 교수라고 했는데 무슨 과라고 했는지는 정확히 기억나지 않는 교수가 함께 주최하는 것이었다. 그 예대 교수는 워크숍에 필요한 책자와 안내문을 제작하느라 항상 분주했다. 크게 쌍꺼풀 진 눈을 반 정도만 뜨고 다니는 모습이 어딘가 모르게 어벙해 보이는 인상이지만, 제자들에게 명령만 해놓으면 모든 일들이 다 그냥 처리되는 줄 아는 공과대학 교수들보다는 좀 성실해 보이는 사람이었다.

모바일 공학을 주제로 추진 중인 이 워크숍은 여섯 명의 교수들이 뜻을 모아 주최하는 것이었다. 공학에 젬병인 나로서는 그 내용에 관심이 있을 리 없지만, 뜻을 모은 교수들 중 한 명이 내가 몸담고 있는 연구실의 이범우 교수였다. 그리고 나에게 이 일자리를 소개시켜준 최진성 교수도 주최자 중 한 명이었다. 나는 이범우 교수의 부탁으로 근무 외 수당을 받기로 하고 이 워크숍의 잡무를 떠맡았다.

그들은 일주일에 한 번씩 저녁 시간을 내어 식당에서 음식을 기다리며 워크숍의 준비 내용을 검토했다. 그러다 식사가 나오기 시작하면 얼렁뚱땅 논의를 마무리 짓고 시답잖은 이야기나 나누며 음식들을 먹었다. 식사가 준비되는 시간은 고작해야 15분 정도였다. 그리고 그 15분 동안 논의한 내용을 실행에 옮기는 사람은 바로 나였다.

시키는 쪽에서는 별거 아닌 일인 듯 보이지만 막상 실행에 옮기다 보면 갖가지 어려움에 부딪혔다. 초청장을 언제까지 완성해 어디에 뿌려야 할지, 다과와 답례품은 무엇으로 할지, 명찰은 어떤 모양으로 할지, 점심식사와 리셉션은 어느 장소에서 할지, 예산은 얼마나 잡아야 할지 까다로운 문제투성이였다.

한두 시간 정도 몰아서 결정을 해버리면 뚝딱 끝날 내용인데 매주 그 15분의 논의를 위해 이렇게 방이 마련된 식당에 들어야 했다. 덕분에 지난 한 달간 휘황찬란한 중국요리, 입안에서 사르르 녹는 꽃등심, 상 위에 다 놓기도 벅찬 수십 가지 반찬의 한정식, 다양한 해산물과 육류가 함께 조리된 프랑스식 코스 요리 등을 실컷 먹긴 했다. 너무 많은 음식들을 한꺼번에 먹어서 소화가 잘되지 않는 것만 빼고는 그럭저럭 무난한 모임이라는 생각도 가끔은 들었다.

화학과 소속의 박보성 교수는 언제나 가장 늦게 도착해 모두를 기다리게 만들었다. 그는 160센티미터나 될까 싶은 작달막한 키에 피부가 몹시 하얀 사람이었다. 턱 밑으로 잔뜩 늘어진 두툼한 살들은 그의 하얀 피부를 더욱 도드라져 보이게 했다.

"아이구 죄송합니다. 허허. 쓸데없는 일들이 많아서 원."

하긴, 교수들만큼 쓸데없는 일 많은 족속이 없기는 하지. 나는 속으로만 빈정대며 발걸음을 돌렸다.

"어서 가시죠. 예약 시간에 늦을 것 같은데요. 박원형 교수님은 오늘도 못 나오신답니다."

내가 말하자 그가 여전히 여유롭게 웃으며 물었다.

"허허, 그래요. 오늘은 어디로 갑니까?"

분명 오늘 모임의 시간과 장소, 메뉴까지 다 정리해 전체 메일을 보냈는데도 아무것도 모르겠다는 양 다시 물어오는 것이다. 하루이틀 일도 아니라 나는 그저 작게 한숨을 내쉰 뒤 곧바로 친절한 웃음을 지어 보이며 나긋나긋 대답했다.

"예. 이쪽 서문에서부터 15분 정도 걸어가면 나오는 한정식 집인데요, 한 상에 한꺼번에 나오는 한정식이 아니라 메인 요리가 하나씩 이어져 나오는 코스식이거든요. 가격도 정통 한정식 집에 비해 저렴하고 조용한 분위기라 말씀 나누시기 좋은 곳입니다."

"허허, 그럽시다."

패스트푸드점 고객에게서나 듣던 대답 같았다.

개량한복을 차려입은 여직원은 돌그릇에 담긴 계란찜을 상 가운데에 내려놓았다. 전채 요리로 나오는 계란찜에는 날치알이 들어 있어 씹히는 맛이 일품이라는 설명과 함께. 가만히 보니 설렁탕 그릇 정도 되는 크기의 돌그릇에 계란을 풀어 넣고 뜸을 들여 익힌 것이었다. 얼마나 곱게 저어 익혔는지 기포 한 방울 보이지 않는 매끈한 계란찜이었다. 직원이 국자로 각자의 개인접시 위에 덜어주는 동안 나는 어서 내 접시에도 그 보드라운 계란찜이 놓이기를 학수고대했다. 마침내 계란찜이 내 접시에 담겼을 때 나는 고개를 숙여 입김을 후후 내뱉으며 열기를 날려 보냈다. 이미 워크숍에 대한 논의 따위는 집어치운 교수들은 뜬금없이 체코에 관한 이야기를 나누고 있었다.

"다음 학회는 어디에서 있으려나."

"체코 여자들이 그렇게 미인이래."

보나마나 최진성 교수와 박보성 교수, 그리고 예대 교수의 대화일 터였다.

"네, 맞아요. 체코의 버스정류장에 앉아 버스에서 내리는 여자들을 바라보면 정말이지 모두가 다 빼어난 미인이라 하더라고요."

가장 나이 어린 이범우 교수가 비위를 맞추기라도 하듯 말했다. 부드러운 목소리에 다정다감한 말투, 온화해 보이는 미소까지 머금은 채 말이다. 그 말에 최진성 교수가 낄낄거리며 대답했다.

"그래? 언제 체코에서 하는 학회 있으면 꼭 가야겠다."

이런 시시껄렁한 이야기나 나누고 앉아 있는 것이다. 그래도 그놈의 학회니 뭐니 하는 것들 핑계로 허구한 날 유럽과 아메리카 대륙의 국가들을 돌아다니는 교수들이 부럽게 느껴지기는 했다. 나는 계란찜에 입김 부는 것을 멈추고 작게 말했다.

"프라하는······"

순간 교수들의 시선이 일제히 내게로 쏠려 나는 조금 당황했다.

"아, 저기, 그러니까······ 프라하는 말이죠. 카프카가 늘 떠나고 싶어 했지만 평생 떠나지 못한 도시래요. 그래서인지 저도 꼭 한번쯤 체코에 가보고 싶다는 생각을 종종 했어요. 프라하의 그 무엇이 카프카를 그렇게 붙잡았던 것인지, 그곳에 가면 알 수도 있을 것 같아서요."

네 명의 교수 중 한 명이 "아" 소리를 냈다. 디자인 전공이라는 예대 교수였다. 박보성과 이범우 교수는 아무 표정이 없고 나머지 한 명만이 "카프카?"라고 소리 내며 알은체를 했다. 최진성 교수였다. 그리고 내가 미처 뭐라 대답하기도 전에 입을 열었다.

"프란츠 카프카. 체코의 실존주의 소설가지. 『변신』『성』뭐 그런 소설들을 썼어."

그의 말이 끝나자 나도 모르게 주저리주저리 떠들어대기 시작했다.

"맞아요. 그는 아버지의 뜻에 따라 법학을 전공하고 보험회사에서 법률가로 일하며 틈틈이 소설을 썼는데, 그렇게 뛰어난 작품을 쓰고도 그것이 마음에 들지 않았는지 죽기 전 자신의 친구에게 원고를 모두 불태워달라고 부탁했대요. 그런데 친구는 원고를 불태우지 않았고, 덕분에 그의 걸작들은 오히려 사후에 더 빛을 본 거죠."

간략하게만 덧붙이려 했는데 어쩌다 보니 말이 길어진 것 같았다. 그러자 나머지 네 명의 교수들이 최교수와 나를 번갈아 보며 "우와, 와" 하는 탄성들을 내질렀다. 그리고 가장 나이 어린 이범우 교수가 말을 이었다.

"어떻게 하면 두 분처럼 아름다운 세계에 낄 수 있죠?"

그는 최진성 교수와 나를 부러워하는 눈빛으로 바라보며 그렇게 말했다. 그 말에 최진성 교수를 포함한 모든 사람들이 껄껄 웃었다. 심지어 최진성 교수는 "뭘 이런 거 가지고"라고 말하며 우쭐함과 머쓱함이 동시에 묻어나는 표정을 지었다.

나는 웃지 않았다. 말없이 내 앞에 놓인 날치알 계란찜을 은수저로 떠 입안에 쏙 집어넣을 뿐이었다. 계란찜 속에는 뜨겁게 달았던 돌그릇의 온기가 여전히 남아 있었다. 눈물이 쏙 빠져나올 것처럼 뜨거웠다. 몸이 후끈 달아올라 등골까지 땀이 송송 맺히는 것도 같았다. 두꺼운 모피코트라도 껴입은 것처럼 몸이 달아오르는 것이었다.

패스트푸드점에서 함께 일했던 아르바이트생들은 대부분 내 또래였다. 그러나 학기 중에는 내 또래의 알바생이 별로 없었고, 있다 해도 학교 수업이 파한 뒤인 오후 5시 이후에나 출근할 수 있었다. 따라서 고등학교를 그만두고 내내 아르바이트만 하던 시기에 나는 항상 오전 근무를 맡았다.

나는 아침 8시에 출근해 한 시간 동안 양상추와 토마토, 양파를 썰었다. 밤 10시 폐점 때까지 사용할 야채들을 그 한 시간 동안 모두 마련해놓는 것이었다. 그리고 9시부터 10시까지는 홀의 바닥을 닦고 테이블을 정리하며 손님 맞을 준비를 했다. 나는 집안일이라고는 전혀 해보지 않았음에도 불구하고 패스트푸드점 일들은 유난히도 잘했다. 그곳에서는 하기 싫은 공부를 시키는 사람도 없었고, 공부를 못한다는 이유로 혼이 나거나 무시를 당하는 일 같은 게 없어 마냥 좋았던 건지도 모르겠다.

그렇게 일하던 중 9월이 되어 가을 학기가 시작되자 오전에 근무할 수 있는 아르바이트생이 나 하나밖에 없었다. 파트타이머 한 명이 더 필요했는데 오전에 근무할 사람을 구하기가 쉽지 않은 것이었다. 나처럼 학교를 그만두고 백수로 지내는 십대는 그리 흔치 않았으니 말이다.

매니저는 결국 주부사원을 모집하기로 했다. 어떤 주부가 이런 데 나와서 자기 자식뻘 되는 어린 애들이랑 같이 일하겠느냐며 모두 코웃음 쳤지만, 예상 외로 반응이 좋았다. 매니저는 열댓 명의 아줌마들에게서 이력서를 받았고 그중 한 명을 바로 채용해 함께 일하게 되었다.

직원들은 그 아줌마를 '이모님'이라고 불렀다. 그녀는 나와 같이 오전 8시에 출근해 야채를 다듬거나 홀 청소를 했다. 그리고 10시가 되면 주방에서 햄버거를 만들고 냉동감자를 튀겼다.

매장의 매니저들이 그 아줌마에게 거는 기대는 일반 알바생하고는 조금 달랐다. 이미 다른 패스트푸드점에서는 주부사원이나 외국인 거주자 파트타이머를 채용하고 있었고, 장애우와 경로자를 채용하는 곳들도 더러 있었다. 아직 서른 살도 되지 않은 남자 매니저가 어디선가 귀동냥으로 얻어온 이야기에 따르면 아줌마를 채용하니 확실히 주방이나 홀이 이전과 다르게 깔끔해졌다는 것이었다. 따라서 그런 아줌마들에게는 어린 학생들보다 높은 시급을 주는 영업점도 더러 있었다. 열흘 넘게 매니저와 둘이서 제대로 쉬지도 못하고 바쁜 점심시간을 견뎌냈던 나로서는 매우 반가운 일이었다. 하지만 그 아줌마는 보기 좋게 우리의 기대를 깨뜨렸다.

아르바이트 경험이 많고 눈치가 빠른 사람들은 서너 가지만 대충 알려줘도 바로 알아듣고 빠릿빠릿하게 움직이며 일을 해나갔으나, 그 아줌마는 아니었다. 홀에서 근무할 때 손님들이 우루루 몰려 나가면 어느 테이블을 먼저 치워야 할지 몰라 혼자 우왕좌왕했다. 어떤 행주를 어디에 사용하는지를 자꾸 잊어버려 바닥을 닦는 행주로 테이블을 닦거나 화장실에서 사용하는 걸레를 홀에서 사용했다. 쓰레기를 담는 비닐봉지 역시 화장실에서 쓰는 것과 주방에서 쓰는 것이 다 다른데 매번 제대로 끼워 넣지 못했다. 샐러드 팩에 붙는 유통기한 스티커도 매번 잘못 붙여 같은 일을 꼭 두 번씩 하게 만들었다.

매니저는 나날이 불만이 쌓여갔다. 십대의 아르바이트 학생들을 다루듯 아줌마를 나무라기는 좀 어려운 까닭이었다. 그렇다고 아줌마를 무작정 퇴사시킬 수도 없고, 그나마라도 없는 것보다 낫긴 했지만 그다지 도움이 되질 않으니 부아가 치미는 건 어쩔 수 없는 모양이었다. 그럴 때면 가만히 계산대를 지키고 있는 나에게 다가와 왜 웃는 얼굴로 근무하지 않느냐고 엄한 화풀이를 했다. 나는 나대로 이유 없이 면박을 당하는 것 같아 짜증이 났고, 아줌마와의 사이는 당연히 가까워질 수 없었다. 아줌마가 주방·근무를 맡으면 늘 햄버거가 늦게 조리되고 샐러드와 감자튀김의 양도 고르지 않아 손님들은 계산대에 있는 내게 화를 냈다.

오후 근무자들이 출근해 카운터 업무를 교대한 뒤 나는 지하 탈의실로 내려갔다. 문을 열어보니 아줌마는 이미 퇴근해 옷을 갈아입고 있었다. 나는 그런 그녀의 옷을 보고 조금 놀랐다. 아직 초가을밖에 되지 않았는데 밍크 털로 뒤덮인 코트를 입고 있었기 때문이다. 심지어 커다란 루이비통 핸드백까지 손에 든 채 만지작거렸다. 나는 탈의실 바닥에 앉아 유니폼을 입은 채로 담배를 입에 물었다. 그러자 아줌마가 말을 걸어왔다.

"혜정 씨, 열아홉 살이라고 하지 않았어요?"

아줌마는 늘 사람들에게 존댓말을 썼다. 그러나 나는 그 존댓말이 썩 듣기 좋지만은 않았다.

"저 고등학교 졸업했어요. 생일이 빨라서 학교를 일곱 살에 들어갔거든요. 그래서 아직도 열아홉 살인 거죠."

그것은 당연히 뻥이었다. 하지만 학교를 다니지 않는 건 사실이니 뭐 꼭 거짓말이라는 생각은 들지 않았다.

"그래……"

아줌마는 그렇게 대답하면서도 뭔가 석연치 않은 표정을 지어보였다. 그러고는 그만 나가려는지 신발장에서 구두를 꺼내고 일할 때 신었던 운동화는 다시 신발장 안으로 집어넣었다. 한데 그녀가 자신의 구두에 발을 집어넣다 말고 나를 돌아보더니 슬며시 내 곁에 다가와 앉았다.

"왜요?"

나는 특유의 까칠한 목소리로 그녀에게 물었다. 아줌마가 잠시 망설이다가 입을 열었다.

"나도, 한 대만 주면 안 될까요?"

나는 한참 동안 아줌마를 쳐다봤다. 엄마뻘 되는 사람과 마주앉아 담배를 태우려니 아무래도 당황스러웠다. 때문에 이미 들이마셨던 연기를 내뿜는 것도 잊었던 모양인지 갑자기 켁, 하고 기침이 나오며 연기가 뭉텅이로 비어져 나왔다. 기침을 두어 번 더 하며 연기를 다 내뱉은 나는 담뱃갑에서 담배를 한 개비 더 꺼내 아줌마의 입에 물려주고 불까지 붙여주었다. 그녀는 불길을 깊게 빨아들였다가 숨을 내뱉었다. 담배 피우는 법을 알고는 있으나, 섣불리 피우게 했다가 괜히 숨넘어가는 꼴 보게 되는 거 아닌가 싶어 불안하게 지켜보는데 의외로 능숙하게 담배 연기를 내뿜었다.

"아들 군대 보내고 나서는 가끔 피웠어요. 남편 눈치 보여서 끊었지만."

나는 말없이 조금 웃었다. 아줌마는 나에게 고맙다고 말했다. 나는 뭘요, 라고 대답했다.

그날 이후로 아줌마는 나에게서 종종 담배를 얻어갔다. 매니저와 말다툼이 있거나 사소한 실수를 저지른 날이면 퇴근할 때마다 담배를 함께 태우기도 했다. 번번이 내 담배를 얻어가는 일이 미안했는지 어느 날인가는 담배를 한 보루나 사다가 내 사물함 안에 넣어두었다. 친구가 해외여행을 다녀오며 사다 준 거니 부담 갖지 말라는 쪽지와 함께 말이다. 어쨌거나 담배 덕분에 나는 아줌마와 종종 대화를 나누게 되었는데 그게 썩 유쾌하지만은 않았다. '대화'라기 보다는 아줌마의 일방적인 '말하기'였던 탓이다. 아줌마는 주로 자신의 남편이 무슨 일을 하는지, 자기가 왜 이 일을 하는지 이야기했다. 나는 남들의 그런 시시콜콜한 사정이 별로 궁금하지 않았고, 그런 일방적인 듣기를 잘 참아내지도 못하는 아이였다. 그러나 내 손에는 아직 그녀에게 받은 담배가 들려 있었다.

"나는 사실 이런 식당일 처음 해보거든요."

아줌마는 늘 그런 식으로 말을 했다. "나는 이런 거 잘 모르거든요" 혹은 "제가 너무 서툴러서 그런가 봐" 하는 식이었다. 이야기를 할 때 '나'라고 할 거면 뒤에 오는 서술부도 낮추든가 아니면 주어를 '저'라고 해서 경어법을 맞춰주기를 나는 바랐다. 그러나 나의 그런 작은 바람들은 정말이지 너무나 사소해서 도저히 입 밖으로 꺼낼 수 없었고, 그러므로 절대 이루어지지 않았다.

그녀의 어휘 선택도 거슬리긴 마찬가지였다. 그게 무슨 대단한 고백이라고 '사실'이라는 단어를 갖다 붙이는 것이며 '이런 식당'이란 도대체 어떤 식당을 의미하는 건지 쉽게 종잡을 수 없었다.

"나 원래는 선생님이었어요. 학습지 교사였지만 그래도 사범대 나왔거든요. 한문학을 전공했는데 너무 일찍 결혼해버리고 나서는 쭉 살림만 하다가, 우리 아들 학원비를 감당할 수가 있어야지. 그래서 아들 중학생일 때부터 학습지 교사 일을 했는데 그건 거의 저녁 때 하는 일이라 가족들 챙기기가 좀 버거웠거든요. 지금은 꼭 많이 벌 필요도 없고 아들은 군대 가서 살림도 한가하고, 그래요. 여기서 오전에만 일하고 나면 저녁 시간이 자유로워서 나는 그게 정말 마음에 들어요. 그런데 참 그렇네요. 그래도 선생님 소리를 듣고 살다가 이런 일이나 하려니까 적응이 잘 안 돼요."

또다. '이런 일'이란 도대체 어떤 일들을 말하는 걸까? 어쨌거나 나는 아줌마의 그런 사적인 이야기들을 다른 사람들에게 말하지 않았다. 한데 어느 날엔가 알바생들끼리 수군거리는 이야기를 들어보니 바로 그 아줌마의 이야기였다. 이미 모두들 그녀가 과거에 선생님이었다는 사실을 알고 있는 것이었다. 아줌마는 자신이 교사였다는 사실을 이미 여러 명에게 말하고 다닌 모양이었다.

아줌마가 입고 다니던 모피코트가 자꾸만 떠올랐다. 그녀는 그 모피코트를 초봄까지 입고 다녔다. 정말이지 한사코 입는 것이었다. 아줌마는 왜 그렇게 모피를 입었을까? 그리고 카프카는, 왜 프라하를 떠나지 못했을까.

나는 계란찜에 혀와 입천장을 다 데어버려서 음식들이 무슨 맛인지도 모르고 그저 꾸역꾸역 목구멍 속으로 밀어넣었다. 음식은 모두 뜨거웠고, 내 몸은 두꺼운 모피를 걸쳐놓기라도 한 듯 계속 달아올랐다.

4 회색

연구실을 색깔로 표현하자면 분명 회색이었다. 회색의 벽과 바닥이 우선 그렇고, 연구실 구석 여기저기에 쌓여 있는 컴퓨터와 모니터, 프린터, 스캐너 등이 그랬다. 모두 사용하지 않는 것들인 데다가 워낙 오래되어 회색의 때가 잔뜩 끼어 있었다. 책장과 창틀 역시 회색 먼지가 부옇게 앉아 있었다. 이곳에서 일하는 나와, 대학원생인 수혁 씨, 재훈 씨는 미리 약속이라도 한 듯 서로에게 말을 걸지 않았다.

이범우 교수의 연구실과 붙어 있는 5층의 연구실에는 여덟 명의 대학원생들이 있었다. 그곳에는 서른 살이 넘은 박사과정 대학원생과 이십대 후반의 석사과정 대학원생 일곱 명이 선후배 순으로 자리를 잡고 앉아 있었다. 그중 석사과정 1학기에 재학 중인 대학원생 세 명이 늘 간식을 준비하고 연구실 청소를 도맡아 하는 등 나름대로 활동적인 분위기를 자아냈다. 하지만 내가 있는 연구실은 움직이기 싫어하고 말이 없는 두 명의 남자들 탓에 회색의 먼지가 한층 더 짙게 내려앉은 것 같았다.

그럴 때면 나는 점점 망가져가는 빨간 골드스타 전화기를 들여다보았다. 상표와 숫자가 다 지워져 있는 오래된 전화기는 그래서 더 또렷한 빨간빛을 내고 있었다. 이곳에서 색깔을 지니고 있는 유일한 물건이기도 한 이 전화기를 얼마나 더 쓸 수 있을까? 완전히 망가져 먹통이 되기 전에 서둘러 새것을 구입해야 될 터였다.

나는 고개를 돌려 옆자리의 수혁 씨와 재훈 씨를 바라보았다. 내 바로 옆 책상에 자리한 수혁 씨는 스물아홉 살이고, 석사과정 3학기에 재학중인 사람이었다. 또 나를 대각선으로 등지고 앉은 재훈 씨는 박사과정 2학기에 재학 중인 스물여덟 살 대학원생이었다. 수혁 씨는 이 대학교 학부 때 군대에 다녀와 나이가 좀 많았고, 재훈 씨는 학부 졸업 뒤 곧바로 대학원에 진학해 비교적 어린 나이에 박사과정을 이수하고 있는 셈이었다. 더군다나 재훈 씨는 다른 대학교에서 학부를 졸업한 뒤 이곳 대학원에 진학한 터라 둘은 뚜렷한 선후배 관계를 맺기도 어정쩡했던 모양이다. 재훈 씨는 수혁 씨에게 '수혁이 형'이라고 불렀고, 수혁 씨는 재훈 씨의 성을 따 '최박'이라고만 불렀다. 나는 두 사람을 '수혁 씨' '재훈 씨'하고 불렀다.

둘 다 대화 같은 건 잘 하지 않는 사람들이었다. 서로 존댓말을 쓰긴 하지만 예의가 깃들어 있지도 않았다. 워낙에 말들이 없다보니 별로 친하지 않은 듯 보였지만 한편으로는 나름 죽이 잘 맞는 사이 같기도 했다. 그런 두 사람 중에서 누군가 먼저 나서 청소를 하거나 서로에게 어떤 요구를 하는 일 따위는 없었다. 둘은 항상 별다른 말없이 자리에 앉아 영어 공부를 하거나 컴퓨터로 전자회로를 만드는 일에 열중했다. 가끔 공부나 연구에 지칠 때면 영화를 다운 받아 둘이 같이 봤다. 때로는 온라인 게임을 함께 하며 머리를 식히기도 했다. 하지만 그럴 때에도 대화 같은 건 전혀 나누지 않았다.

위층의 연구실에서 생활하는 대학원생들은 나에게 무언가 시킬 일이 있으면 이메일을 보내왔고, 휴대전화와 온라인 메신저를 이용해 말을 걸기도 했다. 그러나 같은 공간에 있는 수혁 씨나 재훈 씨하고는 그런 소통도 없어 친해지기 더 어려웠다. 나는 가끔 그들과의 시간이 무겁게 느껴졌고, 더러는 무섭게 느껴지기도 했다. 인터넷 서점에 등록된 배송처를 이곳으로 바꾸고, 네 개나 되는 스파트필름 화분을 낑낑대며 가지고 왔던 것도 어쩌면 그래서였는지도 모르겠다. 나는 연구실의 색깔을 조금이나마 바꿔보고 싶었다.

지난 4월의 어느 날이었다. 나는 집에서 키우던 스파트필름의 뿌리를 네 개로 나누었다. 그리고 네 개의 플라스틱 화분에 다시 나누어 심은 뒤 학교로 가지고 왔다. 하나는 내 자리에 두고 두 개는 수혁 씨와 재훈 씨 자리에, 나머지 하나는 이범우 교수의 자리에 놓아주었다.

애가 반그늘에서 자라는 애거든요. 숨어 있는 게 좋은가 봐요. 그러면서 물은 또 얼마나 좋아하는지 몰라요. 그러니까 일주일에 두 번 정도는 물을 줘야 해요. 그리고 잎사귀에 물도 자주 뿌려주면 좋고요. 무엇보다도 자주 바라봐주세요. 여자 친구 이름이라도 붙여서 부르고 생각하고 챙겨주다 보면 얼마 지나지 않아 꽃대를 올릴 거예요. 하얀 게 꼭 카라 꽃 같아요. 아니 솔직히 카라보다 예쁘진 않고, 꽃술이 좀 도깨비방망이 같은데, 음. 그리고 보니까 꽃이 별로 예쁘진 않은 것 같네요. 그래도 기특하잖아요. 꼭 도깨비방망이같이 생겨서, 내 소원을 다 들어주기라도 할 것처럼 꽃가루를 분분히 날리거든요. 잎은 이렇게 짙은 녹색이지만 뒤가 다 비쳐요. 검지만 투명한 필름처럼요. 그 이파리 위로 꽃가루가 눈처럼 날리는 거예요. 꽃술에 꽃가루가 많거든요. 때로는 그 꽃가루가 좀 징그럽기도 해요. 그게 꼭 진딧물 같거든요. 이가 바글바글 긴 것 같기도 하고요. 그런데 저는 또 그게 그렇게 마음에 들더라고요. 살아 있는 것 같아서요. 뭐 이런 감상적인 말들을 혼자 내뱉었던 것도 같다. 시들 텐데. 나의 말을 흘겨듣던 수혁 씨가 언뜻 그렇게 말했다. 시들 텐데, 라고.

　스파트필름 이파리는 정말로 두 주 동안이나 시들시들하게 축 처져 있었다. 뿐만 아니라 이파리를 받치고 있는 줄기도 자꾸만 아래로 처졌다. 그러나 곧, 시들 텐데, 라고 말하던 수혁 씨가 민망해할 정도로 무럭무럭 자랐다. 예민해서 그런 거라니까요. 처음에만 힘들어했던 거예요. 이렇게 금방 적응하잖아요. 나는 그런 스파트필름이 기특해서 열심히 쓰다듬어주었다. 누구나 다, 자기 상황에 어떻게든 적응할 수밖에 없는 법이었다.

　그 적응이라는 게 누군가에게는 좀체 어려울 수도 있다는 사실을 잘 알고 있었다. 수혁 씨와 재훈 씨 자리의 스파트필름은 잠깐 살아 오르는가 싶더니 3주째에 접어들 즈음 다시 이파리가 처지기 시작했다. 그 뒤로는 안 되겠다 싶어 내가 직접 흙에 물을 주고 이파리에 물을 뿌려주었는데도 결국은 푹 끓은 대파처럼 시들어버렸다.

　지난주에는 인터넷 서점에서 주문한 책들이 도착했다. 폴 오스터와 파트리크 쥐스킨트, 김소연 시인의 에세이집이었다. 나는 책들을 크기별로 맞춰 쪼르르 책장에 꽂아두었다. 토플 문제집과 전자회로 관련 전공 서적들로 가득 찬 재훈 씨와 수혁 씨의 책장에 비해 휑하니 비어 있는 내 자리의 책장이 못내 안쓰럽게 느껴졌기 때문이다. 시간을 두고 틈틈이 읽으려고 에세이집만 몇 권 주문해놓고 책장에 꽂아둔 것인데도 나는 잘 읽

은 푸른 매실을 바라보는 것처럼 흐뭇했다. 좀체 말을 걸지 않
던 수혁 씨가 내 자리를 지나다가 "어유, 책 이거, 가끔 빌려 봐
도 돼요?"라고 물었을 때에도 나는 기분이 무척 좋았다.

"그럼요."

나는 조금 부끄럽게 대답했을라나.

"요즘은 무슨 소설이 재밌어요?"

수혁 씨가 계속해서 물어왔다. 그 물음에 나는 조금 놀랐다.

"소설 좋아하세요?"

"아니 뭐 그냥 있으면 보죠."

"아, 진짜요? 주로 어떤 거 읽으시는데요?"

"그냥 뭐, 있는 거 아무거나 다 잘 봐요."

"그렇구나…… 지금 산 건 다 에세이집이라 좀 그렇고, 집에
있는 책 중에 재밌는 걸로 골라서 몇 권 가지고 올게요. 대신
깨끗하게 보시고 돌려주셔야 돼요."

"아니, 뭐 굳이 가져오실 것까지는 없고요."

수혁 씨는 그저 가볍게 대꾸했다.

그날, 퇴근을 하려고 연구실 문을 나서는데 둘이 함께 나를
따라 나왔다.

"오늘 그냥 밖에 나가서 저녁 먹을 건데 혜정 씨도 같이 드시
고 가실래요?"

둘은 내가 퇴근할 때쯤 근처 식당에 전화를 걸어 저녁식사를

주문하곤 했다. 그렇게 밥을 먹은 뒤 계속 앉아 있다가 밤 10시쯤 집으로 돌아가는 모양이었다.

"정문으로 가실 거면 같이 가고요."

내가 말했다. 둘은 담배와 지갑을 주섬주섬 챙기며 대답했다.

"그러죠 뭐."

셋이 함께 공과대학 건물을 빠져나와 정문 방향으로 걸었다. 지나는 길에는 학생회관이 있었고, 학생회관 1층 서점 앞으로 책들을 잔뜩 쌓아놓은 가판이 나와 있었다. 수혁 씨가 먼저 다가가 "뭐 살 거 없나……"하며 둘러보기 시작했다. 나도 대강 둘러보았다. 주로 세계문학 시리즈, 프랑스와 일본 소설책들이 잔뜩 쌓여 있었다. 출판사별로 할인 행사를 하는 모양인지 대부분 30% 할인된 가격에 판매되고 있었다. 간간이 한국 소설도 있었는데 그것들은 모두 20% 할인된 가격이었다. 수혁 씨는 붉은 표지의 책 한 권을 집어 들더니 나에게 물었다.

"혜정 씨, 이거 읽어봤어요?"

전경린의 소설 『황진이』였다.

"아뇨. 홍석중의 『황진이』는 읽어봤는데……"

수혁 씨는 이미 책장을 넘겨보고 있었다.

"그래요? 그럼 그건 재밌어요?"

"그냥 뭐. 제가 개인적으로 역사소설은 별로……"

"그래요? 이거나 한번 읽어볼까. 혜정 씨는 뭐 살 거 없어요?

필요한 거 있으면 하나 골라보던가요."

"저는 됐어요. 인터넷으로 사는 게 편해서요."

수혁 씨가 책을 들고 서점 안으로 들어서려 했다. 그러자 멀 뚱히 지켜보던 재훈 씨가 입을 열었다.

"이따 밥 먹고 들어올 때 사요. 괜히 들고 다니지 말고."

"그럴까? 그냥 가요 그럼."

우리는 다시 정문 쪽으로 걷기 시작했다. 말수가 없는 사람과는 잘 상대해보지 않아서인지 여간 어색한 길이 아닐 수 없었다. 나는 가판대에 있던 책들을 떠올리며 혼잣말처럼 내뱉었다.

"요즘에는 다들 일본 소설이나 프랑스 소설 많이 읽던데."

그러자 수혁 씨가 말을 받았다.

"아, 아까 거기 있던 거는 다 읽었거든요."

그 말에 나는 조금 놀랐다.

"거기 있던 거를 다요?"

"예, 뭐, 고전은 말고요. 프랑스랑 일본 소설 중에서도 베르나르 베르베르랑 기욤 뮈소, 에쿠니 가오리 소설은 한 권도 안 빼고 다 읽었어요."

"아, 그런 소설 좋아하시는구나. 팬인가 봐요. 저도 그렇게 한 권도 빼놓지 않고 읽은 정도는 아닌데."

"아니요, 누나가 좋아해요. 집에 있기에 그냥 다 본 건데."

나는 말없이 고개를 끄덕였다. 그럼 그렇지, 싶기도 했다. 옆에 있던 재훈 씨가 다시 말을 꺼냈다.

"형은 그래도 공대생치고 정말 책 많이 읽는 것 같아요."

재훈 씨의 말에는 나름 경이와 감탄이 묻어나 있었다. 수혁 씨가 이어 말했다.

"그런데 만날 소설책만 읽으니까 머리가 더 나빠지는 것 같아요."

나는 또다시 짐짓 놀랐다. 살다 살다 책 읽다가 머리가 나빠지는 것 같다는 이야기는 처음 듣는 소리였다. "왜요?" 소리가 절로 튀어나왔다.

"그렇잖아요. 처세술이나 화술, 경영술 뭐 이런 것들을 읽어야 머리가 좋아질 텐데, 이건 만날 누나가 읽던 잡다한 소설들이나 읽고 있으니 더 멍청해지는 것 같더라고요."

나는 그만 고개를 끄덕여 보이고 "네"라고 아주 작게 대답했다. 수업 시간마다 무언가에 홀린 듯 소설책만 읽어대던 중학교 시절, 나날이 낮아지던 성적을 생각해보면 아주 틀린 말도 아니라는 생각이 들었다.

5 쿠페

월요일부터 금요일까지, 나는 매일 오후 1시에 출근해 저녁 6시에 퇴근했다. 이범우 교수가 다급하게 비행기 표를 예약해야 한다거나 모임에 필요한 공문을 쓴다고 할 때면 그보다 이른 아침 시간에 출근할 때도 있었다. 그러나 그런 때에도 꼭 다섯 시간만 일하고 곧바로 퇴근했다. 일반 사무직 근무의 절반에 해당하는 시간이니 급여도 딱 70만 원뿐이다.

나는 매일 아침 10시에 일어나 아파트 단지 안에 있는 공원길을 한 시간 정도 걸었다. 그러고는 집으로 돌아와 샤워를 한 뒤 아침 겸 점심을 먹고 출근 준비를 했다.

스물다섯 살의 나이에 지방대학 문예창작과를 졸업하고 나니 할 수 있는 게 아무것도 없었다. 사무직이라면 사실 이골이 나기도 했다. 고등학교 3학년이던 스무 살 이후 텔레마케터 회사 말고도 제법 여러 군데의 사무실을 전전해왔다. 실업계 고교 출신의 내가 할 수 있는 일이라고는 사무실에 앉아 정규직 사무원들이 넘겨주는 영수증을 정리하고 냉장고 안에 '박카스'와 '비타500'이 떨어지지 않도록 신경 쓰는 사무 보조가 전부였다. 물론 가장 먼저 출근해 직원들이 전날 사용한 컵들을 화장실에 들고 가서 닦는 일과 책상 정리, 휴지통 비우기, 바닥 청소 등도 도맡아 했다. 그리고 직원들이 퇴근하기 한 시간 전에 혼자서 업무를 마감하고 먼저 퇴근했다. 자잘한 은행 심부름, 등기 우편물 발송, 스캔과 복사, 팩스 보내기 따위의 일들도 모두 내 몫이었다.

사무 보조 일이 아주 재미가 없는 건 아니었다. 영수증 처리만 빼고 나머지 일들은 내가 하고 싶을 때 알아서 처리하면 됐다. 그러다 보니 한두 시간만 일하고 나면 나머지 시간에는 별로 할 게 없었다. 그러면 나는 자리에 앉아 온라인 게임이나 하며 시간을 보냈다. 언제 데이트 한번 하자며 치근덕대는 30대 유부남 사원들만 아니면 크게 불쾌한 일도 없었다. 그럼에도 불구하고 나는 대부분의 회사에서 두 달 이상을 버티지 못했다.

한 달 동안은 이것저것 잡다한 업무를 익히느라 시간이 정신 없이 흘러갔다. 출근하자마자 사무실의 창문을 열고 청소를 한 뒤 커피를 한 잔 마시며 쉬고 있으면 직원들이 출근하기 시작했다. 오전 10시가 되면 이런 저런 영수증과 사무실에 필요한 물품 목록, 등기로 부쳐야 할 서류봉투들이 내 앞으로 날아왔다. 그것들을 차곡차곡 정리한 뒤 당일 안으로 송금해야 할 돈과 계좌번호, 공과금들을 확인하다 보면 오전 시간이 다 지나갔다.

점심시간에는 식당에서 직원들과 함께 백반을 먹고 사무실로 돌아와 녹차를 마시며 시간을 보냈다. 그러다 오후 2시가 되면 법인카드와 통장, 우편물들을 가지고 밖으로 나갔다. 먼저 은행에 들러 공과금을 납부하고 타행계좌에 필요한 돈들을 보냈다. 그 뒤 통장 정리까지 마치고 우체국으로 향했다. 각종 서류와 세금계산서, 영수증 따위를 등기 우편으로 부치고 나서 근처 대형마트를 찾아갔다. 직원들이 적어준 물품—A4 용지와 토너, 카트리지, 세금계산서 용지와 볼펜, 종이컵, 음료수, 각종 쿠키와 비스킷 등—을 카트에 담고 법인카드로 결제한 뒤 배달을 부탁해두고 사무실로 돌아갔다. 그러면 이미 3시 반 정도가 되어 있었다. 그때부터는 복사나 스캔, 팩스 보내기 등 잡다한 일들을 마치고 온라인 게임이나 하며 시간을 보냈다. 그리고 마트에서 배달된 물건을 받아 정리하다 시간에 맞춰 퇴근을 했다.

사무 보조 업무가 익숙해지는 두번째 달이 오면 나는 그 시간들을 견디지 못했다. 정해진 업무는 언제나 똑같았고, 날이 갈수록 일이 익숙해져 더 빨리 모든 것들을 처리하게 됐다. 그러다 온라인 게임에도 신물이 날 때쯤 회사를 그만뒀다. 그간 받아둔 월급으로 거의 매일 친구들과 술을 마시고 놀다 보면 한두 달 사이에 돈이 바닥났다. 그러면 다시 사무 보조 일자리를 구해 두어 달 정도 일하다가 그만두기를 반복했다. 일을 그만둘 적마다 배낭을 꾸려 일본이나 중국, 태국처럼 항공료가 저렴한 아시아 국가로 떠나기도 했다. 그렇게 떠난 곳에서 보름이나 한 달 정도 생활하다가 돈이 떨어지면 다시 한국으로 돌아와 일자리를 알아봤다. 네번째로 취직했던 회사까지 그런 식으로 그만두고 나서 생각해보니, 사무직은 확실히 내 체질에 맞지 않았다. 그래서 나는 다시 패밀리 레스토랑이나 호프집에서 일을 하며 시간을 보냈다.

나는 서빙이 좋았다. 어릴 때 패스트푸드점에서 오래 일한 것이 몸에 배었는지 사람을 상대하는 일이 편하고 쉬웠다. 내 또래의 친구들과 웃으며 일할 수 있고, 다양한 사람들과 만나 이야기 나눌 수 있다는 것 또한 장점이었다. 그래서 스물세 살에 대학에 입학하기 전까지의 2년을 나는 패밀리 레스토랑이나 카페에서 유니폼을 입고 일하며 흘려보냈다.

올해 초 대학을 졸업하게 되었을 때, 나는 사실 취직할 생각이 아예 없었다. 학과에서 소개해주는 대부분의 일자리는 소규

모 출판사에서 편집이나 마케팅을 담당하는 자리였다. 라디오 구성작가 보조나 케이블 방송국의 구성작가 자리는 터무니없이 적은 보수에도 불구하고 여자 졸업생 대부분이 달려들어 다 꿰차고 나갔다. 방송국이라는 것과 연예인을 많이 볼 수 있다는 점 때문에 다들 그런 일자리를 선호했다.

소설 창작 동호회 회원 중 나보다 스무 살 정도가 많은 정지헌 선배 또한 내게 송중기가 출연하는 드라마의 보조작가 자리를 권해온 적이 있었다.

"물론 사무직보다는 턱없이 적은 돈이긴 하지만 그래도 안 버는 것보다는 낫잖아. 아는 사람이 그 드라마 메인 작가인데 보조작가 할 만한 사람 있으면 소개시켜 달라 하더라고."

학과 게시판에 써 붙여놓으면 다들 우르르 달려들어 지원서를 내러 갈 만한 일이었다. 하지만 나는 아무리 생각해도 영 내키질 않았다.

고등학생 때 내가 살고 있는 아파트 단지에서 송중기가 출연하는 드라마 촬영이 있었다. 주민들이 너도나도 "오늘 송중기가 온대"라는 말들을 쏟아냈다. 나도 송중기의 실물을 한번쯤은 보고 싶어 촬영 현장으로 나갔다. 아파트 입구 주차장에서 이루어지는 촬영이었는데, 이미 사람들로 북새통을 이루고 있어 발 디딜 틈조차 보이질 않았다. 특히나 아파트 단지 내의 초등학생들은 거의 다 나와 있는 것 같았다. 스태프들은 촬영장

주변으로 몰려드는 아이들에게 프레임 밖으로 나가라며 욕을
섞어 소리를 질렀고, 때로는 심하게 밀치기까지 했다. 촬영이
시작되자 누군가 한 명이라도 소리를 내거나 움직이면 정말로
심하게 화를 내며 달려들곤 해서 아파트 경비원들이 말리기까
지 했다.

　송중기는 검은색 승용차를 타고 아파트 단지 안으로 미끄러
지듯 들어오는 장면을 촬영하고 있었다. 나는 친구들과 함께
사람들 틈을 비집고 맨 앞자리로 나가 그 장면을 지켜보았다.
송중기는 벌써 여덟 번이나 똑같은 동작을 반복하고 있었다.
심지어 시종일관 똑같은 표정을 유지한 채 계속해서 운전대를
잡고 우리들 앞으로 미끄러지듯 흘러들어왔다. 그때 초등학생
으로 보이는 남자아이가 송중기의 차 앞으로 불쑥 뛰어들었다.
아마도 그를 조금이나마 가까이서 보고픈 마음에서였으리라.
아니면 아무도 존재하지 않는 프레임 한가운데에 꼭 한 번 서
보고 싶은 욕심에서였을지도 모르겠다. 하지만 그 아무것도 아
닌 욕망은 때때로 얼마나 위험한가. 미끄러지듯 들어오던 송중
기의 차는 정확히 아이 앞에서 멈춰 섰다. 그와 동시에 스태프
들 중 한 명이 입에 물고 있던 담배를 내던지고 프레임 안으로
들어와 소리를 질렀다.

　"이 씨발 새끼가 근데 보자보자 하니까."

　아이는 너무 놀라 송중기의 승용차 앞에 붙박인 채 오도 가

도 못하고 서 있기만 했다.

"너 이 씨발 새끼 진짜, 야, 빨리 안 꺼져?"

몰려 있던 구경꾼들 무리에서 "뭐야, 왜 저래" "왜 욕을 하고 난리야 애한테" 하는 말들이 쏟아져 나왔다. 그래도 스태프는 아랑곳 않고 아이를 프레임 밖으로 거세게 밀어냈다. 아이는 뒤로 나자빠지며 반사적으로 손을 바닥에 내둘렀다. 그 바람에 아이의 한쪽 손이 내 신발에 닿았다. 남자는 계속해서 웅성대는 사람들을 향해 소리쳤다.

"조용히 못해? 떠들 거면 집구석에 들어가서 떠들던가, 왜 기어 나와서 남의 촬영 방해하고 난리야? 빨리빨리 안 꺼져?"

나는 내 발밑에 주저앉은 아이를 일으켜 세웠다. 아이는 울지 않았다. 그저 멍한 얼굴이었다. 자신이 무슨 짓을 했는지, 누구로부터 어떤 일을 당했는지 전혀 모르고 있는 표정이었다. 사람들은 "재수 없다" "뭐 대단한 거라고……" 한마디씩 내뱉으며 하나둘 흩어지기 시작했고, 스태프들은 계속해서 짜증을 냈다. 그때 차 안에 있던 송중기가 보조석의 창문을 내려 고개를 길게 빼고 아이를 바라봤다. 덕분에 나는 그의 얼굴을 아주 가까이에서 바라볼 수 있었다.

"괜찮니? 안 다쳤어?"

그의 표정과 목소리는 진심이었다. 그곳에 모인 많은 사람들 중 오로지 송중기만이 그 아이를 걱정하고 있었다는 사실을 나는 알 수가 있었다.

"미안하다. 얼른 집으로 들어가."

그렇게 말하며 그는 아이를 향하여 살며시 미소 지었다. 어딘가 모르게 쓸쓸함이 묻어나는 미소 같기도 했다. 그 순간 문득, 아이가 당한 일에 대하여, 그리고 그 아이의 기분에 대하여 가장 잘 알고 있는 사람은 아마도 송중기일 거라는 생각이 들었다. 아니, 그런 확신이 들었다. 오직 그만이, 스태프들에게 더러운 욕을 먹고 폭행을 당한(비록 가볍게 밀치는 정도였지만) 아이의 심정을 아주 정확하게 알고 있으리라는 느낌이 들었다. 이내 스태프 중 한 명이 "자, 다시 갑시다"라고 소리쳤다. 송중기는 차창을 올려 닫은 뒤 다시 후진해 프레임 밖으로 나갔다.

송중기, 방송국, 드라마, 보조작가, 이런 것들을 생각하고 있으려니까 그때의 기억이 새록새록 떠올랐다. 사람들에게 소리를 지르고 욕을 하던 스태프들의 목소리가 귓가에 쩌렁쩌렁 울리는 것도 같았다. 보조작가 일을 하다가 뭔가 실수해 작가나 연출자, 스태프들이 나에게 소리치고 화내는 상황이 생길 때마다 송중기가 다가와 "괜찮아요?"라고 물으며 손이라도 한번씩 잡아준다는 보장이 있다면 모를까, 아무리 생각해도 드라마 보조작가 일은 하고 싶지 않았다.

또 나는 어떻게든 소설을 계속 써보고 싶었다. 방송과 관련된 일들은 경험 삼아 해볼 만하긴 했지만 대본에 필요한 내용을 수집하거나 취재하고 드라마 세트장을 따라다니며 모니터링까지 하려면 아무래도 소설을 쓸 여력이 남아나지 않을 것 같았다. 때문에 나는 "생각해보겠다"고 할 것도 없이 바로 거절해버렸다. 어차피 드라마 작가를 희망하는 사람들이야 쌔고 쌨으니 별로 아쉬울 것도 없는 모양이었다. 선배는 "그래?" 하며 시큰둥하게 받아치고는 "뭐, 꼭 알아봐달라고 한 건 아니었으니까"라고 말했다.

어떤 일자리건 취직을 하면 하루 여덟 시간은 근무하게 되어 있었다. 출퇴근 시간과 점심시간, 휴식 시간까지 합하면 하루 중 열 시간도 넘게 돈 버는 일에만 매달리며 살아야 하는 것이다. 나는 그런 생활을 원치 않았다. 한 편의 단편소설을 쓰려면 적어도 보름에서 한 달 정도가 걸렸다. 그 시간 동안 오로지 소설 쓰기에만 전념해도 완성도 있는 작품을 써내기가 쉽지 않은 터였다.

꼭 소설을 쓰는 시간만이 아니라 틈틈이 좋은 문학작품들을 읽을 시간 또한 절대적으로 필요했다. 더군다나 나는 책을 읽을 때 작품의 서사와 구조를 빠르게 이해하지도 못했다. 때문에 책 읽는 속도가 워낙에 더뎠다. 뭐…… 작가가 되려면 이처럼 많은 시간과 노력이 필요하다는, 남들이 보기에는 그다지 합당하지만도 않은 이유들로 나는 계속해서 취직을 미뤘다. 그리고 정말이지 하루 다섯 시간 정도만 일할 '알바'를 간절히 찾고 있었다.

와인바는 새벽에 일을 하고 술을 많이 마시게 되니 먼저 제외시켰다. 그리고 몇몇 패밀리 레스토랑과 패스트푸드점에 이력서를 제출했지만 나이가 너무 많다는 이유로 거절당했다. 나에게 일을 가르치고 시켜야 할 직원들이 모두 나보다 어렸기 때문에 함께 일하기 거리낀다는 것이었다. 그러다 최진성 교수로부터 지금 일자리를 소개받았을 때에는 정말 웬 떡인가 싶었다. 일반 사무직이나 서빙보다는 체력 소모가 덜할 것이고 하는 일도 별로 없다니 근무 시간에 쉬엄쉬엄 책을 읽거나 글을 쓸 수도 있을 것 같았다.

그러나 일이라는 게 내 생각처럼 그리 호락호락하지 않았다. 막상 연구실에 출근해 오후 1시부터 6시까지의 근무를 마치고 나면 나머지 시간을 활용하기가 쉽지 않았다. 오후 6시에 퇴근해 집으로 돌아가면 7시였고, 저녁을 먹은 뒤 도서관에 가려고 보면 이미 8시가 넘어서 있었다. 그럼에도 굳이 소설을 쓰겠다고 마을버스를 타고 도서관으로 향하면 9시가 다 되었다. 열람실은 10시에 문을 닫는지라 9시 50분부터는 자리를 비워야 했기에 고작 한 시간 남짓 글을 쓰자고 도서관까지 가기가 쉽지 않았다. 따라서 저녁을 먹고 나면 텔레비전을 보며 빈둥대는 시간이 더 많아졌고, 그나마도 약속이 있는 날이면 늦은 새벽까지 술을 마시며 놀기에 바빴다.

　띠리리리리, 띠리, 하는 전화벨 소리가 울렸다. 항상 불규칙한 호흡을 내뱉는 듯하지만 자세히 듣다보면 일정한 규칙에 의하여 소리가 울린다는 것을 알 수 있었다. 벨소리는 정확히 '띠리리리리, 띠리리리리, 띠리리리리' 하고 울려야 맞지만, 이 빨간색 전화기는 '띠리리리, 띠리, 띠리리리리, 띠리' 이렇게 네 번씩 울렸다. 그리고 나는 전화기가 이렇게 불규칙해지기 전, 그러니까 온전한 벨소리인 '띠리리리리' 소리가 울리기 전의 '띠리' 소리가 날 때 수화기를 드는 것을 가장 좋아했다. 이상하게 그 호흡을 놓치고 나서 전화를 받으면 불쾌한 전화인 경우가 많았다.

　전화는 여상 동기였던 미연에게서 걸려온 것이었다. 미연하고는 사실 중학교도 같은 곳을 다녔다. 그러나 중학생 때는 같은 반이었던 적이 한 번도 없어 서로 이름과 얼굴 정도만 아는 사이였다. 그러다 여상에 진학해보니 같은 반에 미연이 있었고, 중학교 동창이란 이유로 자연스럽게 친해지긴 했지만 좀체 같이 다니지는 않았다. 미연은 수업을 절대로 빠지지 않는 성실한 학생이었고, 나는 지각과 결석을 밥 먹듯이 하는 아이였기에 서로의 동선이 많이 달랐다.

　미연과 연락을 나누기 시작한 건 외려 고등학교 2학년 때 내가 다른 학교로 이전퇴학을 당하고 나서부터였다. 그 학교의 남자 친구들에게 미연과 친한 무리의 여자애들을 소개시켜준 일이 있었다. 그중 나와 친하게 지내던 남자애랑 미연이 애인 사이로 발전했다. 그러다 보니 자연스럽게 셋이 자주 만나고 통화도 많이 나누게 되었다. 그러다가 둘의 연인 관계가 깨지고 내가 고등학교를 아예 그만 두게 되었는데도 연락을 소홀히 하지 않던 미연이었다.

미연은 항상 수다가 많았다. 그녀는 늘 SNS나 휴대전화 메신저를 통해 친구들과 연락하며 정말이지 별의별 이야기를 다 물어오곤 했다. 이름도 잘 기억 안 나는 동창들이 결혼한 소식이며 취업 소식, 연애 소식들을 꾸준히 이야기해주는가 하면 얼굴도 기억 안 나는 친구들의 성형 전후 사진 같은 걸 전송해주기도 했다. 또 회사에서 할 일이 없을 때마다 이렇게 전화를 걸어와 동창 누가 애를 낳았네, 누구랑 누구가 헤어졌네 하는 수다를 정신없이 해댔다. 이제는 전혀 상관없는 남의 이야기인데도 듣고 있으면 그냥저냥 또 재미가 있었다.

미연은 고등학교 졸업 뒤 바로 여의도에 위치한 증권회사에 경리로 취직해 벌써 5년이나 일해왔다. 회사에서 일한 지 2년째가 되던 해에 산업체 특별전형으로 평소 관심이 많던 의상디자인학과에 입학해 야간수업을 다니면서도 회사생활을 해왔다. 그리고 지난달 친구들과의 모임에서 미연은 경리부 주임이라는 직급을 달았다며 새로운 명함을 하나씩 돌렸다. 옆에 앉은 한 친구는 미연의 월급이 아마 2백만 원도 훌쩍 넘을 거라고 슬쩍 이야기했다.

나는 고등학교 1학년 때부터 여태껏 단 한 번도 염색이나 파마를 하지 않고 길러온 미연의 긴 머리칼을 바라보고 있었다. 나는 미연의 그 헤어스타일이 마음에 들지 않았다. 저 긴 머리칼을 늘어뜨린 채 잠들면, 머리카락이 굵고 긴 구렁이로 변해 목을 조여 오는 꿈을 매일 꿀 것만 같았다.

"승진도 했는데 머리 스타일 좀 바꿔보지그래? 미용실에 회원권 끊어놓고 한 달에 서너 번씩은 간다는 애가 어쩜 그렇게 커트나 파마 한 번을 안 해?"

미연은 앞에 놓인 수제 생맥주를 홀짝이며 "이걸 왜 잘라, 어떻게 기른 머린데"라고 말했다. 나는 다시 물었다.

"너 미용실 가면, 도대체 뭐해?"

"할 게 얼마나 많은데. 영양, 두피 마사지, 비듬 관리, 그런 거 매달 안 하면 머리카락 다 상하는 거 몰라?"

"그래, 어련하시겠어."

그렇게 말하며 나는 밀맥주를 한 잔 더 주문해 마셨다.

수화기를 통해 들려오는 미연의 목소리는 오늘도 들떠 있었다. 오늘은 또 어떤 특종을 물어오셨나 싶어 귀를 슬쩍 세웠다.

한데 미연은 어쩐 일인지 시시콜콜한 잡담들은 다 제쳐두고 "오늘 저녁에 시간 있어?"라고만 물어왔다. 딱히 별다른 약속은 없어 우리는 광화문에서 만나기로 하고 전화를 끊었다.

퇴근 후 광화문으로 가보니 미연은 웬일로 약속한 시간보다 일찍 나와 나를 기다리고 있었다. 기다린 시간이 제법 되는 것 같은데도 특별히 화를 내거나 짜증을 부리지 않았다. 그녀는 그저 자연스레 나에게 팔짱을 꼈다. 우리는 종로 방향으로 걸어가기 시작했다. 내가 미연에게 물었다.

"뭐 먹을까?"

"커피나 마시지 뭐."

미연과 나는 한국 여성의 표준체중에 못 미치는 몸무게를 가지고 있으면서도 항상 다이어트를 하느라 저녁을 잘 먹지 않았다. 회사에서 가지는 회식 자리나 친구들과의 모임에서 언제나 높은 열량의 술과 음식들을 먹다보니 이렇게 단둘이 만날 때만이라도 저녁을 먹지 않아야 현재의 체중을 유지할 수 있었다. 살을 꼭 빼야 하는 건 아니지만 이렇게 체중 조절을 하는 것만이 우리의 마지막 보루라는 의식을 암암리에 가지고 있는 건지도 모르겠다.

미연과 나는 커피전문점으로 들어가 주문대 앞에 섰다. 미연은 아이스커피를, 나는 에스프레소를 주문했다. 미연이 계산을 하는 동안 나는 먼저 자리에 가 앉았다. 이내 그녀가 주문한 커피를 들고 와 자리에 앉았다. 그리고 갑자기 소개팅에 관한 이야기를 늘어놓기 시작했다.

"나이는 우리보다 두 살 많고, 전문대 건축과 졸업했다더라. 건설업 하시는 아버지 일을 도우고 있다는데 차가 제네시스 쿠페래. 아버지 일 도와주면서 얼마나 받는지는 모르겠지만 최소한 용돈 걱정은 없을 테니까 심심풀이 삼아 한번 만나 봐라, 응?"

다른 건 다 괜찮은데 차가 쿠페라는 것이 영 마음에 들지 않았다. 자리도 좁고 차체도 낮아 아스팔트 위를 달릴 때 도로의 표면이 다 느껴지는 2인승 차를 나는 좋아하지 않았다. 그렇다고 대형 세단을 바라는 건 아니지만 어쨌거나 문짝이 두 개뿐인 쿠페나 스포츠카는 싫었다. 나는 지프나 승합차처럼 크고 넓은 차가 편했다.

"그런 애가 겨우 나 같은 애를 마음에 들어 하겠니?"

나는 짐짓 딴청을 부리며 에스프레소를 한 방울씩 빨아 입안에 머금었다. 그녀는 휴대전화로 누군가와 메시지를 주고받으며 계속 이야기했다.

"안 그래도 남자쪽 주선해주는 선배가 일단 너를 한번 보고 싶다고 한다."

입안에 머금고 있던 에스프레소가 컥, 하고 넘어와 목구멍에 걸려들었다. 나는 입을 열어 켁켁 소리를 내며 기침을 내뱉다가 미연의 아이스커피를 빨아들여 속을 달랬다.

"그러니까, 제네시스 후배에게 소개시켜줄 여자가 어느 정도인지 일단 주선자가 먼저 선을 보겠다는 거야?"

그랬다. 소개팅의 당사자도 아닌 소개팅 주선자를 소개 받는 어처구니없는 자리라니. 어째서 내가 이런 거지같은 상황에 말려들어야 하는 것일까? 아무리 생각해도 이해되지 않았다. 목에 걸려든 커피 때문인지 얼굴이 짐짓 달아올랐다. 미연은 손사래를 치며 서둘러 대답했다.

"아니, 그런 게 아니라 선배한테 문자 왔는데 마침 종각에 있대. 책 사러 나왔는데 영풍에는 찾는 책이 없어서 교보로 간다고 하기에 그럼 거기 가기 전에 잠깐 들르라고 말했어."

더 이상 들을 것도 없었다. 미연은 늘 이런 식으로 사람을 낚는 데 능숙한 년이었다. 나는 손에 들린 커피 잔을 내려놓고 가방과 휴대전화를 챙겨 자리에서 일어났다.

"야아, 진짜 그런 거 아니라니까. 아이, 왜 그래, 얼른 앉아. 잘되면 서로서로 좋은 거잖아."

꼭 제네시스 쿠페 때문도, 미리 선을 보겠다는 미연의 선배 때문도 아니었다. 어릴 때부터 소개팅이라면 영 불편하기만 했다. 남자 쪽 주선자와 여자 쪽 주선자, 그리고 소개팅 당사자까지 카페 같은 곳에 어쭙잖게 모여 앉아 아이스커피나 빨아 마시는 일은 정말이지 어색하기 짝이 없었다. 그러다가 둘씩 짝을 지어 헤어진 뒤 밥을 먹으러 가고, 분위기 좋으면 바에 가서 맥주까지 한 잔씩 하게 되는 뭐 그렇고 그런 만남이었다. 그 뻔한 일정 자체가 모두 다 싫은 건 아니지만 그러한 만남에서 오가는 대화들이 끔찍했다. 처음 마주한 또래의 이성에게 자신의 단점부터 이야기할 리는 절대 없었다. 그저 자신이 가진 것, 자신의 장점 따위만 늘어놓아 진짜 괜찮은 사람인가보다 하고 한껏 마음이 부풀어 올랐다가 두번째 만남부터 서서히 상대의 단점을 발견하게 되는 일이 싫었다. 공기가 빠져나가지 못하도록 매듭을 꼭 매어둔 풍선에서도 공기는 새어나가게 마련이었다. 그렇게 매듭지어진 채 주글주글 쪼그라든 고무풍선처럼 상대의 찌그러진 얼굴과 마주하는 일이 나는 싫었다.

미연의 만류에도 불구하고 뒤돌아섰을 때, "어머, 선배. 여기야!" 하고 소리치는 그녀의 목소리가 등 뒤에서 울렸다. 고개를 돌려 보니 체격 좋은 남자 한 명이 미색 면바지에 면티셔츠 차림으로 출입문을 밀며 들어오고 있었다. 남자는 우리 쪽을 바라보더니 별다른 표정 없이 걸어왔다. 나는 뒤돌아 미연을 바라보았다. 그녀는 활짝 웃고 있었다. 머리카락을 다 쥐어뜯고 싶을 정도로 얄미운 웃음이었다.

미연은 선배라는 사람과 나를 서로 소개해주지도 않고 커피를 사 오겠다며 카운터 쪽으로 쪼르르 달려갔다. 나는 그와 가볍게 목인사만 나눈 뒤 내내 찡그린 표정으로 앉아 있었다. 그

러면서도 남자의 모습을 흘끗흘끗 넘겨다보기는 했다. 남자는
종각에서부터 걸어오느라 조금 더웠는지 테이블 위에 놓인 종
이냅킨을 집어 이마에 맺힌 땀을 찍어내고 있었다. 그러다가
이내 나의 시선을 느꼈는지 내 얼굴을 바라보았다. 나는 애써
웃어보였다.

"무슨 책 사셨어요?"

이름도 모르는 남자에게 겨우 묻는 말치고는 적당하지 않았
지만 달리 생각나는 말이 없었다. 남자는 조금 당황한 듯 말을
더듬었다.

"예? 아, 예…… 저 그냥."

역시 책을 사러 나왔다는 것은 미연이 지어낸 말인 게 뻔했
다. 남자는 화제를 다른 쪽으로 돌려보려고 노력하는 듯했다.
내 말과는 상관없는 물음을 남자가 던져왔다.

"문창과 나왔다고 하셨죠? 어떤 책 좋아하세요?"

미연이 이미 내 이력까지 상세히 통보해놓은 모양이었다. 내
가 선뜻 대답하지 않자 남자가 이어 말했다.

"저도 문창과 나왔거든요."

어쩌면 동갑내기 제네시스 쿠페는 순 뻥이고 실제 소개팅 대
상이 이 남자가 아닐까 싶어 나는 점점 더 불쾌해지기만 했다.
게다가 문창과 남자라니. 시나 소설 좀 쓰는 체하던 복학생 남
자애들이 후배들을 붙잡고 민속주점에서 막걸리를 퍼마시며

인생의 짐과 고뇌를 다 짊어진 양 문학과 철학에 대해 떠들어
대는 모습이 나는 늘 같잖았다. 나는 대답 대신 질문을 했다.

"그쪽은, 무슨 책 좋아하시는데요?"

남자는 손에 들린 냅킨으로 턱밑까지 흘러내리는 땀을 닦았
다. 자리에 막 앉았을 때보다 더 많은 땀을 흘리는 것 같았다.
그러면서 다른 한 손으로 가방을 열기 시작했다. 어쩐지 미셸
우엘벡이나 제임스 설터 아니면 파스칼 키냐르의 책들이 쏟아
져 나올 것 같았다. 저런 이들은 꼭 그런 책들을 가지고 다니며
뭔가 있어 보이고 싶어 하는 경향이 있으니까 말이다. 한데 그
의 손에서 수줍은 듯 끌려나오는 책은 다름 아닌 윤대녕의 『코
카콜라 애인』이었다.

"이건 그냥, 좀 전에 중고서점에 갔다가 한 권 샀어요."

이내 미연이 아이스커피를 들고 자리에 와 앉았다. 그녀는
커피를 남자 앞으로 밀어주며 물었다.

"소설 얘기 하고 있었어? 선배 요새 뭐 읽어? 『코카콜라 애
인』? 처음 보는 책이네. 이거 재밌어? 나도 한번 읽어볼까?"

언제나 대답이 필요 없는 질문들을 저렇게 한꺼번에 쏟아내
는 게 미연의 특기였다. 그녀가 얼마 전 조정래의 『한강』을 다
읽었다며 또 뭐 읽을 만한 책이 없느냐고 물어 왔던 일이 떠올
랐다. 그럼 『아리랑』과 『태백산맥』을 읽으라고 권하자 그건 이
미 다 읽었다고 말했다. 나는 미연이 언제부터 그렇게 소설을

많이 읽었나 싶었다. 그도 그럴 것이 학교를 같이 다니던 동안
에는 그녀가 책 같은 것을 읽는 모습을 한 번도 보지 못했기 때
문이다. 도대체 언제 그렇게 책을 읽었느냐고 묻자 그녀는 지
난 5년간 회사를 다니며 할 일이 없을 때마다 대하소설들을 읽
었다고 대답했다.

"우리 사무실, 게임 사이트는 다 차단시켜났거든. 그래서."

내가 사무실에서 일할 때 온라인 게임에 빠져 지냈던 것처럼
미연은 소설책을 읽는 것이었다. 충분히 그럴 수도 있는 일이
지만 나는 그냥 기분이 썩 좋지만은 않았다.

"너는 요새 뭐 읽어?"

미연이 나에게로 시선을 옮기며 물어왔다. 그러고 보니 마지
막으로 소설을 읽은 게 언제였는지 기억이 나질 않았다. 심지
어 그 소설이 무엇이었는지조차도.

6 소설

나는 길을 건너 안국동 방향으로 걸었다. 미연의 선배라는 사람에게 소개팅 이야기는 없던 걸로 하자고 직접 말하고 나온 길이었다. 그러고는 광화문역으로 가 전철을 타려던 차에 휴대 전화 메시지 알림이 울렸다. 인사동에 나와 있다며 술 한잔하지 않겠느냐는 정지헌 선배의 문자였다.

정지헌 선배가 운영하는 소설 창작 동호회에 가입한 것은 지난해, 문창과 2학년생이 되던 때였다. 동호회 운영 방식은 간단했다. 열두 명의 회원들이 순서를 정해 매달 두 명씩 습작소설을 발표하는 것. 발표자가 미리 온라인 게시판에 소설을 올려두면 나머지 회원들이 그것을 내려 받아 꼼꼼히 읽었다. 그러고서 한 달에 한 번 가지는 오프라인 모임 때 다 같이 그 소설에 대한 평을 나눴다.

모임 장소는 충정로에 위치한 한 논술학원이었다. 회원 중 50대 후반의 이미영 씨가 운영하는 학원으로 학기 중의 낮 시간대에는 수업이 하나도 없어 우리가 사용할 수 있게끔 배려해주었다.

매달 마지막 주 수요일 오후 1시에 모여 간단한 주전부리와 함께 진행되는 합평은 대개 다섯 시간 정도 진행됐다. 모임이 끝나면 근처의 전통주점에서 찌개와 파전을 시켜놓고 맥주를 마셨다. 그러면서 다들 문학에 대한 이야기들을 자유롭게 나눴다. 회원들은 중년의 주부가 대다수였고, 간간히 백수나 대학원생이 한두 명 끼어 있을 뿐이었다.

문예창작과에 다니고 있던 내가 이 모임에 처음 얼굴을 내밀었을 때, 기존의 회원들 모두 의아한 눈길로 나를 바라보았다.

"문창과 다니고 있으면 거기서 다 소설 창작 배우고 하지 않아요?"

"그러게. 우리는 그냥 아마추어 모임에 구닥다리 아줌마들뿐인데, 아무래도 젊은 사람 많은 대학이 낫잖아?"

아줌마들 두서너 명이서 내 대답과 상관없이 말들을 주고받았다.

문예창작과에 입학하던 2년 전, 나는 소설을 쓸 생각 같은 건 조금도 해본 적 없었다. 중고등학교 내내 단 한 번도 공부를 제대로 해본 적이 없고, 고등학교를 졸업한 뒤에도 2년 동안이나 놀기만 했던 내가 어찌 '소설가'라는 이름을 가슴에 품을 수 있었으랴. 그저 노는 일에 더 이상 재미를 느끼지 못하던 스물두 살의 어느 날, 노는 거 말고 뭔가 재밌는 일이 없을까 고민하다가 문득 집어든 게 소설이었다.

소설을 다시 읽게 되다니. 꼭 5년 만이었다.

초등학생 때부터 꼴지를 도맡아 하던 나에게 공부는 너무 어렵고 재미없는 대상이었다. 중학생이 되어서도 마찬가지였다. 어쩌다 수업에 집중해보려 해도 워낙에 기초가 없던 터라 아무것도 이해할 수가 없었다. 마지못해 교과서를 펴놓고 있긴 했지만 제대로 들여다본 적은 없었고, 수업 시간을 견디기가 늘 힘들었다.

국어나 영어, 국사 시간 같은 때에 누군가 자리에서 일어나 교과서를 읽을 때면 나는 스르르 밀려드는 졸음을 참느라 혼이 났다. 잠을 자다가 걸리면 교실에서 쫓겨나거나 매를 맞기 때문에 어떻게든 자지 않으려 노력했다. 하지만 노력하면 할수록 졸음은 나에게 더 가까이 다가왔다. 나는 선생님께 제발 10분만 잘 수 있게 나를 내버려두면 안 되겠느냐고 사정이라도 하고 싶었다. 눈꺼풀이 절반 이상 내려앉고, 머리통은 서서히 책상 쪽으로 내려갔다. 같은 반 친구가 읽어주는 교과서의 내용은 잠을 더 부추기는 자장가처럼 감미롭기만 했다.

"잠자는 자 잠을 깨고 눈 먼 자 눈을 떠라……"

달콤한 잠에 취해 있을 때, 무슨 계시와도 같이 그 대목이 들려왔다. 나는 눈을 번뜩 떴다. 마음이 제멋대로 춤을 추고 있었다. 나는 알 수 없는 기분에 이끌려 교과서를 뒤적여봤지만 어느 부분인지 찾을 수 없었다. 옆에 앉은 짝의 옆구리를 찔러 "어디야?"라고 물으니 짝은 조용히 교과서의 한 부분을 짚었다. 나는 얼른 그 부분을 눈으로 좇았다.

"'가'자에 ㄱ하면 '각'하고"
"'나'자에 ㄴ하면 '난'하고"

하면서 다리도 못 뻗고 들어앉은 아이들은, 고개를 반짝 들고 칠판을 쳐다보면서 제비 주둥이 같은 입을 일제히 벌렸다 오므렸다 한다. 그러면 윗반에서는 『농민독본』을 펴 놓고,

잠자는 자 잠을 깨고
눈먼 자 눈을 떠라
부지런히 일을 하여
살길을 닦아 보세

하며 목청이 찢어져라고 선생의 입내를 낸다. 그 소리를 가까이 들으면 귀가 따갑도록 시끄럽지만 멀리 축동 밖에서 들을 때, '아아 너희들

이 인제야 눈을 떠 가는구나!' 하며 영신은 어깨춤이 저절로 났다.

그러다가 어느 날 저녁때였다. 영신의 신변을 노상 주목하고 다니던 순사가 나와서 다짜고짜,

"주임이 당신을 보자는데, 내일 아침까지 주재소로 출두를 하시오."

하고 한마디를 이르고는 말대답을 들을 사이도 없이 자전거를 되짚어 타고 가버렸다.

친구는 소리 내어 읽기를 마쳤고, 국어 선생님은 소설의 시점과 갈래, 배경 따위를 칠판에 잔뜩 적어놓은 채 무언가 설명하고 있었다. 그 소설의 제목은 『상록수』였다. 나는 필기 따위는 제쳐두고 교과서의 앞 장을 넘겨 처음부터 다시 읽었다. 교과서에 수록된 내용은 고작 서너 장뿐이라 앞의 내용과 뒤의 내용은 알 수가 없었다. 선생님은 계속해서 소설 『상록수』에 대해 이야기하며 당시 농촌을 휩쓸던 '브나로드 운동'과 계몽 소설에 관해 설명했다. '브나로드'라는 단어는 어쩐지 '시나브로'라는 말과 헷갈렸다. 나는 브나로드와 시나브로, 라는 단어를 번갈아 웅얼웅얼 외워보다가 질문할 사람 없느냐는 선생님의 물음에 손을 들고 '순사'와 '주재소'가 무어냐고 물었다.

수업을 파하고 집으로 돌아온 나는 두 살 터울의 오빠에게 『상록수』를 읽어봤느냐고 물었다. 오빠는 그렇다고 대답했다. 내가 그 내용을 좀 들려달라고 부탁하자 오빠는 자기 공부하기

바쁘니 직접 읽어보라며 책장에 꽂혀 있던 문고판『상록수』를 내주었다. 공부 잘하는 오빠니 교과서에 나오는 소설쯤은 이미 읽어본 거였다. 그리고 내가 그 책을 받아들었을 때, 어쩐지 거부할 수 없는 운명을 받아드는 듯한 느낌이 들었다.

다음날 학교에 갈 때 나는 그 책을 가지고 가 교과서 사이에 끼워두고 읽었다. 그때, 신기한 일이 일어났다. 청년들이 정말 체조(丁抹體操)를 마치고 애향가(愛鄕歌)를 부르던 대목을 한참 읽고 있는데 누군가 내 어깨를 툭 치더니 묵직한 손을 올렸다. 번번이 졸다가 걸려서 나를 많이 혼냈던 기술 선생이었다. 나는 얼른 책을 덮고 눈을 내리깔았다. 선생님은 내가 덮어둔 책을 집어 서너 번 정도 훑어보더니 곧바로 다시 돌려주었다. 나는 얼결에『상록수』를 받아들고 먹먹한 눈으로 선생님을 올려다보았다.

"이건 쉬는 시간에 읽고, 지금은 필기를 해라."

기술 선생은 그렇게만 말하고 다시 내 어깨를 툭툭, 두 번 두드리고 나서 아이들이 필기를 잘 하고 있는지 감시했다.

그때부터였다. 말하자면 나는, 선생님들에게 혼나지 않고 지루한 수업 시간을 견딜 수 있는 방법을 마침내 찾아낸 것이었다.

그날 집으로 돌아와 오빠의 책장을 뒤져보니『삼대』『무정』『탁류』등 교과서에서 한번쯤은 봤을 법한 소설들이 거의 다 있었다. 또한 수업에 필요한 책을 사야 한다고 엄마에게 말하면 엄마는 아버지의 신용카드를 척척 내주었다. 그러면 나는 서점으로 달려가 국어 교과서에 실려 있는 소설들을 깡그리 구입했나. 서점에는 『교과서에 나오는 소설』『중학생이 꼭 읽어야 할 단편소설』 같은 제목의 책들도 많았다. 그 책에 실려 있는 한국 중단편소설 중에서 마음에 드는 소설과 작가 이름은 따로 적어두었다가 교과서에 실리지 않은 책들까지도 다 찾아서 읽었다. 그렇게 근현대 한국문학 작가들의 책들을 잔뜩 찾아 사놓고는 수업 시간마다 교과서 사이에 끼워두고 읽었다.

소설을 읽다가 선생님들에게 걸리는 일이 생겨도 책을 빼앗기거나 혼이 나지 않았다. 그저 조용히 "쉬는 시간에 읽어라"고 말하는 선생님들만 있었던 게 아니었다. 오히려 "좋은 책을 읽는구나" 혹은 "책을 참 열심히 읽는구나"라며 칭찬해주는 선생들도 있었다. 그렇게 중학교 3학년이 되자 나는 이미 고등학교 국어 교과서에 나오는 소설들까지 다 찾아서 읽어버린 참이었다.

성적은 점점 더 바닥으로 떨어졌다. 때때로 친구들이 "혜정이는 국어를 정말 잘하지 않을까?" 하고 물어오긴 했지만 소설을 읽으면 읽을수록 국어를 비롯한 모든 과목의 성적이 점점 더 떨어졌다. 가끔 국어 시험에 내가 읽은 소설에 관한 문제가 출제될 때도 있었으나 내가 생각하는 것은 언제나 정답이 아니었다. 나는 소설의 시점이나 배경 같은 것들은 잘 알지 못했고, 인물의 감정이나 심리를 묻는 문제에서도 보기 답안 중에는 택할 만한 게 하나도 없었다. 중학교 졸업이 다가올 무렵 나의 전체 학년 성적 비율은 98퍼센트, 다시 말하면 하위 2퍼센트였다.

실업계 고교에 들어간 뒤부터는 수업 시간에 그냥 드러내놓고 다른 책을 읽어도 누구 하나 뭐라 하는 사람이 없었다. 그러나 나는 고등학생이 되고 나자 중학생 때처럼 책을 읽지는 않게 되었다. 수업 시간에 잠이 오면 그대로 잠을 자거나 옆자리에 앉은 친구와 마냥 수다를 떠는 게 더 편했다. 그래도 대부분의 선생님들이 아이들을 혼내거나 단속하지 않았다. 맨 앞줄에 앉는 열댓 명의 학생들을 빼고는 다들 나처럼 공부를 전혀 하지 않았다. 나는 학교에 가는 날보다 가지 않는 날들이 점점 늘어났다. 어쩌다 학교에 가더라도 제시간에 등교를 하거나 수업을 다 듣는 날은 거의 없었다. 그러다 보니 중학생 때처럼 소설책을 읽으며 수업 시간을 견뎌야 할 이유도 없었다.

그렇게 고등학교를 졸업하고 내내 놀다가 스물두 살이 된 거였다. 그리고 마냥 술 마시며 노는 일 말고 좀더 재밌는 일을 찾던 나에게 소설은 마치 오래도록 바닷물 속에 잠겨 있다가 어느 날 갑자기 해수면 위로 물줄기를 뿜어대는 고래의 등짝과도 같이 내 안에서 떠오르는 것이었다. 소설은 그저 재미없는 수업 시간을 견디기 위한 일종의 방책에 불과했지만, 공부보다는 분명히 재미있었다. 간혹 정말 재미있다고 느껴지는 소설들은 수업 시간뿐 아니라 집에서도 하루 종일 읽곤 했으니 말이다.

나는 그저 막연히, 소설에 대하여 더 알고 싶었다. 1970년대까지의 한국 소설은 이미 다 읽었지만, 그 이후의 소설에 대해서는 아는 게 하나도 없었다. 그렇다고 남들이 읽는 책들을 따라 읽는 건 싫어 텔레비전 프로그램에서 권장해주는 소설책이나 대형서점에서 발표하는 베스트셀러는 읽어볼 생각조차 하지 않았다. 사람들이 많이 읽지 않는 책들 중에서 재밌고 좋은 소설들을 찾아 읽고 싶었는데 아는 게 없으니 살 만한 책들이 없었다.

소설 속 내용이나 의미에 대해서도 좀더 많이 알고 싶었다. 읽고 나면 느낌은 정말 좋은데 정확히 어떤 부분이 왜 좋은지는 잘 알 수가 없었다. 또 인물의 행동이나 소설 속 상황 전개 같은 것들에서 제대로 이해되지 않는 부분이 많았다. 나는 그것들을 좀더 알고 싶은 마음에 같은 책을 여러 번 읽었고, 그럴 때마다 더 빠르고 쉽게 그 소설들을 이해하고 싶었다.

문창과에 들어가 문학을 공부하면 내가 알고 싶어 하는 것들을 배울 수 있지 않을까 싶었다. 물론 국문학과에 가면 더 좋을 것도 같았지만 4년제 대학에 들어가기에는 턱없이 부족한 내 성적을 너무나 잘 알고 있었다. 하지만 이미 하고 싶다는 마음을 품은 이상 나는 어떤 식으로든 그 일을 해야만 했다.

9월 중순이었다. 수능이 두 달도 남지 않은 시점이었으나 마음먹은 김에 빨리 해결을 보고 싶었다. 나는 노량진에 위치한 입시학원 종합반에 등록해 정말 미친듯이 공부했다. 그렇게 해서 그해에 겨우 수능을 치를 수 있게 되었다. 그러나 중학생 때 이미 손을 놓았던 공부가 두 달 만에 일사천리로 효과를 나타낼 수는 없었다. 정말 밤낮 가리지 않고 죽을듯이 공부했건만 시험이 끝나고 답을 맞춰보니 맞은 게 반도 안 되었다. 그렇게 해서 정원이 미달된 지방대학 문예창작과를 찾아 겨우 들어가게 된 것이었다.

문예창작과에 입학해 한 학기 동안은 매일 통학버스를 타고 다니며 정말 열심히 공부했다. 노는 일에는 이미 진력이 나 있었고, 동기들은 대부분 나보다 나이가 어렸기 때문에 잘 어울려 다니지도 않았다. 그러다 보니 신입생 환영회니 학과 엠티니 하는 것들에도 전혀 참여하지 않고 오로지 수업에만 매달리게 되었다. 학기가 끝나자 수강했던 아홉 개 과목 중 여덟 개 과목에서 'A$^+$' 학점이 나왔다. 그리고 교양영어만 'A'를 받아 평점 4.4의 학점을 받았다. 학과 수석이었고, 덕분에 2학기 등록금을 고스란히 장학금으로 받았다.

소설과는 상관없는 수업도 많았지만 소설을 알아가는 데 어차피 다 도움이 될 거라는 생각이 어렴풋이 들곤 했다. 그러나 나는 막상 그곳에서 내가 기대했던 것만큼 소설과 가까워질 수는 없었다.

사실 그곳은 정말이지 소설에 대하여 깊이 생각하고 배울 수 있는 곳이 못 되었다. 소설 전임 교수들은 이미 오래전에 학교를 그만두고 나가버린 탓에 시간강사들만 출강해 소설을 가르쳤다. 그들의 강의가 형편없다거나 전임 교수들 수업보다 못한 것은 결코 아니었다. 그들은 오히려 전임 교수들보다 더 열정적으로 강의에 임하는 경우가 많았다. 방대한 양의 수업 준비를 해오는 것은 물론 새롭고 다양한 수업 방식을 시도해보는 등 언제나 열심이었다.

어쩌면 그래서였을지도 모르겠다. 그들은 마치 삶의 온갖 짐들은 다 떠메고 사는 사람들처럼 늘 피곤해 보였다. 여러 지역의 대학에 강의를 나가느라 수업이 끝나면 부리나케 학교를 빠져나가곤 해서 무언가에 쫓겨 다니는 사람들처럼 보이기도 했다. 수업이 끝난 뒤 소설에 대한 질문을 던지거나 이야기를 나눌 시간 같은 건 당연히 없었고, 밥이나 술은커녕 차 한잔 나눌 여유조차 없었다. 그나마 한 학기도 채 마치지 못하고 중간에 그만둬버리는 강사들도 있었다. 때문에 번번이 교재와 수업 방식이 바뀌곤 해서 도무지 소설을 제대로 이해하고 공부해나갈 여건이 되지 못했다. 문예창작과가 없어진다는 소문이 돌기 시작한 건, 2학기가 시작되고 난 뒤 10월로 접어들던 무렵이었다.

어쩌면 이미 예정된 일이었다. 문단에서 시인이나 소설가로 활동하고 있던 이름난 교수들은 이미 오래전에 학교를 그만둔 상태라 구태여 문학을 고집할 만한 사람이 과에는 남아 있지 않았다. 게다가 그해 입학 정원이 미달되었던 탓인지 문학에는 관심도 없고 그저 갈 만한 대학을 못 찾아 마지못해 들어온 인근 지역 애들이 태반이었다. 꼭 작가가 되고 싶다고 생각하는 사람은 손을 들어보라는 강사의 말에 손을 든 사람은 오로지 세 명뿐이었다. 그중 한 명은 『반지의 제왕』과 같은 판타지 소설을 쓰고 싶어 문창과에 왔다고 말했고, 다른 한 명은 시나리오 작가가 되고 싶다고 말했다. 마지막 한 명은 조앤 롤링과 같은 세계적인 동화작가를 꿈꾸는 사십대 여자였다.

소설 관련 수업은 미리 정해둔 작품을 학생들이 읽어와야지만 제대로 진행할 수 있었다. 한데 40명이나 되는 학생들 중 작품을 읽어오는 사람 역시 그 세 명과 나 정도였다. 나머지 학생들은 엎드려 자거나 잡담을 했고, 휴대전화로 게임을 하기도 했다. 도저히 수업을 진행할 수 없었던 강사는 여기가 정말 대학이 맞느냐는 둥 너희들이 진짜 대학생이냐는 둥 번번이 화를 내며 나가버렸다.

학과장은 취업에는 영 비전이 없는 문창과를 좀더 실용적인 학과로 돌려보고자 일을 추진하고 있었다. 출판과 관련된 전공 필수 과목들만 점점 늘어났다. 나는 관심도 없는 출판학이나 편집 프로그램 따위를 배우고 싶지 않아 학교를 아예 가지 않는 날이 많아졌다.

장학금 덕에 돈이 많이 남았던 나는 친구들과 함께 거의 매일 술을 마시고 나이트클럽에 가서 남자들을 만났다. 그렇게 만난 남자들과 연락처를 교환한 뒤 다음에 다시 만나 늦은 새벽까지 술을 마시고, 가끔 마음에 드는 사람이 있으면 단둘이 만나기도 했다. 그중에는 나보다 열 살이나 많은 남자도 있었다. 그 남자는 내가 친구들과 술을 마시고 있다고 문자메시지를 보낼 때마다 찾아와서 척척 계산을 해줬다. 그러면 나는 친구들을 먼저 보내고 그와 둘이서 늦은 새벽까지 위스키를 홀짝였다.

그는 별다른 직업도 없이 그냥 매일 이렇게 술이나 마시며 돌아다니는 사람 같았다. 우리는 서로에 대해 뭔가를 묻거나 알려고 들지 않았다. 서른다섯 살의 나이에도 늘 편안한 반바지에 헐렁한 티셔츠, 발가락 슬리퍼 차림으로 다녀 겉보기에는 그냥 '애' 같은 사람이었다. 별다르게 하고 싶은 일이 있거나 돈을 모아야 한다는 욕심 같은 것도 없이 자신을 늘 아무것도 아닌 사람이라고 이야기했고, 나는 그런 그가 편하고 좋았다.

그날도 어김없이 친구들과 술을 마시다가 자정쯤 헤어진 뒤 그와 연락해 만났다. 그의 단골집이라는 바에 갔지만 그는 이미 술을 꽤나 마신 상태여서 위스키는 마다하고 얼음을 띄운 차가운 홍차만 빨대로 쪽쪽 빨아 마셨다. 남자가 잠시 화장실에 갔을 때, 테이블 위에 놓아둔 그의 휴대전화가 울렸다. 무심코 보니 화면에 여자 이름이 떠 있었다. 전화벨 소리는 끊길 줄 모르고 끈질기게 울렸다.

그는 자리로 돌아와 내 눈치를 슬쩍 보더니 전화는 받지 않고 벨소리만 죽였다.

"그냥 받아."

내가 말했다. 그는 나를 보며 "미안, 잠깐만" 하더니 전화기를 들고 다시 화장실 쪽으로 걸어갔다. 그럼에도 그의 목소리는 고스란히 내 귓전에 울렸다. 전화를 받은 그는 공연히 화를 내더니 나중에는 다소 당황한 목소리로 알았다고 대답하며 전화를 끊었다. 그러고는 다시 돌아오더니 경황없이 자리를 정리하기 시작했다.

"혜정아 미안해. 오늘은 아무래도 가봐야겠다. 딸이 아파서 응급실에 있대."

"뭐?"

"미안해. 애가 지금 열이 사십 도가 넘는대."

남자는 그렇게 말하며 지갑을 꺼냈다.

"여기 계산, 아, 네가 좀 계산하고 들어가라. 카드는 나중에 줘도 되니깐, 오빠가 다시 연락할게."

그렇게 말하면서 그는 내 손에 신용카드를 쥐여주고는 서둘러 출입문 쪽으로 내달렸다. 쇠망치 하나가 머리에 쿵, 하고 내려앉았다.

"오빠."

나는 그를 불렀다.

"먼저 간다."

그가 살짝 인사하며 고개를 돌렸다.

"오빠, 유부남이었어?"

나는 그의 등 뒤에 대고 물었다. 그는 아무런 대답 없이 서둘러 출입문을 밀고 밖으로 나가버렸다.

7 쳇바퀴

내가, 유부남과, 만나고 있었다니! 믿을 수가 없었다. 유행처럼 번져 일일 드라마 소재로도 빈번하게 사용되는 '불륜'이라는 단어에 특별한 거부감이 있는 건 아니었다. 오히려 나는 불륜에 붙는 '不'자를 이해할 수 없는 인간이었다. 나는 무조건 한 남자하고만 사귀어야 하는 것이 싫어 아무리 마음에 맞는 사람을 만나도 애인으로 만들려고 들지 않았고, 어쩌다 생긴 애인이 나 몰래 다른 여자를 만나고 다녀도 달리 기분이 나쁘거나 하지 않았다. '일부일처제' 같은 제도에 대해서 찬성 혹은 반대, 식의 개념이 있지도 않았다. 그런 제도들이 그냥 그 자체로서 이해가 잘 되지 않았다. 어떻게 인간이 단 한 사람만을 사랑해야 되고, 정해진 한 사람 외에 다른 사람과 사랑을 나누면 법적인 제재를 받는가? 그런 것들은 나에게 하나도 문제가 되지 않았다. 나는 다만, 아버지와 같은 사람이 되는 게 너무 싫었다.

회계사였던 아버지는 늘 반듯하고 성실한 사람이었다. 인내심이 강하고, 항상 남에게 양보하는 것을 미덕으로 여기는 아버지와 나는 뼛속부터 다른 인간이었다. 아버지는 늘 남들처럼 살고 싶어 했고, 많은 것들을 참고 견뎌야만 남들처럼 잘살 수 있다고 말했다.

어릴 때부터 나는 남들과 똑같은 것이라면 뭐든지 싫어했다. 아무리 좋고 예쁜 옷이라도 친구가 먼저 구입한 것은 절대로 사지 않았다. 나는 어떻게든 남들과 다르게 살고 싶었다. 한데 중학교에 들어가자 다 똑같이 검은색 생머리에 교복을 입고 다녀야 했다. 그게 규정이었다. 나는 남들과 똑같은 건 정말이지 참을 수 없었기 때문에 교복이라도 남들과 다르게 입으려 노력했다. 세탁소에 가 교복 치마의 밑단을 자르고 학생용 타이즈 대신 성인용 스타킹을 신고 학교에 갔다. 교복 조끼 안에 입는 흰색 남방 역시 교복 전문점에서 산 크고 헐렁한 것 대신 몸에 쫙 달라붙는 스판 소재의 블라우스를 입고 다녔다. 때문에 등교 때마다 교문 앞에서 학생주임과 선도부원에게 복장 불량으로 지적을 받고 운동장을 돌다가 앞으로는 단정하게 입고 오겠다고 약속을 한 뒤에야 교실로 들어갈 수 있었다. 그래서 나는 선도부가 있는 학교 정문 대신 주차장 쪽 뒷담을 넘어 교실로 들어가거나, 아예 1교시가 시작된 후에 등교하거나 했다.

파마도 염색도 할 수 없는 검은색 머리카락 또한 짜증나기는 마찬가지였다. 나는 약국에서 과산화수소를 대용량으로 사 세면대에 풀고 삼십 분이나 고개를 숙인 채 머리칼을 담가두었다. 그러면 머리카락의 검은 물이 자연스럽게 빠져나가 햇빛을 받을 때마다 붉게 빛났다. 그 뒤 선도부와 학생주임을 이리저리 피해 다녔다. 그러나 아무리 피해 다녀도 결국에는 마주칠 수밖에 없었다. 학생주임은 도대체가 정신이 있는 년이냐며 내 머리채를 붙들고 교무실로 끌고 갔다. 그러고는 담임 선생님을 찾았다.

"아니 그래, 이순희 선생 어딨어. 이봐요, 거 도대체 애들을 말이야 지도를 어떻게 하는 거요?"

그는 내 머리를 담임 선생님의 책상 위에 던지듯 밀어붙여놓고는 소리쳤다. 벌떡 일어난 담임은 학생주임과 나를 번갈아 쳐다보며 '양혜정, 또 너냐' 하는 원망의 눈길을 보냈다. 나는 흐트러진 머리칼을 손으로 매만지며 중심을 잡고 일어나 등 뒤의 벽에 몸을 기댔다. 담임이 고개를 푹 숙이고는 겨우 입을 열었다.

"죄송합니다. 주임 선생님. 제가 더 신경을 썼어야 했는데……"

도대체 뭐가 그렇게 매번 죄송하다는 걸까. 학주는 담임 선생님의 말 따위는 들은 체도 않고 나무 몽둥이로 내 머리통을 두드리며 목소리를 높였다.

"야, 양혜정. 너 왜 그렇게 혼자 못 튀어서 안달이야? 네가 그렇게 잘났어? 그렇게 잘난 년이 학교 규정도 몰라? 너 때문에 고생하는 사람이 지금 몇인지나 알아? 이이이 꼬라지를 봐 꼬라지를. 교복 꼬라지하며 머리 꼬락서니하고서는. 아니 도대체 너는 정신이 있는 년이냐 없는 년이냐? 어떻게 머리를 이따위로 물을 들여? 어?"

그렇게 말하며 학주는 내 머리통을 계속해서 때렸다. 나는 머리가 너무 아프고 짜증도 나서 학주의 몽둥이를 밀어내고는 그를 노려보며 말했다.

"물들이긴 누가 물들였다고 그래요? 아니, 그러면 선생님은, 선생이라는 사람이 학교 규정을 왜 그렇게 몰라요? 염색이나 파마를 하면 안 된다고만 돼 있지, 탈색 안 된다는 규정은 없는 거 모르세요? 머리 숱 없다고 롤 파마 말고 다니는 애들도 수두룩한데 왜 나한테만 자꾸 이래요?"

화가 난 학주는 급기야 손으로 내 머리를 쳤고, 나는 경찰에 신고할 테니 두고 보라고 말하며 교무실에서 도망쳐 나왔다. 늘 그런 식이었다. 그리고 집으로 돌아가면 아버지에게 두들겨 맞았기 때문에 나는 다시 도망을 쳐야만 했다.

수도 없이 정학을 받고, 가출을 하고, 가출했다가 돌아오면 다시 정학을 받아 교내에서 봉사 활동을 하는 것이 학교생활의 전부였다. 선생님들은 매번 나에게 왜 그렇게 못 튀어서 안달이냐고 다그쳤지만, 나는 꼭 어딘가 튀어 보이고 싶은 것은 아니었다. 오히려 나는 남들에게 시선을 받는 일 따위는 별로 좋아하지 않았다. 이를 테면 학교 축제나 학예회 때 사람들 앞에 나가 무언가 보여주는 일 같은 건 죽기보다 싫었다. 체육대회 때 선수로 뛰며 친구들에게서 응원과 박수갈채를 받는 일도 마찬가지였다. 그래서 나는 늘 아프다는 핑계로 운동장에도 나가지 않았다. 선생님들이 나를 그토록이나 싫어했던 건, 그래서였을지도 모르겠다. 공부는 물론이고 예능이나 체육, 특별활동 시간에마저 성의를 전혀 보이지 않았으니 말이다.

나는 다만 남들과 똑같은 것이 싫을 뿐이었다. 내가 왜 수백 명의 아이들과 똑같은 옷을 입고 똑같은 머리 모양을 한 채 똑같은 책을 읽고 공부해야 하는지 알 수가 없었다. 집에서나 학교에서나 왜 자꾸 내가 싫은 것만 강요하는지, 왜 나를 그냥 내버려두지 않는지, 어째서 '왜?'라고 질문하지 말고 무조건 따르기만 하라는 건지 알 수 없었다.

아버지는 내가 남들과 다르다는 것을 인정하지 못했다. 나의 모든 행동들을 그저 어린 나이에 한번쯤 부려보는 객기나 반항으로 여겼고, 일찍부터 바로잡지 않으면 어른이 되어 후회할 거라고 믿었다. 내가 자라면 어릴 때 왜 나를 올바로 잡아주지 않았느냐며 자신을 원망할 거라고도 말했다. 비뚤어진 나를 똑바로 잡아주는 게 자신의 역할이라고도 했다. 아버지는 어떻게든 내 기를 꺾으려 끊임없이 노력했다.

집에서나 학교에서나 갑갑하기 그지없었던 현실 속에 유일하게 위로와 즐거움을 준 게 있다면 바로 폰팅이었다. 학교 수업 시간에는 내내 소설책만 읽다가 집으로 돌아오면 거실에 놓인 무선 전화기를 집어 들고 내 방으로 들어갔다. 그러고는 방문을 걸어 잠근 뒤 한밤중까지 얼굴도 본 적 없는 남자애들과 통화를 했다. 그때의 나는 정말이지 전화기 없이는 살 수가 없었다. 폰팅 전용 사서함에 가입해 알게 된 남자애들과 서로의 취미나 취향을 따져보고 하나하나 맞춰나가는 대화가 그렇게 즐거울 수 없었다. 몇 번 통화해봐서 더 이상 서로에 대해 알아갈 게 없어지고 나면 그만 연락을 끊고 새롭게 사귄 남자와 통화를 이어갔다. 상대방에 대해 모조리 다 알고 나면 통화를 나누는 게 영 재미가 없었기 때문이다. 더 이상 다가갈 거리도 나눌 만한 이야깃거리도 없어지고 나면 차츰 서로가 멀어져가고 있다는 것을 느끼게 되고, 그 느낌이 싫었던 나는 상대와 완전히 가까워지기 전에 연락을 끊었다. 그래서 늘 새로운 남자가 필요했고, 자연스럽게 폰팅에 깊이 빠져들었다.

폰팅을 하려면 우선 전화 사서함에 가입해야 했다. 별다른 절차는 없었다. 수화기를 들고 폰팅 사서함 대표번호를 차례로 누르면 신호가 꼭 두 번 울리고, 사이보그 같은 여자의 목소리가 수화기 저 편에서 흘러나왔다.

—원하시는 사서함 번호를 눌러주십시오. 새로운 사서함을
    만드시려면 별표를 눌러주십시오.

별표를 누르면 새로운 개인 사서함 번호 일곱 자리를 입력하라는 음성이 흘러나왔다. 기억하기 쉽게 집 전화번호를 눌러 나만의 사서함을 만들었다. 그러면 그 사서함 번호 안에 음성을 녹음하거나 전화번호를 남겨둘 수 있는 공간이 마련되었다. 사서함에 녹음된 음성 메시지는 학교 친구들의 시답잖은 수다나 애인을 구하는 낯선 남자들의 이야기가 대다수였다.

사서함에는 자기를 소개하는 내용을 녹음해둘 수 있었다. 내 사서함에 접속하면 내가 미리 녹음해둔 자기소개가 먼저 흘러나왔다. 그것을 다 듣고 난 뒤에 음성 메시지를 녹음하고 별표를 누르면 메시지가 저장되었다. 자기소개에 뭐 특별한 게 있지는 않았다. 그냥 내 이름과 나이, 사는 지역을 남겨두는 정도였다. 대개의 남자들은 사서함에 접속해 아무 번호나 눌러 사서함 주인의 자기소개를 들으면서 또래 여자의 전화 사서함을 찾아다녔다. 마찬가지로 자신의 이름과 나이, 사는 지역, 연락

처 따위를 남겨둔 채 관심 있으면 전화를 달라는 식이었다. 나도 그렇게 아무 번호나 눌러 내 또래의 남자들을 찾아 자기소개 메시지를 남겨두곤 했다.

나는 주로 거주 지역이 먼 거리의 남자애들과 접속해 통화를 나눴다. 전화로 알게 된 남자들을 현실에서 직접 만나고 싶은 마음이 없기 때문이었다.

통화를 나누며 서로에 대해 알아가다 보면 당연히 호감이 생기게 마련이었다. 비록 전화상일 뿐이지만 그 안에서 우리는 사랑도 하고 질투도 하고 이별도 하면서 정말이지 할 건 다 했다. 학교에서 혼났던 일이나 친구와 다툰 일 등 소소한 일상을 나누며 서로를 위로하고 사랑한다고 속삭였다. 그럼에도 나는 그들을 실제로 만나고 싶지는 않았다. 내가 나누고 싶었던 것은 그들과의 만남이 아니라 '이야기'였다. 수화기 너머의 남자들은 나에게서 아무것도 따지지 않고 아무런 조건도 기대도 없이 그저 내 이야기에 귀 기울여주었다.

감기에 걸려 아프거나 아버지와 싸워 우울할 때에도 폰팅으로 사귄 남자들에게서 위로를 받았다. 그러다 보니 나는 늘 집에 들어가자마자 내 사서함에 저장된 남자들의 목소리부터 확인하게 되있다. 간혹 단 하나의 메시지도 저장되어 있지 않은 날에는 하루 종일 기분이 안 좋아 더 많은 사서함 번호를 마구잡이로 눌러 남자 친구들을 만들었다.

남자들과 통화를 하다 보면 좀체 중간에 끊기가 어려웠다. 저녁 내내 통화를 하느라 밥을 잘 먹지 않았고, 잠들기 전까지 전화기를 붙잡고 있다가 그대로 잠드는 날도 많았다. 엄마가 자꾸만 전화 좀 그만 하라고 소리쳤고, 나는 그 소리가 싫어 방문을 걸어 잠그고 밤새도록 통화만 했다. 부모님에게 들키지 않으려고 늘 방문을 잠그고 말소리가 새어나가지 못하도록 두꺼운 이불을 뒤집어쓴 채로 말이다. 그렇게 캄캄한 어둠 속에서 수없이 많은 말들을 쏟아냈다. 그러다 보면 가끔, 내가 누구에게 무슨 말을 하고 있는 것인지 알 수 없을 때도 있었다. 어차피 만날 일은 없는 사람들이기에 이런저런 거짓말로 나를 꾸며댔고, 그렇기 때문에 더더욱 실제로 만날 수 없게 되어버리기도 했다.

전화요금 고지서에 30만 원이라는 금액이 찍혀 우편함으로 날아들던 날, 아버지는 쇠망치로 내 방 문고리를 부수고 들어와 이불 속에서 전화기를 붙들고 있던 나를 끌어냈다. 아버지는 망치로 전화기마저 부숴버렸고, 나는 그대로 집에서 도망쳐 나왔다. 그렇게 집을 나온 지 사흘쯤 되었을 때 시내에 있는 공원에서 친구들과 어울려 놀다가 경찰에게 붙잡혀 다시 아버지에게로 끌려갔다. 그 뒤에는 아버지의 골프채로 두들겨 맞게 되는 바람에 일주일 동안이나 아무것도 못하고 누워 있어야 했다.

다시 학교에 나가게 되었을 때 나는 문구점에 들러 새로운 전화기와 자물쇠를 사서 집으로 돌아갔다. 그러고는 연장을 가져다가 방문 안쪽에 못을 박고 자물쇠를 걸어둔 채 다시 남자들과 통화를 해나갔다. 아버지도 포기하지 않았다. 어느 날 아버지는 내 방의 전화코드가 연결되는 콘센트를 아예 부숴버리고 자물쇠도 부쉈다.

아버지는 나에게 자꾸만 참을성을 강요했다. 나를 소파에 기대게 한 채 골프채로 내려칠 때에도 항상 참으라고 말했다. 아파도 무조건 참으라고 말이다. 부모로부터 10원짜리 하나 넘겨받지 못한 아버지가 서울에 32평형 아파트를 두 채나 소유할 수 있게 된 것은 다 그 참을성 덕분이었다. 하고 싶은 거 안 하고, 먹고 싶은 거 못 먹어가며 힘겹게 장만한 것들이었다.

"작은 돈을 아껴야 큰돈을 쓸 수 있는 법이다."

아버지는 이 말에 자신이 살아온 삶의 무게를 실어 내뱉었다. 그런 아버지에게 전화비 따위로 돈을 낭비하는 것은 있을 수 없는 일이고, 아버지는 그런 내 꼴을 눈 뜨고 볼 수가 없었던 것이다. 부모 잘 만나 호강하고 사니 간 덩어리가 아주 밖으로 튀어나왔다며, 자기 집에서 자기 돈으로 먹고 사는 이상 자기가 하라는 대로 따라야만 한다고 말했다. 그게 싫으면 나가라고 해서 정말로 가출해버리면 왜 다시 나를 찾아내 집으로 끌고 가는 것인지 알 수가 없었다. 아버지는 늘 나에게 자신이 해줄 수 있는 모든 것을 다 해주고 있다고 말했지만, 나는 그런 아버지 밑에서 할 수 있는 게 아무것도 없었다. 왜 이토록이나 나를 내버려두지 않는 건지, 왜 이렇게까지 쫓아다니며 괴롭히는 건지 묻고 또 물었지만 아버지는 이 모든 게 다 나를 위한 거라고만 대답했다.

나는 아버지에게 단 한 번도 나처럼 살 것을 강요하지 않았다. 그런데 아버지는 왜 그렇게까지 나에게 자신과 같은 삶을 살라고 강요했던 것일까. 아버지에 대한 반감 때문인지 나는 더더욱 하고 싶은 것만 하고 하기 싫은 것은 절대로 하지 않는 아이가 되어갔다.

아버지의 집착과도 같았던 강요가 사그라지기 시작한 때는 내가 고교 2학년이 되던 무렵이었다. 여상에서 이전퇴학을 당해 학교를 옮겨가자 이제 정말 갈 때까지 갔구나, 라고 생각했던 걸까. 아니면 내가 그때부터 아르바이트를 시작해 저녁 늦게까지 일을 했으니 그나마 놀러 다니는 것보다는 낫다고 생각한 걸까. 이유야 어찌되었든 간에 아버지는 비로소 나를 포기한 것이었다.

나는 그 포기가 좋았다. 아버지는 왜 나를 있는 그대로 인정하지 못할까 원망했던 적도 있지만, 다시 생각해보면 아버지처럼 고지식하고 계산적인 사람에게 인정받는 일은 생각만으로도 끔찍했다. 그때부터 아버지는 내가 하고 싶은 대로 행동해도 나를 혼내지 않았다. 더 이상 서로 으르렁거리며 싸울 일이 없으니 아버지의 골프채로 두들겨 맞는 일도 없었다.

아버지가 집을 나간 건 내가 스물한 살이 되던 해였다. 어머니가 아닌 다른 여자와 3년이나 연애를 하다가 덜미를 잡혔다고 했다. 유부녀였던 상대 여자와 아예 원룸을 얻어 웬만한 살림살이는 다 차려놓고 만나온 모양이었다. 어머니와 오빠가 아버지를 미행해 그 집을 찾아가 모든 사실을 확인하고 돌아온 날, 아버지는 그나마 남아 있던 정마저 싹 떼어내게 해줘 고맙다고 말하며 곧바로 짐을 챙겨 집에서 나가버렸다.

이모와 삼촌들이 집으로 찾아와 어머니를 위로해주었다. 그리고 모두들 그 반듯했던 아버지가 대체 어쩐 일이냐며 놀라워했다. 가족들은 물론이고 아버지의 친구, 회사 사람들 중 어느 누구도 아버지가 그렇게 바람을 피우고 있다는 사실을 알지 못했다. 나도 어안이 벙벙했다. 아버지 역시, 포기를 모르는 사람이었다. 아버지는 그동안 나를 포기해두고 있던 게 아니라, 단지 여자가 생겨 집안일이라고는 더 이상 신경 쓰지 않았던 것뿐이었다.

아버지가 떠나고 나서 나는 정말로 가슴 깊이, 아버지처럼 살아서는 안 되겠다고 다짐했다. 그 이유는 아버지가 엄마 아닌 다른 여자를 만났다는 사실 때문만은 아니었다. 아버지와 나는 너무나 다른 유형의 인간이었지만, 나와는 다르게 늘 반듯하고 성실했던 아버지가 속으로는 무척 존경스러웠다. 한데 어떻게든 남부끄럽지 않게 살아야 한다고 말하며 가정과 직장에 항상 충실하기만 했던 아버지가 실은 사람들을 속이면서 살아온 거짓된 인간이었다니! 그랬다. 아버지의 모든 것이 다 거짓이었다! 남들은 물론 자기 자신까지도 속이며 살아가는, 진실이라고는 눈곱만큼도 찾아볼 수 없는 거짓된 인간이었던 것이다.

그때부터 나는 사소한 행동 하나라도 아버지와 같은 것이라면 절대로 하지 않았고, 아버지를 연상시키는 일은 무조건 다 피했다. 나는 아버지처럼 살고 싶지 않았다. 거짓과 가식으로만 점철된 위선자이고 싶지 않았다. 나는 오직 진실한 인간이 되고 싶었다. 위대하거나 올바르지는 않아도 내 삶과 나 자신에게 솔직한 진짜 인간이고 싶었다.

그런 내가 유부남과 만나고 있었다니, 믿기지가 않았다. 왜, 어째서, 무엇 때문에, 유부남과 만나게 된 것일까. 이렇게 멍청하다니, 이렇게 바보 같다니! 아무리 많은 남자를 만나도 유부남과는 만나지 않으려던 나였는데…… 어째서 그토록 당연하게 내가 만나는 남자는 다 총각이라고만 생각하고 있었을까. 왜 한 번도 물어보지 않았을까. 믿을 수가 없었다. 유죄건 무죄건 간에 죄를 선고하는 판사의 나무망치가 쿵쿵쿵 내 머리를 내려치는 것 같았다. 나는 계속 달리고 있는데, 이미 꽤 많이 달려 왔다고 생각했는데, 알고 보니 내가 달렸던 길은 다람

쥐 쳇바퀴였던 거라 아무리 달리고 또 달려도 결국에는 아버지와 같은 자리에 있는 것만 같았다. 나는, 그와 전혀 다르지 않은 인간이었던 것이다.

휴대전화로 시간을 확인해보니 새벽 2시였다. 바에서 나와 대로변으로 걸었다. 도로 건너편 백화점 주변에는 술에 취해 택시를 잡으려는 사람들이 북새통을 이루고 있었다. 제법 서늘한 바람이 코끝에 맴돌았다. 나는 재킷 주머니에 손을 찔러 넣고 걸어가기 시작했다. 생각이 꼬리에 꼬리를 물고 이어졌다. 나는 계속 걸었고, 길도 생각도 끊임없이 이어졌다. 걷고, 또 걸어서 수많은 거리를 지나 집에 도착해보니 새벽 6시였다.

나는 방으로 들어가 컴퓨터 책상 앞에 앉았다. 화면 속 새하얀 문서 위의 커서가 나를 노려보며 눈을 깜박이고 있었다. 나는 오래도록 커서를 바라보다가 이내 키보드 위에 손가락을 대고 글을 써나가기 시작했다.

8 달팽이

응달에 잘 마른 기름 냄새가 난다.

유화는 완성된 그림의 물감이 다 굳은 뒤에도 기름 냄새를 숨기지 못했다. 그래서일까. 기름을 원료로 한 물감이 덩어리진 채 말라붙은 그림들은 어딘가 모르게 위태로워 보였다. 마치 갓 죽은 자의 피부처럼 차갑고 단단하게 굳어 있는 모습, 그러나 가까이 다가가보면 굳은 상태에서도 훅 피어나는 냄새와 같았다.

사랑하는 사람과 만날 때 매번 똑같은 향수만 뿌리고 나간다는 사람을 본 적이 있다. 언젠가 연인과 헤어져 서로 다른 사람을 만나게 되어도 과거의 연인이 쓰던 향수 냄새를 맡으면 그 기억이 되살아나기 때문이라고 했다. 그렇게까지 타인에게 자신이 각인되기를 바라는 인간의 미련과 집착이 나는 두려웠다.

나는 유화 물감 냄새를 좋아하지 않았다. 닭이나 새우, 오징어, 야채 등속을 튀기는 기름 냄새에는 침이 고이기도 하지만, 유화 물감 냄새는 머리를 지끈거리게 만들었다. 후각보다는 촉각과 육감으로 다가와 불쾌하게 만드는 냄새였다. 그런데 왜 하필 그림 그리는 남자를 만나게 됐을까? 유화 물감 냄새를 너무나 싫어했기 때문일까? 좋다고 생각하면 멀어지고, 싫다고 생각하면 가까워지는 일들. 피해 가려고 노력하기 때문에 절대로 피해 가지 못하는 자기 주문인지도 모르겠다.

이제 막 불혹의 나이에 접어든 그는 나선 형태의 문양만 그렸다. 사람들은 그런 그를 '달팽이 화가'라고 불렀다. 시작도 끝도 없는 나선들은 모두 매한가지 모양이지만, 가까이에서 마주보면 꽤나 다채롭게 다가오기도 했다. 그래서일까. 그림 보는 취미는 오래 전에 버렸음에도 나는 그의 그림들을 계속 바라보게 되었다. 심지어 눈동자가 뻐근하게 아파올 만큼 오래도록 바라본 적도 있었다. 머릿속이 어지럽고 속까지 메스꺼워지는 나선형의 문양들을 계속 바라보고 있다 보면 그것이 어쩐지 싫지만도 않게 되어버렸다.

그가 달팽이 화가로 불리는 것은 꼭 그림 때문만은 아니었다. 그는 말도 느리게 하고 밥도 느리게 먹었다. 모든 말과 행동이 다 달팽이처럼 느릿느릿하고 흐물흐물했다. 그와 함께 밥을 먹을 때면 나는 밥알을 최대한 천천히 씹었다. 하지만 아무리 천천히 먹어도 숟가락을 먼저 내려놓는 사람은 항상 나였다. 밥 먹는 속도를 결코 맞출 수 없다는 사실을 안 뒤부터 나는 그와 함께 밥을 먹지 않았다. 혼자서 밥을 먹고 난 뒤 그를 만나서 곧바로 술을 마시든가, 안주를 대충 집어 먹는 것으로 끼니를 때웠다. 그러나 최근에는 그와 함께 술을 마시는 일조차도 거의 없어져버렸다. 그와 함께 술을 마시며 대화를 나누는 것이 너무 힘들었다. 그의 말투는 단순히 느리기만 한 것이 아니었다. 그는 말을 더듬듯이 뚝뚝 끊어 말하는 습관이 있었다. 나는 한마디 말을 듣기 위해 그 기나긴 공백을 묵묵히 참아줄 만큼 여유로운 성격의 소유자가 아니었다.

곰곰 돌이켜보면 그와 나의 관계에서 대화라는 것은 그다지 필요하지도 않았다. 만난 지 얼마 되지 않았을 때 나누었던 대화는 일일드라마 속 인물들의 갈등처럼 뻔하디 뻔한 것들뿐이었다. 그는 나에게 사는 곳과 학교, 전공, 나이 따위를 물었고, 부모님은 무얼 하는지, 앞으로 무얼 하며 살아가고 싶은지 물었지만 나는 딱히 뭐라 대답하지 않았다. 나는 그에게 왜 가족들과 떨어져 혼자서 지내는지, 앞으로도 계속 혼자 살 것인지, 그림은 언제부터 그렸는지 물어봤다. 그도 딱히 이렇다 할 대답은 하지 않았다. 대답을 듣지 않아도 대충 짐작할 수 있는 것들이고, 생각하고 싶을 대로 생각해도 그만일 것들이었다. 그런 것들은 어차피 다 허상이었다. 우리의 존재에, 우리의 삶에, 아무런 흔적도 의미도 남기지 못하는 것들이었다. 우리는 서로에 대해 자세히 알아갈 필요가 없는 사람들, 알아봤자 더 가까워지거나 멀어질 만한 이유가 없는 사람들이었다. 그래서 나는 그와 만날 때 좀처럼 다른 곳으로 가지 않고 그의 작업실로만 갔다.

작업실의 철문을 열자마자 기름 냄새가 훅 풍겨 왔다. 방 안에는 붓을 빠는 데 쓰는 백등유 통이 바닥 여기저기에 놓여 있고, 커다란 나무 팔레트에는 아무렇게나 짜놓은 유화 물감이 꾸덕꾸덕 말라붙어 있었다. 이젤 위에 놓인 캔버스 속에는 아직 마르지 않은 유화 물감이 흡사 돼지고기의 희멀건 비곗덩어리처럼 붙어 있었다. 벽과 면한 바닥마다 세워둔 많은 캔버스 속에서는 형형색색의 유화 물감으로 그린 그림들이 서서히 굳어가는 중이었다.

만약 이 방에 문패를 붙인다면 '화실'보다는 '연료실'이라고 적어 넣는 게 더 어울리지 않을까 싶었다. 곳곳에 세워진 나무 이젤은 물론 캔버스의 틀, 붓, 팔레트, 나무 의자와 선반 등 거의 모든 것들이 다 나무 장작처럼 보였다. 천장에 가까운 나무 선반 위에도 서너 개의 석고상을 비롯해 정물화를 위한 도구들이 올라와 있었다. 마른 꽃, 운동화, 테니스 공, 인형 등 모든 것들이 다 불에 타기 좋아 보였다. 털이 북슬북슬한 곰 인형마저도 기름때에 잔뜩 찌들어 있으니 말이다. 누군가 불을 제대로 끄지 않은 담배꽁초를 무심코 바닥에 툭 떨어트리면 순식간에 불길이 일어 모든 것을 다 집어삼킬 것 같았다. 애초에 아무것도 없었다는 듯, 흔적 하나 없이, 빠르고 간단하게, 모든 것을 다 태울 수 있을 것 같았다. 타오를 것 같았다.

작업실 구석 한편에 누군가 쓰다 버린 듯한 낡은 가죽 소파와 나무 탁자, 책꽂이가 놓여 있었다. 그곳에서 우리는 마치 오래된 부부처럼 습관적으로 옷을 벗었다. 몸이나 가슴이 달아오르는 식의 섹스는 해본 적이 없었다. 서로를 흥분시키기 위한 애무도 키스도 없는 정사가 짧게 이어질 뿐이다. 심지어 그의 성기는 너무도 자그마해 나는 단 한 번도 그와의 섹스에서 만족을 하거나 흥분을 해본 적이 없었다. 그와의 관계에 이끌리는 건 그래서인지도 모르겠다.

나에게 섹스는 아프고 지루한 것이었다. 아마도 그 애, 경태 때문일 것이다. 3년 전 여름, 열아홉 살 때 만난 연하의 남자 친구. 그 애와 만난 지 한 달쯤 되던 날 나는 처음으로 섹스를 했다. 처음이던 나와는 달리 나보다 두 살 어린 그 애가 섹스에 더 능숙했다. 그래서인지 경태와의 섹스에 대해 떠올려보면 '했다'기보다는 '배웠다'는 느낌만 들었다.

　누나, 다리 좀 접어봐. 가만히만 있지 말고 조이기 좀 해봐. 거기에 힘 좀 줘봐. 뒤로 돌아봐. 이제 허리를 좀 들어야지. 위에 올라가봐. 입으로 해봐.

　첫 경험이 이루어진 뒤부터 나는 매일 경태에게 섹스를 배웠다. 극장, 놀이동산, 카페 따위를 전전하던 데이트 코스도 노래방, DVD방, 룸카페, 모텔 등으로 옮겨갔다. 그 애는 섹스를 할 때마다 시간을 굉장히 오래 끌었고, 한 번 사정을 하기까지 중간 중간 성기를 빼내어 쉬었다가 다시 삽입하기를 반복했다. 나에게는 경태가 사정을 할 때까지 기다리는 일이 너무 버거웠다. 무엇보다 아팠고, 익숙지도 않았다.

　시간이 지날수록 내게는 버거움보다 지루함이 더 크게 다가왔다. 도대체 언제 끝나는 것일까, 왜 이렇게까지 열심히 하는 것일까, 하는 궁금증마저 사라질 즈음이면 나는 지칠 대로 지친 채였다. 섹스를 할 때마다 점점 아무것도 하지 않고 일자로 누워 있기만 하자 경태는 나를 채근하며 어떻게든 섹스를 더 가르쳐보려 들었다. 그럼에도 나는 한없이 무기력해질 뿐이었다.

　경태는 경태 나름대로 이런 나와의 섹스에 적응해나갔다. 그러나 그 애가 이런 식의 섹스에 익숙해졌을 즈음 나는 그만 이별을 통보했다. 경태가 싫은 건 아니었다. 돌이켜보면 그 애는 지금껏 내가 만났던 남자들 중에 가장 출중한 외모를 가진 연하의 남자 친구인데다 돈이 많고 섹스까지 잘하는 애였다. 경태 이후에 만났던 사람들 중에는 경태만한 남자가 없었다. 그러나 나는 그것, 섹스를 빼어나게 잘하는 것이 싫었다. 그것이 정말이지 너무나도 싫었다.

달팽이 화가인 그와의 섹스에서 나는 늘 그가 더 깊이 들어와주길, 더 오래 해주길 바라곤 한다. 끝나고 나면 한없이 부족한 느낌. 섹스를 계속 더 많이 하고 싶은 느낌. 그래서 그 화실로 자꾸만 빨려 들어갈 수밖에 없는 그런 느낌들. 그러나 아무리 섹스를 많이 해도 그는 나에게 조금도 더 깊이 들어오지 못했다. 그런 일은 절대로 일어나지 않았다. 그리고 절대로 일어나지 않을 것이다.

섹스가 끝난 뒤 서둘러 작업실에서 빠져 나왔다. 피자나 치킨이라도 시켜서 먹고 가라는 그의 제안을 뿌리친 채 서둘렀다. 그리고 화실에서 나오자마자 온몸에 향수를 뿌렸다. 집 앞에 도착해서도 한 번 더 향수를 잔뜩 뿌린 뒤 현관문을 열었다. 그와 만나기 시작한 뒤로 50밀리리터 향수 한 병이 한 달 만에 동이 나곤 했다. 엄마는 나의 향수 냄새 때문에 머리가 아프다고 말하지만 별수 없다. 그 화실의 눅눅한 기름 냄새를 달고 집으로 돌아올 수는 없었다.

당신, 그림 다시 그려보는 건 어때?

뚝배기 속의 순두부찌개가 보글보글 끓고 있을 때 아빠가 말했다. 엄마는 식탁으로 날계란을 가지고 와 뚝배기의 모서리에 툭 갖다 댔다. 날계란의 껍데기가 갈라지자 양손으로 잡아 벌렸다. 콧물 덩어리처럼 몽글몽글한 계란 속이 찌개 속으로 흘러 들어갔다. 반숙은 싫은데.

그림이라뇨?

당신 대학 다닐 때 부전공으로 미술 했잖아. 집에만 있지 말고 화실에 나가서 그림 다시 그리고 친구들도 사귀고 그랬으면 좋겠네. 이제 애도 다 컸는데.

투명하던 계란 흰자가 하얗게 익어갔다. 나는 숟가락을 들어 뚝배기 속의 계란을 건져냈다. 그러자 미처 다 익지 못한 계란 노른자가 식탁 위로 죽 흘러내렸다. 역시 반숙은 싫었다.

다음날 엄마는 바로 화실을 알아보러 다녔다. 그러나 막상 마음의 갈피를 잡지 못하고 내처 망설였다.

전공도 아니고, 취미나 교양처럼 배웠던 건데, 게다가 이십 년이나 지났는데.

괜한 소리였다. 엄마가 떠들어대는 걱정은 다 별 무리 없이 해결됐다. 엄마는 어차피 아빠가 시키는 일이면 뭐든지 할 수 있는 사람이었다. 엄마가 시내에 있는 화실을 다니며 그림을 그리기 시작한 뒤로 집 안 곳곳에 캔버스가 널렸다. 완성된 그림이 완전히 굳기까지 햇볕이 잘 들지 않는 쪽으로 놓아두 었기에 유화 물감의 기름 냄새는 금세 집 안 곳곳으로 퍼져 나갔다. 밖에서 현관문을 열 때마다 코를 찌르듯이 훅 끼쳐오 는 기름 냄새. 코뿐만이 아니라 눈과 귀와 입, 피부의 모공까 지 속속들이 파고들던 냄새…… 그 냄새에 중독이라도 된 듯 엄마는 유화를 그리는 재미에 푹 빠져서 살았다. 화실 사람들 과 함께 지방으로 스케치 여행을 다녀오기도 하며 사나흘씩 집을 비우는 일도 잦았다. 그런데 엄마가 화구를 모두 가지고 나가는 날에도 집에서는 유화 물감의 냄새가 가시질 않았다.

기름 냄새가 유난히도 진동하던 날 아침, 학교에 가려고 교 복을 입고 있던 내게 엄마가 다가와 난데없이 아빠한테 가자 고 말했다. 황태죽을 끓였는데 아빠는 아침 회의가 있다면서 먹지 않고 나가버렸다는 것이었다. 내일 먹으면 되잖아. 내 가 퉁명스럽게 대답하자 이미 너무 많이 끓였다는 둥, 뜨거 울 때 바로 먹어야 한다는 둥, 지금 당장 갖다 주어야 한다는 둥의 말만 반복했다. 엄마 혼자 가. 내가 다시 말하자, 엄마 는 내가 함께 가야 아빠가 좋아할 것 같다며 자꾸만 나를 앞 세웠다.

학교는?

아프다고 전화해줄게.

엄마의 차를 타고 아빠의 사무실로 향했다. 엄마는 식은땀을 흘리며 초조하게 운전을 했다.

엄마, 왜 이렇게 땀을 흘려?

말 시키지 마, 운전하는데.

나는 머쓱해진 손으로 안전벨트를 채운 뒤 슬며시 눈꺼풀을 닫았다. 철컹철컹, 자동차는 마치 철도 위를 달리는 기차처럼 불안정하게 움직였다. 차 안에서 자면 멀미가 나는데, 라는 생각을 하면서도 나는 곧 잠이 들었다. 그리고 눈을 떠보니 어느 건물의 지하 주차장 안이었다. 엄마는 나를 깨우지도 않고 그저 운전대에 고개를 푹 처박은 채 앉아만 있었다. 언제 도착했던 걸까? 내가 일어나 안전벨트를 풀자 엄마도 고개를 들고 차에서 내렸다. 엄마와 나는 나란히 승강기에 올라탔다. 11층. 11층의 사무실. 하지만 건물 구조는 혼자 살기 딱 좋은 원룸 오피스텔 같아 보였다. 11층에 도착하자 엄마는 내게 사무실의 문을 열어보라고 말했다. 손잡이를 돌려 문을 열자 어제 경태가 일시정지 버튼을 클릭하던 장면이 드러나 보였다.

누나 이 장면이야. 옆치기 이거 아무나 하는 거 아니다. 앞치기나 뒤치기면 모를까, 웬만한 포르노에서도 안 나오는 거야. 보통 애들은 하기도 힘들고. 우리 오늘 이거 해보자, 응?

경태는 일시정지 된 화면을 마우스로 드래그해 확대시켰다. 그래서 어제 처음으로 경태와 시도해봤던 그 자세. 같은 자세로 섹스를 하고 있는 아빠와 여자가 그 안에 있었다. 저렇게 하는 거였구나. 나는 동영상을 보며 아무리 따라 해봐도 잘 안 돼서 경태가 내내 짜증스러워했는데.

엄마는 죽을 담아 온 보온병을 떨어트리고 소리를 질렀다. 그 순간 내 귀에는 엄마가 내지르는 소리보다 보온병 속의 유리 깨지는 소리가 더 크게 들렸다. 모든 게 정지되었다. 주저앉아 소리를 지르는 엄마도, 섹스를 하고 있던 아빠도, 이런 상황을 예감했을 법한 여자도, 모든 상황을 지켜보는 나까지도. 마우스 클릭 한 번이면 일시정지 되는 컴퓨터 화면 속 동영상처럼 우리의 삶은 이렇게 멈추는 것이었다. 멈출 수 있는 것이었다. 삶은, 그런 것이었다.

정지된 화면을 가장 먼저 작동시킨 건 아빠였다. 아빠는 서둘러 옷을 입고 엄마와 내가 서 있는 현관으로 걸어왔다. 엄마는 내가 구겨 신은 운동화처럼 찌그러져 있었다. 아빠가 복도를 둘러보더니 경찰은 안 왔구나, 라고 중얼거렸다. 아직까지도 이 상황이 정리가 되지 않는 듯한 세 사람들 틈에서 나는 괜히 담담했다. 마치 나만 투명인간이라도 된 듯 아무렇지 않게 그들을, 그 상황을 바라보았다.

화장기 없는 맨얼굴에 허리까지 늘어지는 긴 생머리를 가진 여자였다. 하얀색 슬리브리스 속옷을 서둘러 꿰어 입은 여자는 한눈에 보기에도 매우 어렸다. 나보다 대여섯 살 정도나 많을까 싶은 정도였다. 키도 작고 몸도 깡말라 청순해 보이는 인상이지만 얼굴의 생김새 자체는 못생긴 편이었다. 살이 좀 찌긴 했지만 키가 크고 이목구비가 또렷해서 미인이라는 소리를 자주 듣는 엄마와는 전혀 다른 느낌의 여자였다.

소리를 지르던 엄마는 기어이 울기 시작하며 그 여자에게 다가갔다. 도대체 어쩌자고, 뭘 어쩌려고, 라는 말들을 하는 것 같은데 울음에 가려 잘 들리지 않았다. 여자는 마치 이런 날을 기다려 오기라도 한 것처럼 강단 있게 대답했다. 죄송해요, 하지만 난 안 헤어져요. 아니, 못 헤어져요.

드라마에나 나올 법한 대사였다. '죄송해요'라는 말에 제법 악다구니가 들어 있기까지 했다. 그 말이 상대방에게 내미는 화해의 손짓이 아니라 상대방의 가슴을 찌르는 칼날이기도 하다는 사실을 그때 처음 알았다. 미리 준비하고 벼려오지 않고서야 어떻게 저렇게 또박또박 내뱉을 수 있을까? 물론, 엄마의 대사도 마찬가지긴 했다.

같은 여자로서 어떻게 이럴 수가 있어! 나이도 어린년이, 어떻게, 너는 에미도 없어? 너희 부모님도 너 이러는 거 알아? 너 나중에 결혼해서 네 남편이 너처럼 새파랗게 젊은 년이랑 바람났다고 생각 좀 해봐.

여자는 고개를 돌린 채 미안해요, 소리를 내뱉으며 눈물을 한 방울 떨어뜨렸다. 진부한 장면이었다. 채널을 돌려 뉴스라도 보고 싶을 만큼 지루하게 다가오는 시간이었다. 엄마는 결국 그 여자의 긴 머리칼을 붙들고 흔들기 시작했다. 여자는 더 불쌍해 보이기 위해 엄마의 공격을 묵묵히 받아내며 눈물을 떨구었다. 아빠는 엄마를 말릴 엄두가 나지 않는지 둘에게서 등을 돌린 채 아무 말 없이 서 있기만 했다.

애비 닮은 년.

아빠와 헤어지고 난 뒤 엄마는 그저 멍한, 그러나 노려보는 것이 분명한 눈으로 나에게 애비 닮은 년이라고 말하기 시작했다.

코가 어쩜 이렇게 높을까? 아주 그냥 제 애비랑 뚝 닮았네. 이마가 왜 이렇게 반듯하고 넓지? 아 맞다, 넌 네 아빠 닮았지.

엄마는 하루에 두세 번 정도 나에게 그렇게 말했다. 그러나 내 얼굴이 아빠를 닮았다는 건 모두 거짓말이었다. 내 얼굴은 누가 뭐래도 엄마와 판박이였다. 어릴 적에 엄마가 공연한 장난 삼아 "너는 다리 밑에서 주워 온 아이야"라고 말하면 주변 사람들이 피식피식 웃을 만큼 내 얼굴은 엄마를 빼다박았다. 그런데도 엄마는 내 코와 이마가 아빠랑 꼭 닮았다고 중얼거렸다. 그래서 엄마의 얼굴을 자세히 뜯어보니 엄마는 확실히 나보다는 코가 좀 낮고 이마가 좁았다.

그런 엄마는 아빠와 이혼을 하고 난 뒤 지극히 정상적으로 살아갔다. 자다가도 깜짝 놀랄 만큼 혼자서 살아가는 생활에 잘 적응해가는 것이었다. 마치 태초부터 혼자서 살아온 사람처럼, 남편이라는 존재는 애초부터 없었던 것처럼 말이다. 그래서 사람들은 엄마가 혼자서도 꿋꿋이 잘살아가고 있다고 여겼다. 엄마가 비정상적으로 변해가고 있다는 사실을 아는 사람은 오로지 나 하나뿐이었다. 그랬다. 엄마는 비정상이었다. 엄마라는 사람은, 아빠라는 사람 없이 단 하루도 제대로 살 수 없어야 정상인 사람이었다.

겉보기에는 무척 정상적인 사람처럼 살아가고 있는 엄마가 사실은 비정상적으로 살아가고 있다는 사실을 증명할 수 있는 단 하나의 단서가 바로 음식이었다. 엄마는 요리를 매우 잘하는 여자였다. 잘하는 건 밥 짓는 것밖에 없잖니, 라고 말하던 엄마가 어느 때부터인가 음식의 간을 맞추지 못했다. 겉모양은 예전 그대로지만 속맛은 전혀 달라져버린 음식. 나는 엄마의 음식을 꿋꿋이 먹었다. 간이 안 맞아서, 맛이 없어서 못 먹겠다는 말 같은 건 하지 않고 모두 다 깨끗이 먹어치웠다. 간이 안 맞는 음식을 먹으며 나는 절대 사랑을 하지 않겠다고, 어느 누구도 절대로 사랑하지 않겠다고 다짐했다. 가족이든 친구든 애인이든, 나는 어느 누구도 사랑하지 않을 것이다. 간이 맞지 않는 엄마의 음식을 먹으면 먹을수록 나는 점점 더 결연해지고 단호해졌다.

　중년의 나이에 딸 같은 계집애에게 홀려 아내와 자식을 버리고 떠난 아빠를 나는 미워하지도 원망하지도 않았다. 내가 미워하고 원망하는 대상은 바로 엄마였다. 어째서 엄마는 아빠가 아니면 그 흔한 섹스 한 번 하지 못하는 여자로 살아왔을까. 대학 동기로 만나 졸업 뒤 바로 결혼한 엄마와 아빠. 엄마의 사랑은 20년 동안 한 번도 변함이 없었고, 그 한결같은 사랑에 숨이 막혀서 아빠가 떠난 거라는 사실을 나는 잘 알고 있었다. 나는 절대로 엄마처럼 한 남자만 사랑하지 않겠다고, 정말 소중한 사람이라면, 내 곁에 붙잡아두고 싶은 사람이라면 더더욱 그래서는 안 되겠다고 다짐했다. 엄마는 이런 내가 자신을 사랑하지 않음을 잘 알고 있다. 그리고 내가 아빠를 너무 많이 닮아서 자신을 사랑하지 않는 것이라고 생각한다는 사실을 나 또한 알고 있었다.

　제 애비 닮아서 차가운 년.

　제 애비 닮은 년. 제 애비 닮아서 머리숱도 없고, 제 애비 닮아서 귓바퀴도 뒤집어지고, 제 애비 닮아서 팔도 길고, 제 애비 닮아서 발도 크고, 제 애비 닮아서 냉정한 년…… 나는 엄마의 그 말을 한 번만 더 들으면 정말이지 머리가 터져버릴 것 같았다.

　나도 알아, 나도 알아, 나도 안다고. 그래, 나 아빠 닮았어.

아빠 닮아서 성격도 더럽고, 차갑고, 뻔뻔해. 더 알려줄까? 손가락의 손톱도 아빠를 닮아서 반달형이고, 목 뒤에 사마귀 점이 있는 것도 아빠를 닮아서 그래. 아빠 닮아서 운동도 싫어하고, 아빠 닮아서 글씨체도 괴발개발이야. 나도 다 아니까, 알고 있으니까, 제발 그 소리 좀 그만해! 그렇게 시시때때로 각인시켜주지 않아도 알아, 다 알고 있어, 다 안다고! 나는 부엌에 있는 식기와 조리도구들을 집어 거실 바닥에 내던지며 마구 소리 질렀다.

그렇게 싸운 날이면 엄마는 내가 자고 있는 방에 들어와서 울었다. 울면서 더듬더듬 내 얼굴을 만졌다. 엄마의 얼굴과 내 얼굴이 닮지 않은 부분, 코와 이마를 만지는 것이었다. 엄마는 나의 반듯하고 넓은 이마와 높은 코를 항상 부러워했다. 아빠 닮아서 좋겠어, 라면서 말이다. 엄마의 손은 이마에서 코로, 코에서 귀로 넘어갔다. 바깥쪽으로 벌어진 귓바퀴는 복이 달아난다고 했던가. 외할머니는 아빠의 귓바퀴가 바깥쪽으로 헤벌어진 것이 마음에 들지 않아 둘의 결혼을 반대했다고 한다. 네 어미처럼 안쪽으로 똘똘 말려 있어야 하는데. 그래야 복이 달아나지 않는데.

다른 곳은 몰라도 귀를 만지는 것은 못내 간지럽고 기분이 이상하다. 나는 엄마가 그만 나가주기를 간절히 바랐다. 그러나 엄마는 언제나 떠날 줄을 몰랐다. 엄마는 어디로도 떠나지 않는 사람이었다. 언제나 남들이 정해놓은 자리에 그대로 붙박여 있는 것만이 엄마의 최선이었고, 나는 어디라도 좋으니 제발 떠나는 것만이 나의 최선이었으나, 어디로 가야 할지에 대해서는 조금도 알 수가 없었다.

옷을 갈아입고 그가 있는 화실로 향했다. 나 외에는 아무도 열지 않을 것만 같은 문, 어두컴컴한 건물 속에 덩그마니 놓여 있는 그 철문을 나는 열어젖혔다. 가장 먼저 다가오는 기름 냄새, 그리고 뒤이어 따라오는 알코올 냄새.

소파에 앉아 술을 마시고 있던 그에게로 다가가자 그는 기다렸다는 듯 내 브래지어 후크에 손을 갖다 댔다. 그의 손가락이 내 가슴을 주무르자 조그맣게 말라붙어 있던 젖꼭지가 단단하게 부풀어 올랐다. 그가 입으로 내 젖꼭지를 물고 빨아당겼다. 나도 그의 자그마한 성기를 손에 쥐고 단단하게 일으켜 세운 뒤 그의 허벅다리 위에 다리를 벌려 앉았다. 그리고 아무리 노력해도 젖지 않는 메마른 질 속으로 그의 성기를 꾸역꾸역 밀어 넣었다. 그의 몸이 움직이기 시작했다. 나는 손바닥의 지문으로 점자를 읽는 맹인처럼 그의 몸을 더듬었다.

섹스가 끝나고 난 뒤 나는 평소처럼 곧바로 화실에서 나가지 않고 그의 낡은 가죽소파 위에 주저앉았다. 그리고 그가 대충 조립해 만든 나무 탁자 위에 놓인 술병을 집었다. 술을 마셔도 좀처럼 취하지 않는 나를 보며 엄마는 애비 닮아서 술까지 잘 마신다고 했다. 나는 병 안에 절반 정도 남아 있는 술을 커다란 컵에 모두 따라낸 뒤 벌컥벌컥 들이마셨다. 몸 속에 불이 붙고, 모든 것이 다 타오르는 듯했다. 술이라도 못 마셨더라면 그놈의 애비 닮은 년 소리 한 번은 덜 들었을 텐데.

귓속의 달팽이관이 흔들려서 멀미를 하는 거야. 정신력이 흐려서 그래. 무언가에 집중하면 괜찮아지는데.

이래서 여행 가는 게 싫다고 했잖아. 아빠, 나 아직도 더 토할 것 같아.

차는 구불구불한 고갯길을 넘어가고 있다. 발밑에 놓은 검은 비닐봉지 안에는 내가 게워낸 토사물이 한가득이다. 나는 멀미가 심해 버스나 지하철 안에서도 자주 속이 울렁이곤 했다. 어릴 적에는 내 옆에 꼭 붙어 뒤치다꺼리를 해주던 엄마도 점차 나를 더럽고 귀찮게만 여겼다. 엄마는 내가 늘 주변 사람을 힘들게만 한다며 짜증을 냈다.

잠을 좀 자봐.

이렇게 토할 것 같은데 어떻게 잠을 자. 아무래도 봉지가 더 있어야겠어. 아빠, 아빠.

봉지 하나를 다시 가득 채우고 나자 곧 피곤이 몰려왔다. 잠이 들었던 걸까? 아빠가 운전하고 있는 차는 또 다른 고개를 넘어가고 있다. 속이 또 울렁, 하려는데 아빠가 뭐라고 중얼거리듯 말했다. 뭐라고? 뭐라고 하는 거지? 잘 안 들려 아빠. 더 크게, 크게 말해 줘.

어른이 되면, 멀미를 안 하게 될 거야. 어른이 되면, 다 괜찮아질 거야. 어른이 되면.

아빠는 룸미러를 통해 내 눈을 빤히 들여다보며 말했다. 나도 그 거울을 바라보았다. 눈꺼풀 속의 눈동자는 유난히도 크고 까맣다. 나를 바라보는 거울 속의 그 눈동자를 나는 바라보고 또 바라보았다.

눈을 떴다. 아빠의 눈동자가 나를 보고 있다. 눈을 감았다. 거울에 비친 눈동자. 눈을 떴다. 아빠, 아빠, 그만 쳐다봐. 운전해야지. 그러다 사고 나겠어, 안 그래도 좁다란 길에서, 아빠, 아빠……

커다랗고 새까만 눈동자가 나를 내려다보았다.

일어…… 났…… 아빠…… 라……

나는 소스라치게 놀라 자리에서 벌떡 일어섰다. 그러고는 옷조차 제대로 꿰어 입지 못한 채 철문을 향해 뛰었다. 내 행동에 놀란 그가 서둘러 쫓아와 내 팔뚝을 붙잡았다.

갑자…… 왜…… 어…… 옷……

그의 한 손은 내 팔을 붙잡고, 다른 한 손은 내가 벗어두었던 양말을 들고 있다. 나는 그의 손을 강하게 뿌리치고 도망치듯 뛰었다. 그가 완성해놓고 말리는 중이던 캔버스가 발에 걸려 미끄러졌다. 아직 덜 마른 기름 덩어리들이 신발에 달라붙었다. 그의 그림은 형태를 알아볼 수 없도록 뭉개져버렸다. 그러나 나는 미안함도 잊은 채 서둘러 작업실 밖으로 뛰쳐나갔다. 곧바로 회색 철문이 이어진 복도를 달려가는데 철문은 하나가 사라지면 하나가 나타나고, 하나가 사라지면 또 하나가 나타나는 형식이라 아무리 뛰고 또 뛰어도 나는 계속 그 자리에 있는 것이었다. 순식간에 현기증이 일어 나는 잠시 이마에 손을 짚고 멈춰 섰다가 다시 발걸음을 뗐다. 신발에 묻은 유화 물감이 바닥에 끈적하게 눌어붙어 내 흔적을 고스란히 남겼다.

스파게티가 먹고 싶어.
엄마는 아침부터 스파게티가 먹고 싶다고 중얼거리더니 어느새 마트에 다녀온 모양이었다.
스파게티는 네가 잘 만들잖아.
그렇게 말하며 식재료가 잔뜩 들어 있는 장바구니를 내게 내밀었다.
스파게티는 엄마가 아니라 아빠가 좋아하는 음식이었다. 아빠는 일요일 오후가 되면 으레 스파게티가 먹고 싶다고 말했다. 엄마도 물론 스파게티를 만들 줄 안다. 그러나 엄마는 미트 스파게티를, 나는 해산물 스파게티를 잘 만들었다. 그리고 아빠는 미트 스파게티보다 해산물 스파게티가 깔끔하고 개운해서 입에 잘 맞는다며 항상 나에게 만들어달라고 말했다.

나는 능숙하게 조개의 해감을 풀고 끓는 물에 스파게티를 삶았다. 그의 눈동자가 머릿속에서 지워지질 않았다. 그는 어째서, 자고 있던 나를 그런 눈으로 바라보았을까? 뜨거워진 프라이팬에 올리브기름을 두르고, 다 삶은 스파게티 면을 건져 팬 속에 집어넣었다. 그리고 토마토 퓌레와 해물을 차례로 넣어 볶았다. 중간 중간 조개 육수로 간을 맞춘 뒤 이내 완성된 스파게티를 크고 둥그런 접시에 담았다. 말린 파슬리 가루까지 뿌린 뒤 식탁으로 가져가 내려놓자 엄마의 표정이 밝아졌다. 엄마는 포크로 스파게티를 둘둘 말아 입 안 가득 집어넣으며 말했다.

맛있다, 너도 먹어 봐.

엄마는 입 안 가득 말아 넣은 스파게티를 오물오물 씹어 삼킨 뒤 환하게 웃었다. 나도 엄마처럼 포크를 들어 스파게티 면을 둘둘 감았다. 이탈리아 사람들은 스파게티를 포크에 감을 때 시계 반대 방향으로 돌려야지만 복이 오는 것으로 여긴다고 한다. 그 사실을 알면서도 손은 좀체 왼쪽으로 돌아가질 않았다. 습관적으로 오른쪽으로 돌아가던 포크를 억지로 왼쪽으로 돌리자 스파게티 면이 다 풀어졌다. 나는 다시 오른쪽 방향으로 스파게티를 둘둘 감아 입 안 가득 밀어 넣었다. 엄마는 그런 나를 빤히 쳐다보았다. '맛있다', 라는 말이라도 기다리는 사람처럼 쳐다보았다. 미간에 힘이 꽉 들어갔다. 나는 스파게티 면을 씹기도 전에 그대로 다시 접시 위에 내뱉었다.

왜 그래? 맛있잖아. 우리 딸이 만든 거잖아.

나는 자리에서 일어나 접시를 들고 화장실로 갔다. 화장실 문을 열고 양변기 속에 스파게티를 모조리 쏟아버린 뒤 물을 내렸다.

뭐하는 짓이야!

엄마가 등 뒤에서 소리쳤다. 어쩔 수 없는 일이었다. 내가 만든 스파게티는 간이 맞질 않았다. 어쩔 수 없는 일이라고 생각했다. 3인분이 아닌 2인분을 만든 것은 오늘이 처음이었다. 엄마는 스파게티 접시 위에 고개를 처박고 제 애비 같은 년, 이라고 말하며 울기 시작했다. 나는 찬장에서 아빠가 종종 꺼내 마시곤 하던 위스키를 꺼내어 유리잔 가득 따른 뒤 단숨에 들이켰다.

여…… 여보, 여보……

몸이 무거웠다. 가위에 눌리기라도 한 것처럼 손가락 하나 움직일 수 없었다. 엄마는 바닥에 주저앉아 상체를 내 가슴에 묻은 채로 엎드려 있었다.

엄마, 좀 일어나 봐.

나는 고개를 세우며 엄마의 상체를 밀어봤다. 그러자 잠에서 깬 엄마가 부스스 일어나더니 소리를 꽥 내질렀다.

여보!

엄마, 그만 방으로 가서 자.

어? 여, 어 그래.

나는 그대로 다시 베개 위에 머리를 대고 누웠다. 머리맡에 놓아둔 휴대전화를 집어 시간을 확인해보았다. 새벽 2시였다. 그에게서 전화가 와 있었다. 통화 버튼을 길게 눌러 전화를 걸었다. 띄엄띄엄한 그의 말투가 휴대전화 저편에서 울렸다.

어디……

집이요.

오, 오늘 안……

지금 갈게요.

택시를 타고 그의 화실로 향했다. 한 시간 거리인 그의 작업실까지 10분도 채 걸리지 않았다. 그래서일까. 새벽의 택시는 늘 기묘한 느낌이 들었다. 언제고 내가 원할 때 나를 순간 이동시켜줄 것처럼 대기하고 있는 것만 같았다. 나는 택시비를 지불하고 차에서 내려 그의 작업실 건물 앞에서 다시 전화를 걸었다.

나오면 안돼요?

그에게 말했다.

……

좀 씻고 싶어서요.

이내 밖으로 나온 그와 나란히 서서 텅 빈 거리를 걸어 나갔다. 길을 건너고, 또 건너고, 또 건너다보니 어느덧 술집이 줄줄이 이어진 거리와 이미 문을 닫은 상점들이 이어진 대로변을 걷게 되었다. 우리는 그곳을 지나 안쪽 골목으로 자리한 모텔에 들어갔다.

콘돔 한번 써볼까요?

그가 피식 웃었다. 왜 자꾸 안하던 짓을 하느냐고, 그의 얼굴이 말했다. 나는…… 말을 하고 싶었다. 너무나 많은 말을, 수없이 많은 말을, 퍼내고 또 퍼내도 영원히 다 퍼낼 수 없을 말들을 쏟아내고 싶었다.

있잖아요, 나는 말이에요.

그가 멀뚱하게 뜬 눈으로 나를 바라보았다. 나는 포장지를 벗겨 콘돔을 손가락에 끼우고 움직여보았다. 나는 계속 말했다. 무슨 말을 하고 있는지는 나도 잘 알 수가 없는데.

왜 자꾸 나를…… 아빠가요, 우리 아빠가. 그러니까 나는…… 어른이 되면, 아, 왜 이렇게 속이…… 꼭 토할 것 같아요. 어른이 되면, 멀미는 안 한다고, 우리 아빠가 그랬는데, 벌써 스물두 살인데, 왜 이렇게 계속 토할 것 같……

그가 어느새 다가와 버릇처럼 내 티셔츠 속으로 손을 집어넣었다. 나는 그만 손가락에서 콘돔을 빼내고 그의 손을 밀어냈다.

잠깐만요, 씻고 올게요. 씻고 싶어서 온 거잖아요. 씻고, 해요, 우리.

나는 방문을 닫고 현관과 면한 욕실의 문을 열었다. 그리고 세면대 가득 물을 받아 세수를 했다. 그가 방에서 텔레비전을 켠 모양인지 제대로 알아들을 수 없는 소리들이 웅웅 울렸다. 나는 샤워기의 꼭지를 열어 물을 틀었다. 쏴아 물발이 떨어지는 소리에 귀가 울렸다. 나는 샤워기의 물이 계속 흐르도록 놔둔 채 화장실에서 나와 홀로 현관의 문을 열었다.

바깥은 새파란 새벽이었다. 피부에 와 닿는 공기가 서늘했다. 찬 공기를 내뱉고 다시 들이마셨다. 기름 냄새가 훅 빨려들어왔다. 나는 습관적으로 주머니 속에 있는 향수를 꺼내려고 집었다가 이내 손바닥을 폈다. 그리고 고개를 어깨 언저리로 돌려 기름 냄새를 맡아보았다. 그저 유화 물감 냄새라고만 생각했는데, 그렇지만도 않았다. 이젤과 팔레트의 나무 냄새, 목 언저리까지 바르던 스킨 냄새, 하루에 두 갑씩 태우는 담배 냄새, 삶 냄새.

내가 항상 뿌리고 다니던 향수 냄새도 그 사람의 몸에 배어 있을까? 먼 훗날 나와 같은 향수를 쓰는 여자를 만나게 되면 정말로 나에 대한 기억이 떠오를까?

플라타너스가 줄지어 서 있는 가로수 길을 걸어 나갔다. 아직 가을의 초입인데 벌써부터 플라타너스 잎이 하나둘 떨어져 내리고 있었다. 이제 얼마 지나지 않아 온 거리마다 플라타너스 가지를 쳐내는 작업이 시작될 것이다. 나무들은 앙상한 가지 하나 남겨놓지 못한 채 장승처럼 어둡고 습하게 서 있겠지. 그리고 봄이 되면 언제 그랬냐는 듯 무성한 가지와 잎을 자랑스럽게 꺼내놓으며 생과 사를 미친듯이 반복해댈 것이다.

메스껍던 속이 울렁이며 갑자기 현기증이 일어 나는 그만 플라타너스 나무 밑에 쭈그리고 앉았다. 꺽꺽 소리와 함께 안에 든 것들이 쏟아져 나왔다. 물인지 기름인지 알 수 없는 것들. 너무나 많은 냄새가 풍겨오는 것들. 사실은 하나도 다르지 않은 것들. 그것들을 모두 다 쏟아두고, 둥그렇게 말린 플라타너스 이파리 위를 나는 다시 걸어 나갔다.

9 소재

    정지헌 선배는 인사동 주점의 구석진 자리에서 생태찌개에 소주를 시켜두고 홀로 앉아 있었다. 나는 별다른 인사도 없이 선배의 맞은편 자리에 앉아 물을 한 잔 마시고 소주잔을 들었다. 선배는 내 잔에 소주를 따라주며 물었다.

    "왜 이렇게 늦었어?"

    "미안. 광화문에서 걸어왔거든. 걸어오면서 이것저것 생각 좀 하느라."

    "일은 어때? 할만 해?"

    "그냥 배우면서 하는 거지 뭐. 이번 달에는 학교에서 열리는 워크숍 준비를 떠맡아서 좀 바쁘네. 이제 보름도 채 안 남았거든. 아, 그 최진성 교수도 참여하는 거야."

"그래? 요즘 최 교수랑 너랑 둘 다 안 나와서 뒤풀이 때 심심하더라."

"나도 그 최진성 씨, 막상 자주 못 봐. 이번 워크숍 때문에 일주일에 한 번씩 모여서 회의하는 거 빼고는 같은 건물 안에 있는데도 한 번을 제대로 못 보네."

"다 그렇지 뭐. 너 뭐, 밥은 먹었어? 공기밥이라도 하나 시킬까?"

"아냐 됐어. 이거면 돼."

"그래 그럼."

선배는 올해 마흔두 살로, 나보다 열일곱 살이나 많은 사람이었다. 스물다섯 살에 예대 문창과를 졸업하고 출판사에 취직해 일하다가 3년 전 일을 그만두고 집 안에 들어앉아 소설 쓰기에만 전념하고 있었다. 이왕이면 소설을 읽고 함께 공부할 사람들이 있는 게 좋아 예대 동기였던 친구와 온라인 카페를 개설하고 오프라인 모임까지 만든 것이었다.

결혼도 못하고 그저 소설 하나 마음에 품은 채 40년 넘게 살아온 선배를 보고 있으면 소설 때문에 인생 망치는 게 이런 거구나 싶었다. 이제는 그동안 모아둔 돈과 퇴직금도 바닥나가는 상황이라 하루빨리 등단을 해야만 어떻게든 이 사회에 발붙이고 살아갈 수 있으련만 선배는 벌써 2년째 신춘문예 본심에서 미끄러지고 있었다.

"요즘 쓰고 있는 건 없고?"

소주잔을 내밀며 선배가 물었다. 나도 잔을 들어 선배의 잔과 맞부딪친 뒤 단번에 삼켰다. 차갑고, 쓴 맛이 났다.

"캬. 쓰긴 뭘 써. 읽는 것도 없구먼."

"왜, 일하는 거 그거 뭐 별거 없다며."

"그러게 말이다. 특별히 하는 일도 없고 시간도 남아도는데, 소설 읽어본 게 언제였는지, 그리고 마지막으로 읽어본 게 뭐였는지도 기억이 안 나. 나 왜 이러고 사니."

그렇게 말하며 나는 빈 잔을 앞으로 내밀었다. 선배는 내 잔에 소주를 채워주며 다시 말했다.

"뭐, 쓸 만한 소재 없나."

그놈의 소재 이야기. 선배는 매번 독특한 소재가 있어야만 신춘문예 심사위원들의 눈을 사로잡을 수 있다면서 번번이 이상한 이야깃거리를 찾아다녔다. 그동안 내가 보아온 선배의 소설만 해도 그랬다. 한탄강 인근에서 장어구이를 파는 중년의 남자. 장어를 잡아 껍질을 벗기며 그 안에 담긴 자신의 어린 시절과 어머니의 삶을 떠올리는 내용이었다. 또 다른 소설은 한의사가 주인공으로 사람들의 몸에 침을 놓아 아픈 곳을 어루만져주는 것이었다. 환자들의 오래 묵은 상처를 치유해주며 과거에 자기가 가지고 있던 상처들을 동시에 치유해나가는 방식의 이야기였다. 침을 놓는 긴장감에 대한 묘사와 한의학 전문 지식을 잘 결합시킨 수작이었다.

"야, 네가 심사위원이라고 생각을 해봐라. 수백 편이나 되는 응모작들 중에서 어떻게 하루 만에 딱 열 편만 골라내겠냐? 예심 때 소설 그거 뭐 첫 단락의 한 줄이라도 읽어주는 줄 알아? 일단 세번째나 네번째 페이지를 뒤적여서 소재가 뭔지 그것부터 보게 마련이라니까. 근데 너 언제까지 그렇게 너희 가족들 얘기 가지고 물고 늘어질래? 신춘문예 응모작 절반 이상이 다 가족 소사라는 거 몰라? 그런데 당선작들을 봐. 가족 소사로만 된 게 하나라도 있든? 다 뭔가 독특한 직업 가진 사람들이 주인공이잖아. 평범한 직업 가진 사람 한 명이라도 봤어? 없잖아. 일단 소재로 끌어들인 다음에 거기에 미친듯이 파고들어서 묘사를 해줘야 한다니까. 너도 소재만 하나 제대로 물면 진짜 등단할 것 같은데……"

그러나 나는 아무리 노력해보아도 그런 독특한 소재의 이야기는 쓸 수가 없었다. 나는 그냥 내가 바라본 세계의 한 단면을 쓰고 싶었다. 한데 내가 속한 세계에는 아무리 눈을 씻고 찾아봐도 유별난 직업을 가진 사람들이 없었다. 주변에서 장어구이를 사 먹는 사람은 봤어도 장어 껍질 벗겨내는 직업을 가진 사람은 본 적이 없었다. 전문직으로 미용이나 메이크업, 제빵사 일을 하는 친구들을 본 적은 있지만 장인 정신을 가지고 삶의 의미를 부여하는 사람은 알지 못했다.

나는 특이한 직업을 가진 다른 사람들의 이야기를 쓰고 싶은 게 아니었다. 나는 그냥 내 눈에 비치는 아무것도 아닌 이야기들을 쓰고 싶었다. 신춘문예에 당선되기 위해 잘 알지도 못하는 사람들을 찾아가서 취재를 하고 소설로 옮겨 쓰는 것은 영 내키질 않았다. 그런데도 선배는 번번이 내 소설에는 튀는 이야기가 없다며 독특한 소재를 끌어들여야만 한다고 말했다.

"네 주변에 말이야, 좀 색다른 직업 가진 사람들 없어? 너 아는 사람 진짜 많잖아."

"색다른 직업이라……"

나는 소주잔을 손가락 사이에 끼워 빙빙 돌리면서 주변 사람들을 떠올려보았다.

"맞다, 너 예전에 와인바에서 일했잖아. 와인을 소재로 한번 써보는 건 어때?"

"와인?"

"응. 그 와인이 말이야, 원산지와 포도 종류에 따라 맛이 다 다르다며. 너는 와인에 대해 잘 아니까 그런 거 다 알 거 아냐. 슬플 때 먹는 와인, 외로울 때 먹는 와인, 기쁠 때 먹는 와인, 축하할 때 먹는 와인, 아플 때 먹는 와인…… 그리고 와인이 사람들과 곧 하나가 돼주는 거지."

나는 홍대 입구 근처의 와인바 '라포레(La Foret)'에서 일하던 때를 떠올려보았다. 와인바에서 일한다고 해서 값비싼 와인을 마음껏 마셔볼 수 있는 건 당연히 아니었다. 내가 마음껏 마실 수 있는 건 한 병에 만 원도 안 하는 하우스 와인들뿐이었고, 손님들이 뭐가 좋으냐고 물어오면 그저 단맛이 많이 나는 '1865'나 '빌라 뮈스까뗄' 같은 대중적인 와인만 추천해줄 뿐이었다.

"됐네요, 아저씨.『신의 물방울』안 봤어? 와인 한 방울 안 마셔본 사람도 그 만화책만 읽으면 와인 전문가 다 되는데 무슨 와인을 소재로 소설을 써. 그 만화를 뛰어넘을 정도로 와인을 공부하지 않는 이상 와인 소설은 불가능해."

"음…… 그래.『신의 물방울』이 있구나……"

"그리고 거기가 뭐 제대로 된 셀러나 전문적인 소믈리에가 있는 정통 와인바도 아니고, 맥주에 위스키, 칵테일까지 같이 팔던 그냥 주점에 요즘 하도 와인 와인 하니까 이름만 와인바라고 갖다 붙인 거였는데 뭐."

선배는 머쓱한지 잔에 소주를 채우고는 한 번에 쭉 들이켰다. 그러고는 수저를 들어 생태찌개를 휘휘 저은 뒤 국물만 두어 번 떠먹었다.

"너 그럼 그 문신이나 피어싱 하는 사람들은? 너 아는 동생이 명동에서 피어싱 가게 한다며. 너 그래서 배꼽에 피어싱도 그 동생이 공짜로 해줬다 그랬잖아. 사람들의 몸을 뚫어주면서 그들의 아픔과 상처를 더듬고 또 넘어서는 거야."

정지헌 선배는 그렇게 말하며 하하 웃었다. 나는 하도 어이가 없어서 웃음도 안 나왔다.

"왜, 나더러 아예 『뱀에게 피어싱』 속편을 쓰라고 하지."

"아, 그 소설이 있었네. 하여간 뭐 좀 괜찮은 것들은 죄다 다른 놈들이 해먹었다니깐."

"선배, 우리 소설 얘기 그만 하자. 짜증난다."

그렇게 말하며 나는 내 잔에 담긴 소주를 들이켰다. 선배는 나를 따라 소주를 삼키면서도 여전히 석연찮은 표정을 지었다.

"아무리 그래도 소재는 하나 있어야 하는데……"

선배는 왜 이렇게까지 소재에 집착하는 걸까.

"선배. 그냥 소설만 잘 쓰면 안 될까? 솔직히 나는, 나 하고 싶은 대로 살고 싶어서 소설 쓰는 건데, 나는 남들이 하는 거 따라 하는 게 제일 싫은데, 자꾸 나 하고 싶은 대로 못하게 하고 남들 하는 거 괜찮아 보인다고 따라 하라 그러면 나는 소설을 쓰는 의미가 없어지는데."

"그래, 너 하고 싶은 대로 하겠다는 거, 그거 말이야. 그래서 소재를 찾으라는 거야. 야, 잘 생각을 해봐. 너 대학 들어갈 때 무슨 시험 봤어?"

"수능 봤지."

"그래. 수능을 봐서 점수를 따야 대학에 들어가든가 말든가 할 거 아니냐. 수능을 보려면 무슨 공부를 해야 돼?"

"수능 공부 해야지."

"그래. 수능 공부를 해야 수능을 보고, 수능을 봐야 수능 점수가 나오고, 수능 점수가 나와야 원하는 대학을 가고, 원하는 대학을 가야 네가 진짜로 하고 싶었던 공부를 할 수가 있지 않느냐고. 네가 지금 당장 경제학과에 들어가서 경제학을 전공하고 싶은데, 중학교 고등학교 때부터 학교 공부랑 수능 공부 제쳐두고 경제학 공부만 암만 해봤자 수능을 못 보면 어떻게 대학을 들어가느냐 이 말이야. 일단은 수능 공부를 해서 시험을 치르고 나야 그다음에 네가 하고 싶은 공부를 할 수가 있는 거잖아. 그처럼, 일단은 신춘문예에 소설이 당선돼야 문단에 나가는 거고, 문단에 나가야 네가 쓰고 싶은 소설 맘껏 써서 발표를 할 수 있지 않겠냐. 그런데 신춘문예에는 거의 천 명 가까운 사람들이 한꺼번에 응모를 해. 그중에 뽑히는 건 꼴랑 한 편뿐이고. 네가 심사위원이라면 어떻게 해야겠냐? 천 편에 가까운 소설을 일일이 다 읽어보고 그중에서 딱 한 편의 소설을 찾아내겠냐? 더군다나 예심에 주어진 시간은 하루밖에 안 된다고. 그러니까 일단 소재가 튀어야 돼. 그 튀는 재료를 가져다가 얼마나 잘 요리했는지, 이 한 편을 쓰기 위해 작가가 얼마나 많이 공부하고 노력했는지, 그런 걸 볼 수밖에 없는 거잖느냐, 심사라는 게…… 다시 말하지만, 등단을 하려면 일단 신춘문예에 맞는 소설을 공부해 써야지. 야, 암만 선생 소질 있고 사대 나오면 뭐하냐. 임용고시 떨어지면 평생 학원 강사나 하다가 인생 종치는 거라고."

선배가 수능이 어쩌고 임용이 저쩌고 하며 비유를 하니 어쩐지 꼭 틀린 말도 아니라는 생각이 들었다. 나는 입을 열었다.

"선배, 와인바 하니까 생각나는 게 있는데……"

선배는 열변을 토하느라 목이 탔는지 컵에 담긴 물을 벌컥벌컥 들이켜며 눈짓으로만 '뭔데?'라고 되물었다.

"그 와인바가 3층에 있었는데, 그런데 그 건물 1층에 인형을 만드는 남자가 있었거든."

"인형?"

"어, 왜 그거 있잖아. 구체관절인형인가 뭔가. 아니다, 비스크 인형인가, 단백질 인형인가. 아 몰라, 하여간. 어릴 때 갖고 노는 비비 인형 같은 거 말고."

"그래."

"그게, 공장에서 다 만들어진 인형을 사와서 예쁘게 옷 입히고 꾸며서 파는 게 아니라, 몸이며 눈, 머리카락 한 올까지 다 직접 만들더라고. 그리고 거기에 인형 사러 오는 사람들 보면 애들이 아니라 다 어른들이고. 그 주인 남자가 선배보다 서너 살 정도 어렸는데, 와인바 사장 후배라나. 그래서 저녁 시간에 알바생들 밥 먹을 때마다 올라와서 같이 먹고 그랬거든. 나 그 남자 한번 만나볼까?"

선배는 이제야 돌파구를 찾았다는 듯 오른손 엄지와 검지를 맞부딪혀 따닥 소리를 내고는 대답했다.

"그래, 야 그거 좋겠다. 그 남자를 화자로 내세우는 거야. 그리고 인형 만드는 과정을 쭈르륵 묘사해놓고, 자기가 만들어놓은 인형을 사가는 사람들에 대해서도 좀 쓰고. 음, 그리고, 초기에 만들었던, 그러니까 첫 작품이지. 좀 어설픈 인형이 하나 있는데 그건 팔리지 않고 늘 가게 한쪽에 있는 거지. 인형을 사러 오는 사람들로부터 완전히 소외되어 있는 그 모습을 보면서 자기 자신의 모습을 발견하게 되고. 아, 야, 완전 괜찮다 이거."

나보다 선배가 더 들뜬 것 같았다. 나는 소주를 마시며 그 남자를 떠올려보았다. 남자의 이름은 '주연'이었다. 길게 기른 앞머리로 늘 얼굴을 가리고 다녔고, 주머니가 많이 달린 카고바지에 체크무늬 셔츠나 후드티셔츠만 입고 다니던 모습도 떠올랐다.

10 경아

새로운 연구 과제를 준비하느라 지난주 내내 이범우 교수와
함께 작성한 수행계획서를 들고 나는 학교 본관으로 걸어갔다.
A4용지 200매에 달하는 수행계획서를 연구처에 제출해 결제를
받은 다음 해당 기업의 연구 기관으로 보내기 위해서였다.

기존에 작성해두었던 수행계획서에 제목과 개요, 연구원, 예
산안만 변경해 제출하면 되는 일인데도 워낙에 분량이 많다 보
니 고치고 또 고쳐도 미처 수정하지 못하고 지나친 부분이 수
두룩했다. 더군다나 이번 건은 3개 대학의 연구실에서 공동으
로 진행하는 연구 과제였다. 그중 메인이 이곳 연구실이었다.
때문에 다른 대학의 연구비 예산안과 연구원 정보까지 함께 확
인하느라 머리가 터져버릴 지경이었다.

일차적으로 작성된 연구비 예산을 검토해보면 군데군데 틀린데가 있었다. 연구원들의 개인 정보 역시 연구실마다 다른 형식으로 적어 보내와 일일이 확인 작업을 거쳐야만 했다. 이를테면 D대학교 연구실에서는 연구원들 정보에 '석사(1/2학기)'라고 적어서 보내왔고, H대학교 연구실에서는 '석사(3학기)'라고 적어서 보내왔다. 앞의 경우는 석사과정 2학년 1학기라고 생각해 작성한 것일 테니 내가 알아서 '3학기'라고 수정해도 될 일이었다. 하나 혹시라도 '1학년 2학기'를 잘못 적은 게 아닐까 싶어 일일이 다 전화를 걸어 확인해봐야만 했다.

연구비 예산안만 해도 그랬다. 인건비와 재료비, 사무용품비, 회식비, 잡비 등등이 정해진 범위 안에서 짜여야 하는데 계산해보면 비율이 맞지 않아 재작성을 요구해야 되었다. 그러다 보면 문서를 다시 보내고 받아 보느라 자꾸만 시간이 지체되었다.

어떤 날은 이곳 연구실의 예산안을 짜려는데 인건비의 비율이 헷갈렸다. 사소한 사항들을 번번이 담당 교수나 교내 연구처에 묻기가 불편해 나는 D대학 책임 연구원에게 전화를 걸었다. 박사과정 4학기에 재학 중인 사람이라 이깟 수행계획서쯤은 수십 번도 더 작성해봤으리라 생각해 전화한 것이었다. 한데 그쪽에서도 해당 사안을 정확히 모르고 있는 것은 물론 내게 예산안을 짜는 기초적인 내용에 대해 이것저것 물어와 오히려 내가 더 알려주고 전화를 끊은 일도 있었다.

"원래 그런 거 박사가 더 모르는 법이에요."

수혁 씨 책상과 내 책상 사이에 여전히 위태롭게 걸쳐진 전화기 위로 수화기를 내동댕이치듯 던져버리자, 등지고 앉은 재훈 씨가 나를 돌아보며 말했다. 자신도 박사과정 2학기에 재학 중이라 그런지 짐짓 찔리는 구석이 있는 모양이었다.

"석사 1학기 때나 연구비 관리 하다가 3학기 때부터는 새로 들어온 신입생들한테 넘기고 다들 손 떼거든요. 그리고 원래 일도 잘 못하고 그런 애들이 박사까지 하는 거예요. 일 잘하는 애들이야 뭐 석사 졸업하고 다 취직해서 나가지, 안 그래요 형?"

뒤에 앉은 수혁 씨에게 동의를 구하듯 되물었지만 수혁 씨는 시큰둥한 반응이었다. 현재 석사과정 중인 자신도 연구비 관리나 수행계획서 작성에 대해서 잘 모르는 건 매한가지라는 듯이 말이다.

항상 자신을 낮추는 듯한 태도로 상대방에게 이야기하는 것이 이 연구실 사람들의 특징이었다. 한데 가만히 들여다보고 있으면 다 알면서도 겸손한 태도를 유지하기 위해 스스로를 낮추는 게 아니라 진짜로 몰라서 저러나 싶을 때가 더 많았다. 어쨌거나 그렇게 문서를 일일이 비교하고 대조하고 확인에 확인을 거쳐 수십 번도 더 수정하느라 번번이 퇴근 시간을 넘기게 되었다. 정말 짜증나고 지치는 일이었지만 흠 잡을 데 하나 없이 완벽하게 완성된 수행계획서를 마주하고 나니 내심 뿌듯한 마음이 들었다.

지금 이 연구실에서 진행 중인 연구 과제는 무려 여덟 개나 됐다. 과제 하나당 지급되는 연구비가 적게는 2000만 원에서 많게는 1억 원까지 있었다. 대부분 외부 기업과 협약한 연구였고, 교내 연구도 한두 개 정도 끼어 있었다. 그리고 연구 과제마다 지급되는 연구비는 모두 다르고, 그 연구비를 관리하는 방법도 다 달랐다. 보통 전체 연구비의 50퍼센트 정도가 재료비로 쓰이고 30퍼센트가 인건비, 나머지 20퍼센트가 회식비와 사무용품비 등 기타 부대비용으로 쓰였다.

재료비와 사무용품비 안에서도 세부 항목들이 나누어져 있었다. 일단 연구 과제가 시작되면 해당 기업에서 법인카드를 먼저 보내주었다. 그 카드로 연구에 필요한 재료비와 연구실에서 사용하는 사무용품비, 연구원들의 회식비를 사용할 수 있었다. 그리고 매달 그 카드의 영수증과 세금계산서를 모아 해당 기업으로 발송해줘야 했다. 달마다 사용할 수 있는 금액의 제한도 있었다. 총 5천만 원의 연구비 중 회식비가 200만 원으로 책정되었을 경우 그 200만 원을 한 번에 다 사용해 제출해서는 안되는 것이다. 대부분 회식에 참여한 연구원 한 명당 3만 원 정도의 금액 안에서 결제를 할 수 있었고, 회식이 끝나면 영수증과 회의 보고서도 함께 제출해야 했다. 그 외에 세부 사항들도 모두 달랐다. 그 달 안에 다 사용해야만 되는 돈이 있기도 하고,

A4 용지와 토너, 카트리지 같은 것들을 사무용품비가 아닌 재료비로 구입해야 하는 기업이 있기도 했다.

처음 이범우 교수가 "전화기가 필요하면 한 대 새로 사지"라고 말했을 때, 나는 그게 직접 사다 놓겠다는 이야기인 줄 알았다. 아니면 카드나 돈을 줄 테니 나더러 사오라는 뜻인가 생각하기도 했다. 그러나 이범우 교수는 전화기를 연구비로 구매해 영수증 처리해주기 바랐고, 나는 전화기 구매 비용을 재료비로 사용해야 할지 사무용품비로 사용해야 할지 알 수가 없어 이때껏 내버려두고 있었다. 여덟 개나 되는 연구 과제의 연구비 관련 세부 항목들을 일일이 훑어보기가 귀찮았던 것이다.

이따금 연구비 예산을 다 사용하지 못하는 경우도 있었다. 나는 그렇게 예산이 남으면 기업에서는 이득이라고 여기고 좋아할 줄 알았다. 그래서 '남으면 더 좋은 거지'라고 생각했지만, 연구비 예산을 다 사용하지 못하면 그에 따른 사유서를 작성해 기업에 제출해야 했다. 돈이 아까운 건 둘째 치고 그 사유서 쓰기가 귀찮아서라도 돈을 다 사용하든가 아니면 연구가 끝나기 전에 어떻게든 다른 항목의 비용으로 '중도변경신청'을 했다. 때문에 매번 재료비가 남아 대학원생들이 사용하는 열댓 개 가량의 컴퓨터 모니터를 최신형으로 교체해주기도 하고, 하나에 100만 원도 넘는 사무용 의자를 구입하기도 했다.

연구비 항목 중 50퍼센트에 달하는 재료비의 경우 연구원들이 직접 사용하고 관리해서 내가 관여할 필요가 거의 없었다. 다만 재료비와 인건비를 제외한 나머지 20퍼센트의 금액들을 아무리 쓰고 또 써도 전부 다 사용하기가 쉽지 않았다. 사무용품을 구입하러 오피스 파라다이스에 갔다가 대학원생들에게 나눠줄 과자와 음료수까지 잔뜩 사도 번번이 사무용품비를 다 사용하지 못해 연구비 세부 항목 변경신청을 하는 경우가 허다했다. 그 '중도변경신청'이라는 것도 아무 때에나 여러 번씩 할 수 있는 게 아니기 때문에 항상 협약 내용을 정확히 숙지하고 있어야 했다.

서울에 있는 한 대학교의 한 학과, 그리고 그 학과의 여러 연구실 중 하나의 연구실일 뿐인 이곳에 이렇게 어마어마한 돈이 돌고 있다니. 국가와 기업에서 이공계에 지원해주는 자금이 도대체 얼마나 되는 건지 쉽게 가늠할 수가 없었다. 지난해 한 대학교의 공대 교수가 7억여 원의 연구비를 개인 계좌로 빼돌려 사용하다가 발각되어 구속되었다는 뉴스 보도를 보면서 어떻게 그렇게 큰돈을 혼자서 빼돌렸을까 싶었는데, 마음만 먹으면 얼마든지 가능한 일이라는 생각이 절로 들었다.

나는 연구처로 가 담당 직원에게 수행계획서를 내밀었다. 계획서를 제출한 뒤 바로 학교를 나와 오피스 파라다이스에 갈 예정이었다. 남는 연구비로 사무용품이나 잔뜩 사버릴 생각이었는데 연구처 직원이 나를 잡았다. 자기와 함께 수행계획서를 검토해보며 틀린 곳이 없나 확인해봐야 한다는 것이었다. 기운이 죽 빠졌다. 연구 과제와 관련된 내용만 빼고 수행계획서의 거의 모든 내용이 한 편의 소설처럼 머릿속에 들어앉아 있었다. 이걸 또 봐야 한다니. 나는 한숨을 훅 내쉬고 연구처 중앙에 놓인 둥그런 탁자에 직원과 나란히 붙어 앉았다. 이미 다른 연구실에서 제출해놓은 수행계획서가 다섯 개나 쌓여 있는 게 보였다. 연구처 직원은 대학원생들이나 담당 교수와는 비교할 수 없을 정도의 빠른 속도로 수행계획서를 넘기며 틀린 부분들을 짚어냈다. 지난 일주일 내내 연장 근무를 해가며 고치고 또 고친 것인데 아직도 안 맞는 부분이 있다니. 그는 수정 테이프를 가지고 처리해도 되는 부분은 그렇게 하고, 그렇지 않은 부분은 새로 출력을 해서 가지고 오라고 말했다. 별수 없이 나는 수정해야 할 페이지를 붉은색 볼펜으로 표시해두고 연구처에서 빠져나왔다. 전문가란 저런 거구나, 라는 생각을 하면서 말이다.

이 일도 벌써 세 달째였다. 매일 마이크로소프트 워드와 엑셀 프로그램으로 작업을 하고 온갖 잡심부름을 도맡아 하는 이 일 역시 경리 일과 하등 다를 바가 없는데도 벌써 세 달이나 일한 것이다. 이 학교 내에서도 이범우 교수만큼 많은 연구 과제를 진행하고 있는 연구실은 드물었다. 협약 내용이 제각기 다른, 그 많은 연구의 연구비 관리를 혼자서 다 기억해가며 처리하는 데는 분명 무리가 따랐다. 그럼에도 불구하고 이 일을 계속 하고 있는 이유는 재밌기 때문이었다. 한 달만 일하고 나면 그다음부터는 매양 똑같은 업무만 반복되던 경리 일에 비해 이곳의 일은 확실히 다채로웠다. 항상 새로운 연구가 진행되고, 그때마다 새로운 협약과 제도가 생겨나 그리 지루하게 있을 틈이 별로 없었다.

나는 아무리 열심히 기억을 하려 해도 각각의 연구비를 목적에 맞게 사용하고 또 사용한 금액을 회계 처리하는 일들이 매번 헷갈렸다. 같이 일하는 동료가 있는 것도 아니고, 누군가로부터 인수인계를 받은 일도 아니어서 모르는 부분이 있어도 물어볼 사람이 딱히 없었다. 그래서 나는 늘 무슨 일이든 대충 저질러놓고 봤다. 그렇게 하고 나면 해당 기업이나 기관, 관리처의 담당 직원으로부터 연락이 왔다. 그럼 그 사람들에게 정확한 처리 방법을 물어 다시 해결해나가는 식이었다. 모두들 정해진 날짜에 영수증과 세금계산서를 보내지 않으면 큰일이라도 날 것처럼 말하지만 꼭 그렇게 정해진 날짜에 보내지 않아도 그에 따른 해결책이 따로 마련되어 있었다.

이곳에서 나는 이렇게 내 멋대로, 내 방식대로 일을 처리하는데도 특별히 누군가로부터 잔소리를 듣거나 꾸지람을 듣는 일이 없었다. 내가 앉아 있는 이곳 연구실의 대학원생들은 그냥 학생일 뿐 내 상사도 동료도 아니었다. 이곳에서 '상사'와도 같은 개념을 찾자면 나를 고용한 이범우 교수뿐인데, 그는 늘 일을 맡기고 부탁만 할 뿐이지 내가 잘못 처리한 일에 대해서는 잘 알지도 못했다. 굳이 잘 보일 사람도 없고, 불편하게 만드는 사람도 기분 나쁜 사람도 없었다. 그리고 나는 내가 관리하는 연구비에 관한 모든 사항을 완벽하게 파악해 능숙하게 일처리를 해보고 싶다는 생각을 종종 했다.

수정해야 할 부분을 적어둔 수행계획서를 들고 나는 다시 연구실을 향해 발걸음을 옮겼다. 어서 빨리 완벽하게 마무리 지어 제출한 뒤 사무용품을 사러 나가고 싶었다. 조급한 마음에 잰 걸음으로 운동장 옆 보도를 걷는데 맞은편에서 걸어오던 여자애들 중 한 명이 나를 이상한 눈길로 쳐다봤다. 그녀와 나 사이의 거리가 불과 열 발자국도 남지 않았을 때 나는 비로소 그 애를 알아볼 수 있었다. 경아였다. 중학교 동창이었고, 3학년 때 같은 반이었고, 학급의 반장이었던 한경아.

나를 보며 걸어오던 경아에게 나는 "야!" 하고 소리쳤다. 그녀는 여전히 이상하다는 눈길로 나를 바라봤다. 나는 웃으며 말했다.

"야, 너 나 기억 안 나? 나 혜정이야, 양혜정. 우리 중삼 때 같은 반이었잖아."

그 애는 그제야 내가 기억났는지 손뼉을 마주치며 알은체를 했다.

"어머, 야! 너 진짜 오랜만이다."

그러면서도 그녀는 이상한 눈길을 거두지 않았다. 나는 그 눈길의 의미가 무엇인지 알고 있었다. 그녀의 친구들이 뒤로 조금 물러섰다. 내가 뭐라 말하기도 전에 그녀가 계속해서 말했다.

"그런데, 네가 여긴 어쩐 일이야?"

경아의 물음 속에는 내가 이 학교 학생이 아닐 거라는 확신이 서려 있었다. 그 물음의 이면에 '여긴 네가 있을 곳이 아니잖아'라는 문장이 들어 있는 것도 같았다. 이곳은 성적이 빼어난 학생들만 입학할 수 있는, 전국에서도 상위 세 손가락 안에 드는 대학교였다. 그래도 나는 경아의 그 물음을 단박에 깔아뭉갤 수 있는 말들을 알고 있었다.

"어, 나 여기 공대 연구실에서 아르바이트 해. 그런데 너, 아직도 학부 다녀? 여태껏 졸업도 못 했어?"

예감이 적중한 모양이었다. 나는 이미 오래전 미연으로부터 경아가 이 학교 정치외교학과에 입학했다는 이야기를 들은 적이 있었다. 경아의 성적으로는 이곳보다 더 좋은 대학을 갈 수도 있었지만, 그녀의 아버지가 이 학교를 졸업했던 터라 경아에게도 이곳을 권했다는 것이었다. 재수나 삼수를 하지 않았던 경아가 지금 나이까지 대학교에 다니고 있다는 사실은 그녀가 그간 대학생활을 어떻게 했는지 짐작하고도 남게 만들었다. 명문대에 들어가 학점 관리를 제대로 못해 학사 경고를 받는 중학교 동창들이 수두룩했다. 경아는 당황했는지 얼굴이 발갛게 달아올랐다. 그러곤 뭐라 대답해야 할지 몰라 입술만 뻐금거리고 있었다. 나는 다시 말했다.

"그럴 수도 있지 뭐."

경아는 자존심이 강하고, 이미지 관리에 능숙한 아이였다. 늘 아이들 위에 서 있으면서도 절대로 잘난 체를 하지 않고 상냥한 척 겸손을 떠는 것이 미덕이라고 여기면서 말이다. 그녀는 이렇게 자신의 이미지가 망가지는 것을 절대로 원치 않았을 것이다.

"얘는. 나 작년에 연수 갔다 와 복학해서 그래."

작년 한 해를 빼더라도 정상적인 학교생활을 했다면 이미 졸업했어야 할 나이였다. 애써 자존심을 지키려는 그녀가 대견해 나는 더 이상 아무 말 하지 않고 그냥 환하게 웃었다. 경아가 서둘러 말을 이었다.

"그래, 일 열심히 하고. 전화번호 좀 알려주라. 언제 학교에서 밥이나 한번 같이 먹자, 응?"

경아는 가방에서 휴대전화를 꺼내 내게 넘겨주었다. 그녀의 휴대전화기 배경 화면에는 축 처진 눈을 한껏 치켜뜬 채 직접 촬영한 자신의 얼굴이 담겨 있었다. 눈이 너무 아래로 늘어져 있는데도 결코 우울해 보이지 않는 인상을 가진 경아의 얼굴이 나는 늘 신기했다. 나는 그녀의 휴대전화에 내 전화번호를 입력한 뒤 통화 단추를 눌렀다. 경아의 번호가 내 전화기에 발신 번호로 표시되어 깜박거렸다.

"가, 그럼."

나는 경아의 휴대전화를 되돌려 주며 말했다.

"그래. 또 보자."

경아는 휴대전화를 든 채 손을 흔들며 다시 친구들과 팔짱을 끼고 걸어갔다. 나는 그들이 걸어가는 뒷모습을 잠시 바라보다가 그만 뒤돌아 연구실로 걸음을 옮겼다.

경아의 책상에는 늘 많은 아이들이 몰려들었다. 반장인 경아는 반에서 1등이었고, 전교에서도 3등 안에 드는 성적을 자랑하던 아이였다. 아이들은 공부를 하다가 잘 모르는 부분이 생기면 늘 경아에게 가서 물어봤다. 그럴 때마다 경아는 절대로 거절하는 법 없이 모든 문제를 친절하게 풀어주었다.

시험 때가 되면 경아의 자리에는 발 디딜 틈조차 없을 정도로 많은 아이들이 몰려 그녀를 에둘러 쌌다. 모두들 경아에게 시험에 나올 만한 문제를 물어봤고, 빨리 답을 알려달라고 아우성이었다. 일단 한 명이 어려운 수학 문제를 들고 그녀의 옆자리에 가 앉으면, 어느새 너도나도 그 옆에 빙 둘러서 모두들 경아의 문제 풀이를 지켜보았다.

시험은 보통 사흘에서 나흘 동안 이어졌고, 하루에 세 과목

에서 네 과목씩 보게 되어 있었다. 하루 동안의 시험이 모두 끝
나고 나면 그 날 본 시험 과목의 답안지를 반장이나 부반장이
교무실에서 받아와 답안을 불러주었다. 그러나 아이들은 절대
로 그 시간까지 기다리지 못했다. 해당 과목 시험이 끝나면 모
두들 시험지를 들고 경아의 책상으로 달려가 답을 맞춰보기 바
빴다. 경아도 물론 한 문제 정도는 틀리는 게 있을 테지만, 경
아가 틀리는 문제는 어차피 반 아이들 모두가 다 틀리는 문제
였기 때문에 달리 문제되지 않았다.

그렇게 해서 경아의 자리에는 늘 사람들이 끊이지 않았다.
언젠가 한번은 내 짝 아이가 경아를 빙 둘러싼 무리에 끼지 못
해 까치발을 하고 넘겨다보고 있었다. 짝은 위로 콩콩 뛰어보
기도 하고 한쪽으로 몸을 틀어보기도 하며 아이들 사이를 비집
고 들어가려고 했다. 그러다가 도저히 안 되겠는지 그만 포기
하고 뒤돌아서서는 울상을 지었다. 짝의 손에는 아직 다 풀지
못한 수학 문제집이 들려 있었다.

짝은 자리로 돌아와 앉으며 문제집을 책상에 내려놓고 그 위
로 엎어졌다. 나는 도저히 그냥 내버려둘 수가 없어 그녀를 일
으켜 세우고 문제집을 빼앗았다.

"야, 뭔데, 뭔데 그래 도대체?"

짝은 어찌나 기운을 뺐는지 목소리도 픽픽하게 갈라져 힘이
하나도 없었다.

"아니, 나 이거, 도형 문제는 진짜 못 풀겠단 말이야."

짝꿍은 금방이라도 눈물을 터트리고 으앙 울어버릴 것 같았다. 나는 그 애의 문제집을 들여다보았다. 크게 어려운 문제는 아니었다. 여러 개의 삼각형이 붙어 있는 도형에서 주어진 삼각형의 닮음비를 이용해 등변 x의 길이를 구하는 문제였다. 도형의 성질을 파악하는 문제에서는 기본적인 거였고, 이런 도형과 관련된 문제들은 학원에서도 유일하게 알아듣던 내용이었다.

나는 한 달 학원비가 50만 원도 넘는 학원에 다니고 있었다. 공부라면 질색하는 나에게 학원 따위를 보내던 부모님이라니. 지금 생각하면 정말 돈 아깝게 뭐하는 짓이었는지 이해되지 않지만, 그때의 나에게 학원은 오랜 의무와 습관 같은 것이기도 했다. 초등학생 때부터 중학생 때까지 그 많은 학원들을 쉴 새 없이 다닐 수 있었던 건 바로 그 습관의 힘 덕택이었다.

학원은 또래의 친구들 누구나 다 다니는 곳이었다. 대부분의 아이들이 학원 수업을 학교 수업보다 중요하게 여겼고, 모두가 다니니까, 중요하다고 하니까 나도 별수 없이 학원에 나가기는 했지만 공부에는 전혀 집중이 되질 않았다. 그렇다고 열 명 내외의 인원이 수업을 듣는 학원 강의실에서까지 소설책을 읽는 일 따위는 할 수 없었다.

나는 수업 교재를 펼쳐두고 칠판을 바라보며 수업과는 상관없는 다른 생각을 열심히 했다. 오늘 밤에는 어떤 친구와 무슨 이야기를 나눌까, 무얼 이야기해줘야 그들이 좋아할까, 등등의 상상을 하며 시간을 보냈다. 물론 아주 가끔, 수업을 들을 때도 없지는 않았다.

나는 모든 과목을 다 싫어했지만 그중에서도 수학은 최악이었다. 중고등학교를 통틀어 최악의 시험 점수가 3점이었고, 그게 바로 수학이었다. 그런데도 나는 도형에 관한 설명이 나올 때면 그 수업만큼은 아주 열심히 들었다. 주로 삼각형 문제를 잘 풀었고, 사다리꼴 문제도 좋았다. 어차피 학원에서는 소설책을 읽지 못하니 도형에 관련된 부분이 나올 때면 홀로 상상하던 것을 멈추고 수업을 듣곤 했다.

"이거 내가 어제 학원에서 배운 건데. 잘 봐, 문제를 보면 이 왼쪽의 삼각형 밑변 BH까지의 길이는 8이고, 옆의 직각삼각형 CH의 길이는 2니까 이 도형의 전체 밑변은 10이잖아. 그리고 변 AM은 변 BM 그리고 CM과 같으니까 여기서 AM을 2분의 1로 놓고 보면 변 BC는 5가 되고 삼각형 AM은 이등변삼각형이니까 당연히 변 BM과 변 AM은 똑같이 5의 길이가 돼. 그런데 전체 삼각형 ABC에서 직선 AH를 제곱한 값은 밑변 BH와 CH의 곱과 같으니까, 8에다 2를 곱하면……"

"야, 너 지금 양혜정한테 배우는 거야?"

누군가 소리쳤다. 나는 문제를 풀던 것을 그만두고 고개를 들어 소리 나는 쪽을 바라봤다. 경아의 자리에 몰려 있던 이이

들이 모두 나와 내 짝 아이만 바라보고 있었다. 짝은 머쓱한지 손으로 머리를 긁적이며 대답했다.

"아니, 혜정이가 갑자기 혼자서 설명하기에……"

아이들이 피식피식 웃었다.

"야, 아무리 그래도 어떻게 혜정이한테 배우냐?"

짝은 내 책상에 놓인 문제집을 자신의 책상으로 끌어당겼다. 가랑이 사이로 무언가 쑥 빠져나가는 것이 느껴졌다.

"야, 왜 그래, 아무한테나 배우면 어때서."

경아의 목소리였다. 경아는 그렇게 말하며 짝의 책상 앞으로 다가와 "모르는 문제가 뭔데?"라며 문제집을 집어 들었다. 아이들이 나와 짝이 앉은 자리 앞으로 다시 몰려들었다. 아무래도 생리가 터진 것 같았다. 더 이상 앉아 있을 수 없었던 나는 책가방에서 생리대를 꺼내 화장실로 달려갔다.

"아, 저기 덴버 간다!"

화장실에 갔다가 교실로 돌아왔을 때 1분단 맨 앞자리에 앉은 아이가 소리쳤다. 그러자 아이들이 우르르 달려가 창가에 매달렸다. 나도 가까이 가 창밖을 내다보았다. '덴버 형제'라고 불리던 쌍둥이 형제가 책과 체육복, 농구공 따위가 든 손가방을 들고 학교를 빠져나가는 중이었다.

'덴버'는 「공룡 덴버」라는 제목의 미국 만화영화 캐릭터였다.

아주 어릴 때 본 거라 내용은 잘 기억나지 않았지만 그 무렵 슈퍼마켓에서 파는 풍선껌 포장지에 그려진 아기공룡 덴버의 판박이 스티커가 한창 유행이었다. 자그마한 얼굴에 키가 크고 목이 길었던 쌍둥이 형제의 외모가 공룡 덴버의 생김새와 비슷했는지 아이들은 그들만 보면 '덴버'라고 불러댔다. 둘 다 농구를 매우 잘해서 점심시간마다 농구를 하는 그들의 모습을 여자아이들은 창문에 매달려 바라보곤 했다.

"휴우, 이제 쟤들 농구하는 것도 못 보고, 무슨 낙으로 사나."

"아무리 그래도 그렇지 어떻게 시험 기간에 전학을 가지?"

"그러게, 인사도 제대로 못했네. 쟤들 당연히 공부 잘하는 줄 알았는데, 그렇게 공부를 못했나봐. 전학 가는 학교는 아직 기말고사 시작도 안 했대."

교문을 빠져나가는 덴버 형제를 바라보며 몇몇 여자애들은 책상에 엎드려 울었다.

"그래도 쟤들 거기 가면 진짜 용 되는 거지. 우리 학교는 평균도 워낙 높은 데다가 애들이 다 공부를 잘하니, 시험 문제부터 진짜 미친듯이 어렵잖아. 그런데 다른 학교는 시험 전에 출제 문제를 다 알려주는데도 아무도 공부를 안해서 학년 평균이 그렇게 낮대. 쟤네가 여기서 받는 평균 점수만 가지고도 그 학교에서는 상위 40퍼센트 안에 들걸?"

"하긴, 인문계 가려면 뭐 별수 있냐. 고등학교라도 덴버들이랑 같은 데 됐으면 좋겠다."

3학년이 되자 성적 퍼센티지가 65퍼센트 이내에 들지 못하는 학생 중 평균 점수가 60점대인 애들은 대부분 전학을 갔다. 전체학년 평균이 82점이나 되는데도 바로 옆 동네의 중학교보다 낮은 점수라는 얘기도 있었다. 서울에서는 말할 것도 없고, 전국에서도 2, 3위를 다투는 점수였다. 강남에 위치해 있다는 한 중학교의 전체 학년 평균 점수가 부동의 1위였고, 나머지 2위와 3위를 내가 다니고 있는 중학교와 바로 옆의 중학교에서 매번 엎치락뒤치락하고 있는 셈이었다.

3학년 2학기까지 이 학교를 계속해서 다니고 있는 평균 60점 이하의 인간은 나를 비롯해 스무 명도 채 되지 않았다. 같이 학원을 땡땡이치고 노래방에 다니던 친구들도 모두 영등포구나 강서구에 있는 중학교로 전학을 가고 남은 건 나 혼자뿐이었다. 나는 '공부 못하는 애들만 있는 학교'란 과연 어떤 곳일까 상상하며 멀어져 가는 덴버 형제를 계속해서 바라보았다.

11 통화

"오늘도 두 명이나 전학 갔어. 뭐, 형제니까 당연히 둘이겠
지만."

"아, 그 농구 잘한다던 덴번가 뭔가 하는 쌍둥이?"

"응. 한꺼번에 둘이나 빠져나가서 그런지 이번엔 진짜 허전
한 생각이 들더라. 이전까지는 그냥 그런가 보다 했는데."

"그러게. 너도 그냥 확 전학 가버리지그래? 친했던 애들도
다 갔잖아."

"글쎄, 그러면 좋을지도 모르지. 하지만 전학 가려면 주소를
옮겨야 되는데, 뭐 그렇게까지 하기도 좀 그렇고. 이제 몇 달
남지도 않았는데."

"그래도 인문계 고등학교 가려면 어쩔 수 없잖아."

"그렇긴 한데, 뭐 그렇게까지 해서 굳이 인문계에 가고 싶지가 않아서."

"정말? 왜?"

"응. 애들이 그러는데, 실업계 가면 정말 제대로 놀던 애들만 몰려 있어서 지각하고 수업 땡땡이치고 그러는 건 일도 아니래. 머리카락도 마음대로 할 수 있고, 얼굴에 화장하고 가도 된다더라. 워낙에 안 그러는 애들이 없으니까 말이야."

"그렇긴 하지. 그런 거 생각하면 나도 그냥 공고 가고 싶은데, 나는, 인문계 못 가면 진짜 집에서 쫓겨날지도 몰라. 엄마가 나더러 그렇게 공부 안 하다가 인문계 진학 못하면 동네 창피해서 어떻게 사느냐고 만날 우는 소리 하시거든. 너는 실업계 가는 거 너희 부모님이 허락하시겠어?"

"허락 안 하면 어쩌겠어. 그렇다고 괜히 내 성적으로 인문계 지원했다가 떨어지면? 그럼 아예 고등학교도 못 들어가고 그냥 중졸 되는 건데. 그보다야 실업계 고등학교라도 들어가는 게 낫다고 하겠지."

"그래도 싫어하실 텐데……"

"그리고 뭐, 공부 잘하는 오빠가 있으니까 이제 나한테는 별다른 기대 안 하는 것 같아. 오빠가 전교에서 늘 일등 이등은 하니까."

"하긴, 그럴 수도 있겠다. 나는 내가 맏이라 부모님이 더 기대하는 것 같아 힘들어. 근데, 너 친구들 다 전학 가서, 요새 누구랑 점심 먹어?"

"내가 전에 경아라는 애 얘기 했었나?"

"아, 그 반장?"

"응. 걔가 갑자기 와갖고 지 친구들 자리에서 같이 먹자 그러더라. 걘 참 성격도 좋지. 종례 시간에 담임한테 혼날 때도 번번이 도와주고, 집에도 같이 가자 그러고."

"응. 그런데 있잖아, 솔직히 나는……"

"왜?"

"아니, 네가 들으면 기분 나쁜 얘길 수도 있는데……"

"뭘 또 기분이 나빠. 그냥 해."

"아니, 나는 그냥, 그 경아라는 애, 자꾸 너한테 잘해 주는 거, 좀 기분 나빠."

"왜?"

"그냥. 반장에, 전교에서 일등까지 하는 애가, 친구도 없이 혼자 다니는 같은 반 꼴찌를 자꾸 도와준다는 거, 좀 그렇지 않니."

"그런가."

"응. 솔직히, 진심은 아닐 거라는 생각이 들어."

나는 그동안 경아의 행동에 대해 되짚어보았다. 확실히, 진심은 아닐 거라는 생각이 들었다.

"그러게, 그런데, 내가 보기에는 말이야……"

나는, 그게 다는 아니라는 생각도 들었다. 그가 자꾸만 되물었다.

"네가 보기에는 뭐? 뭐가 어떤데."

"어쩌면 동정심이 아니라, 우월감을 느끼고 싶은 건 아닐까."

"우월감?"

"응. 자기보다 못한 애들 곁에 머물면서, 자기 자신이 우등하다는 걸 스스로 확인하고 싶어 하는 애들 있잖아."

"뭘 또 그렇게까지 생각하고 그래. 걔야 뭐 그냥 가만히만 있어도 다들 잘났다고 칭찬할 텐데."

"그래, 그렇지."

나는 그만 화제를 돌리고 싶었다.

"어릴 때 다녔던 학원 중에, 좀 이상한 수학 학원이 있었거든?"

"수학 학원?"

"응. '수학 학원'이라는 것 자체가 우선 좀 이상하지 않니? 보통 수학은 종합학원에서 같이 배우는 거잖아. 무슨 어학원도 아니고…… 이름도 그냥 '123 수학 학원'이었는데, 아무튼 거기는 초등학생을 대상으로 오로지 수학 한 과목만 가르치는 곳이었어. 그리고 수업이 없는 학원이었거든."

"수업이 없다고?"

"응, 학원에서는 보통 50분 수업을 하면 30분은 선생님이 강의하고, 10분은 알아서 문제 풀고, 나머지 10분은 애들이 많이 틀린 어려운 문제 같은 거 다시 한 번 설명해주고…… 뭐 그런 식이잖아. 그런데 그 학원은, 그러니까, 학원에 가면 말이야, 일단 학년별로 반이 나눠져 있지도 않은 거야. 그리고 정해진 수업 시간도 없이 그냥 학교 끝나고 아무 때나 가서 교실 맨 뒤 커다란 책장에 꽂아둔 자기 문제집을 가지고 빈자리 아무데나 가서 앉았어. 그 문제집이라는 것도 말이야, 서점에서 파는 그런 게 아니라 학원에서 직접 제본해서 만든 거였어. 교실에는 백 명도 넘는 애들이 저마다의 책상 앞에 앉아 있었어. 그곳에 그렇게 앉아서 문제집만 그냥 혼자 계속 푸는 거야. 또 웃긴 게, 왜인지는 모르지만 선생님들이 다 여자였거든. 한 교실에 대여섯 명 정도의 여자 선생님들이 아이들 사이를 돌아다녔어. 학생들은 자리에 앉아 문제집을 풀다가 모르는 문제가 나오면 손을 들었고, 그러면 선생님이 와서 그 문제를 차근차근 설명해줬어. 그러고 나면 또 다른 아이들이 손을 들었고, 선생님은 문제를 다 풀어주고 난 뒤 그 아이들에게 가는 거지. 나는 계속해서 문제집을 풀었고, 모르는 부분이 나오면 또 손을 들고 선생님을 기다려서 설명을 듣고, 뭐 그렇게 대충 한두 시간 쯤 때우다가 문제집은 다시 교실 뒤에 책장에 넣어두고 집으로 갔어. 더 앉아서 문제를 풀고 싶은 사람은 그래도 되고."

"진짜 좀 이상하다."

"그치? 그리고 만약에 학원을 빠지면 다음날 원장실에 불려가서 원장 선생님한테 발바닥을 맞았어. 청테이프를 친친 감아 놓은 넓은 사각형 각목으로 발바닥을 열 대씩이나 때렸다고. 머리털이 쭈뼛쭈뼛 설 정도로 아팠기 때문에 도저히 결석할 수가 없었지."

"소름끼쳐."

"맞아. 소름이 쫙쫙 끼쳤어. 그런데 이상하게 그 학원만 다니면 애들이 학교 시험 때 수학 점수가 확 오르는 거야. 동네에 소문이 하도 자자해서 우리 엄마도 나를 거기에 등록시킨 거지. 그래서 겨우 한 달만 다녔을 뿐인데, 그 기간에 기말고사 수학 점수가 백 점이 나왔어."

"와, 장난 아니다 진짜."

"그때 학원에서 한참 열심히 풀던 게 도형의 각도와 넓이, 길이 따위를 구하는 문제들이었는데……"

"진짜 특이해. 되게 궁금하다. 어떤 곳일지 상상이 잘 안 돼."

"더 웃긴 건 뭔지 아니? 그렇게 학교 시험에서 수학 점수가 백 점이 나오면, 그 학생들에게 학원에서 선물을 줬거든. 근데 그 선물이라는 게 뭔가 딱 정해진 게 아니었어. 빈 교실 안에 선물을 잔뜩 쌓아놓은 '선물의 방'을 만들어놓고 한 학기에 두 번, 중간고사와 기말고사 때 백 점을 맞은 아이들만 그 방에 들어갈 수 있는 거였어. 그리고 그 안에 쌓여 있는 여러 종류의 선물 중에 세 가지를 마음대로 골라서 가져올 수 있었지. 뭐, 대부분 공책 묶음이나 연필 상자 같은 학용품이 전부였지만, 좀 값비싼 수입 학용품이었어. 선물의 방에 들어갔다 나오면 백 점을 맞지 못한 아이들이 들러붙어서 어떤 선물 골랐느냐고, 안에는 어떤 것들이 있냐고 물어봤어. 그때 나와 같이 선물의 방에 들어갔다 나온 어떤 아이가, 그 애들한테 이렇게 말했어. 너희들도 백 점 맞아서 선물 받으면 되잖아, 거지같이 왜 이래, 라고."

"와, 진짜 싸가지 없다."

"응. 그 말에, 학교에서 나랑 같은 반이던 여자애가 울음을 터트렸어. 나는 그 애가 수학을 너무 못해서 얼마나 괴로워하는지 잘 알고 있었어. 그리고 그 애가 수학을 잘하기 위해 얼마나 많은 노력을 기울이는지도. 하지만 그 애는 아무리 노력해도 좀체 점수가 오르지 않았고, 백 점을 맞지는 못했지만 그래도 그전보다는 많이 나아졌다고 들었던 참이었어. 그 애가 울어버리는 바람에 거지같이 왜 이러느냐고 말했던 애는 짜증난다며 가버리고, 선물의 방에 들어가지 못한 애들이 몰려들어 그 애를 위로해주었어. 그리고 어쩌다 보니까 나는 그냥 내가 가지고 나온 물건들을 개한테 다 줘버렸던 기억이 나."

"뭐야, 아깝게…… 일부러 학원 다니고 공부한 보람도 없이."

"그래, 맞아. 하지만 그 학원에 다니고 있던 모두가 다 수학을 잘하기 위해 노력하고 있었잖아. 백 점을 맞은 아이들만 열심히 노력한 건 아닌데, 나는 그냥 운이 조금 좋았을 뿐이었고…… 게다가 나는 성적 같은 건 아무래도 상관없어. 나는 그냥 학원에 앉아 자유롭게 문제나 풀면서 시간을 때우는 게 좋았고, 예쁜 여자 선생님들이 내 곁에 다가와 모르는 문제를 다정하게 설명해주는 것도 마냥 좋았거든. 그래서 그런지 내가 선물을 받는다는 게 민망하게 느껴지기도 했고…… 그리고 백 점을 맞기 위해 노력하지 않은 사람은 아무도 없는데 누구는 선물을 받고 누구는 못 받고…… 그런 게 좀 짜증나더라고. 사실 성적 잘 나온 사람보다 못 나온 사람이 더 힘들고 속상한 건데, 시험 잘 본 애들은 항상 축하와 칭찬을 받고, 시험 못 본 애들은 왜 늘 핀잔과 잔소리만 들어야 하는지 모르겠어. 용기와 위로를…… 건네줄 수도 있는 거잖아."

"그래서 그 학원도 그렇게 한 달만 다니고 그만뒀어? 수학 백 점 한 번 맞고?"

"아니. 그래도 점수가 계속 오르는 게 꼭 싫지만은 않더라. 또 가서 막 수업 듣고 설명 듣고 혼나고 그런 거 없이 혼자 문제만 풀다 오면 되니까 편하기도 했고. 그래서 방학 때도 계속 등록해 나가긴 했거든."

"응."

"그런데 방학 하니까 갑자기 원장이 강의를 한다는 거야. 알고 보니까 그 학원에서는 일 년에 딱 두 번 수업을 하는데, 그게 방학 중에 날을 잡아서 일주일 내내 강의만 하는 거야. 그 기간 동안에는 자습도 없었고. 그 일주일 동안 다음 학기에 배우게 될 교과서 진도를 한꺼번에 다 나가는 거야. 매일 도시락 싸갖고 가서 그 강의를 하루에 아홉 시간씩 들어야 했으니, 얼마나 지겨웠겠냐. 머리는 또 얼마나 미어터지던지…… 결국 그거 한 사흘인가 듣고는 때려치웠다."

"알 만하다."

"있지, 오늘은 무슨 노래 해줄 거야?"

"무슨 노래 해줄까?"

"네가 해주고 싶은 거 아무거나."

"오늘도 신청곡은 없는 거야?"

"알아서 다 연습해놨으면서 괜히 또 그런다."

그는 몇 번 헛기침을 하더니 이내 노래를 시작했다. 나는 그의 감미로운 목소리를 들으며 침대에 스르륵 누웠다. 그는 폰팅을 하는 여러 명의 남자 중 가장 목소리가 좋고 노래를 잘 불렀다. 아버지와 싸운 날이나, 친했던 친구들이 전학 가는 날이면 나는 그를 붙잡고 정신없이 이야기를 퍼부어댔다. 그러면 그는 내 이야기를 묵묵히 다 들어주고 나서 갑자기 "노래 불러줄게, 들어봐"라고 말했다. 나는 침대 위에 웅크리고 누워 이불을 뒤집어쓴 채로 수화기 너머에서 들려오는 그의 노랫소리를 들었다. 그러면 나도 모르게 눈이 감기고, 마음이 평안해졌다. 어쩔 때는 눈물이 나오기도 했다. 나는 그에게 자꾸만 노래를 불러달라고 말했다. 그는 나에게 늘 새로운 노래를 불러주기 위해 매일 점심시간마다 운동장에 나가 노래 연습을 하고 있었다.

"매일 똑같은 노래를 불러줄 수는 없잖아. 너는 맨날 듣고 싶은 노래 제목 같은 건 말도 안 해주고."

나는 침대에 누워 눈을 감고 그의 노래를 들으며, 운동장 구석에서 홀로 노래를 부르는 그의 모습을 상상했다.

"탁 트인 데서 부르면 더 잘할 수 있는데, 이렇게 방에서 부르면 엄마가 들을까 봐 큰 소리를 못 내겠어."

그래서 그는 되도록이면 혼자서 연습할 때에도 몸에 힘을 빼고 노래 부르는 방법을 연습한다고 말했다.

"힘 빼고 부르는 게, 힘 주고 부르는 것보다 더 어렵더라."

그의 목소리는 나날이 부드러워지고, 점점 더 깊어졌다.

"너, 이러다가 진짜 가수 되는 거 아니야?"

노래를 다 듣고 난 내가 제법 진지하게 물었다. 그러나 그는 장난치지 말라며 코웃음 쳤다.

"야, 솔직히 가수할 정도 실력은 아니다."

"아, 왜. 매일 이렇게 연습하다 보면 언젠가 자기도 모르게 가수가 돼 있을지 누가 알아?"

"가수는 뭐 아무나 하는 줄 아니? 설사 계속 연습해서 노래를 진짜 잘하게 된다 하더라도, 외모도 타고나야 하잖아."

"야, 노력해서 안 되는 게 뭐가 있어. 얼굴은 성형하면 되고 몸은 운동해서 만들면 되지. 야, 너 나중에 가수 돼서 막 유명해지면, 인터뷰도 하게 되고 그럴 거 아니야."

"아이고 꿈도 크다 진짜."

"너, 나중에 진짜 그렇게 되면, 내 얘기 꼭 해줘야 돼."

"뭐라고?"

"왜, 그런 질문 신인 때 한두 번은 받게 될 거 아니야. 왜 가수가 되고 싶었는지, 언제부터 가수가 되고 싶었는지, 뭐 그런 거. 그러면 이렇게 말하는 거야."

"어떻게?"

"중학생 때, 사귀던 여자 친구가 있었어요. 매일 밤마다 통화를 했는데, 여자 친구가 자기 전에 항상 노래를 불러달라고 하는 거예요. 처음에 한두 번은 같은 노래를 반복해서 불러줬는데 계속 그렇게 똑같은 노래만 불러줄 수가 없더라고요. 금방 질려버릴 테니까요. 그래서 매일 다양한 노래를 찾아 듣고 점심시간마다 운동장에서 그 노래들을 연습했어요. 매일 매일 더 좋은 노래를 더 많이 연습해서 불러주고 싶었거든요. 그러다 보니까 자연히 음악을 많이 찾아 듣게 되고 또 노래 연습을 많이 하게 된 거죠. 그러면서 음악에 관심이 생기고 노래하는 일에도 익숙해지면서 자연히 가수의 꿈을 갖게 됐어요."

"말하자면, 여자 친구에게 들려주기 위해 노래를 시작했던 거군요? 뭐 이런 질문이 뒤따라오겠네?"

"그렇죠. 여자 친구는 안 좋은 일이 있을 때마다 제 노래를 들으면 위로가 된다고 말했거든요. 왜, 어렸을 때는, 내가 앞으로 무엇을 할 수 있을지 고민을 많이 하게 되잖아요. 중학생 때의 저는 공부를 썩 잘하는 편도 아니었고, 이렇다 할 특기나 재능 같은 것도 없었어요. 그런데 여자 친구가 제 노래를 들으며 마음의 위안을 얻는다고 말했을 때, 내가 왜 태어나 살아가는지, 내가 할 일이 무엇인지 어렴풋이 느껴지곤 했어요. 더 많은 사람들의 마음에 위로가 되는 노래를 하고 싶어요. 그게 제가 해야 할 일이기도 하고요. 어쩌면, 제가 지금 이렇게 유명한 가수가 될 수 있었던 건 다 그 여자 친구 덕분인지도 모르겠어요, 뭐 이렇게 말하라고. 알았지?"

"너 진짜 말 잘 만든다."

"야, 내가 뭐 없는 말 만들었니?"

"뭐, 진짜로 그렇게 된다면 못할 것도 없지."

"큭, 알았어. 나 이제 졸려."

"응, 나도. 그만 끊고 잘까?"

"응, 근데, 자기 전에 어제 불러줬던 노래 한 번만 더 불러주면 안 될까? 노래 들으면서 자고 싶어."

"어제 불렀던 거? 알았어. 그럼 미리 인사한다. 잘 자."

"응…… 노래 듣다가 잠들어도 기분 나빠하지 마."

"새삼스럽게 뭘……"

12 요구르트

　연구실의 문을 열자 김치 냄새가 훅 끼쳐왔다. 안에서는 수혁 씨와 재훈 씨가 점심을 먹고 있었다. 김치볶음밥이 담긴 타원형 접시를 각자 책상 위에 올려둔 채 한 손으로만 키보드를 정신없이 두들겼다. 보아하니 둘이 함께 온라인 게임을 하면서 밥을 먹는 모양이었다.

　"점심을 이제 드세요?"

　나는 연구실 문을 열어둔 채로 자리에 가 앉았다.

　"네. 배달이 늦어서요."

　옆에 앉은 수혁 씨가 고개도 돌리지 않고 말했다. 이어 뒤에 앉은 재훈 씨가 힐끗 뒤돌아보더니 내게 물었다.

　"혜정 씨는 밥 드셨어요?"

그러고는 다시 게임에 열중했다.

"네. 저는 집에서 먹고 와요."

나 역시 뒤돌아보지 않고 대답하며 컴퓨터의 전원을 켰다. 그리고 이메일 함을 열어보니 이범우 교수의 지시 사항들이 한 가득 담겨 있었다. 학부 수업을 위한 자료들을 이미지 파일로 만드는 작업과 교내 출력실에 가서 중간고사에 필요한 시험지를 신청하는 일, 다가올 워크숍 일정을 홍보하는 일 등등이었다. 나는 커피부터 한잔 마시고 업무를 보려고 자리에서 일어나 출입문 옆에 놓인 정수기 쪽으로 다가갔다. 수혁 씨와 재훈 씨는 게임에서 진 모양인지 짜증스럽게 볶음밥만 퍼먹고 있었다. 나는 종이컵에 커피믹스를 쏟아 넣고 뜨거운 물을 받아 스틱으로 휘저었다. 내 자리로 들어가며 언뜻 쳐다보니 수혁 씨의 김치볶음밥이 절반 정도밖에 남아 있지 않았다. 자리에 앉으려는 찰나 그가 갑자기 나를 돌아봤다.

"커피, 드실래요?"

별로 내키지 않았지만 하필 눈이 마주쳐 마지못해 그렇게 물었다. 자주 본 건 아니지만 그는 늘 밥을 적게 먹는 편이었다. 그러니 이제 곧 숟가락을 내려놓을 것이었다. 아니나 다를까, 그는 들고 있던 볶음밥 접시를 책상 위에 부려놓고 담뱃갑을 집으며 일어섰다.

"아니에요. 담배 좀 피우려고요."

뒤에 앉은 재훈 씨는 아직도 느긋하게 밥을 먹고 있었다. 수혁 씨가 그의 등을 툭 치며 말했다.

"먹고 나와요."

재훈 씨는 대답하지 않았다. 수혁 씨가 밖으로 나가며 출입문을 닫았다. 나는 다시 자리로 가서 앉아 종이컵에 담긴 커피를 홀짝이며 공용 폴더에 저장된 문서들 중 출력실에 가져갈 '시험지 신청서' 파일을 찾았다. 열 명의 대학원생과 담당 교수가 함께 사용하는 공용 폴더에는 수없이 많은 하위 폴더가 들어 있었다. 하위 폴더 속으로 들어가고 또 들어가고 다시 들어가기를 여러 번 반복해도 절대 헷갈리지 않게끔 가지런히 정렬되어 있는 게 진짜 기가 막힐 정도였다. 그들이 매일 만들어내는 복잡한 전자회로도 알고 보면 이렇게 가지런하게 이어지는 것들은 아닐까. 나도 내 PC의 문서를 이렇게 깔끔하게 좀 정리해둬야 할 텐데. 항상 '내문서'나 '바탕화면'에 파일들을 두서없이 저장해놓아 윈도우가 깨지거나 컴퓨터가 고장 나면 문서파일을 다 날려버렸다. 물론 백업도 제대로 하지 못했다.

똑 똑 똑, 작고 단단한 손으로 누군가 연구실 문을 두드리는 소리가 났다. 나는 그 손에 무엇이 들려 있는지 잘 알고 있었다.

"네."

나는 고개를 출입문 쪽으로 돌리고 크게 대답했다.

"실례합니다."

매일 오후 1시 30분, 요구르트 아줌마는 연구실 문을 꼭 세 번 두드리고 나서 내 대답을 기다렸다. 누군가 대답하기 전에 는 절대로 문을 먼저 열지 않았다. 이 연구실에 드나드는 사람 들 중 요구르트 아줌마를 제외한 모든 사람이 다 출입문을 두 드림과 동시에 곧바로 문을 열고 안으로 들어왔다.

요구르트 아줌마는 매일 내 자리를 지나 수혁 씨와 재훈 씨 의 책상 위에 요구르트를 놓아주고 갔다. 한데도 그들은 늘 모 니터만 바라보느라 누가 왔다 갔는지도 모르고, 책상 위에 버 젓이 요구르트가 놓여 있음에도 불구하고 "오늘 왜 요구르트 안 왔지?"라고 말할 때가 허다했다. 특히나 내 옆자리의 수혁 씨는 요구르트가 세 개씩이나 쌓여 있는데도 먹지 않고 그대로 놔두는 일이 잦아 그냥 버리게 되는 날이 더 많았다. 오늘도 그 자리에는 바로 어제 배달된 요구르트가 그대로 올라와 있었다. 아깝긴 하지만 내가 상관할 바는 아니었다.

"왜 이렇게 안 드신대……"

아줌마는 홀로 중얼거리며 수혁 씨의 책상에 새 요구르트를 놓아둔 뒤 "수고하세요"라는 말을 남기고 연구실에서 빠져나 갔다. 아무도 대답하지 않았다. 그렇게 말하며 연구실을 빠져 나가는 아줌마의 뒷모습을 나는 늘 돌아보지만, 셋 중에 나만 요구르트를 시켜 먹지 않아서인지 그 인사에 대답하기가 좀 꺼 려졌다.

등 뒤에서 담배 냄새가 훅 끼쳐왔다. 돌아보니 수혁 씨가 벌써 돌아와 있었다. 그는 재훈 씨에게 왜 이렇게 늦게 먹느냐, 내 말 못 들었느냐 따위의 이야기는 하지 않았다. 그저 조용히 자기 자리로 가서 책장을 뒤지기 시작했다. 이내 밥을 다 먹은 재훈 씨가 빈 그릇을 모아 연구실 문 앞에 놓아둔 뒤 담배를 가지고 밖으로 나갔다.

"이것 좀 한번 읽어봐주실래요?"

시험지 신청서를 작성하고 있는데 수혁 씨가 책상 너머로 문서 더미를 넘겨주었다. 나는 별다른 대답 없이 그것을 받아들었다.

「RFID 산업 기술 및 전망」이라는 제목의 연구 논문이었다. 이걸 왜 나한테 읽어달라고 하는지 알 수가 없었다. 매일 'RF'라는 문자가 커다랗게 새겨진 전공 서적의 이미지들을 스캔하고 있지만 나는 'RF'가 무엇의 약자인지도 모르고 있었다. 언젠가는 이범우 교수의 연구실에서 그 책을 받아 아래층으로 내려오다가 위층 연구실 대학원생들과 마주친 적이 있었다. 석사과정 1학기에 재학 중인 이들이었다. 그중 한 명이 내 손에 들린 책과 나를 번갈아 보더니, "혜정 씨 알에프 공부도 해요?"라고 물었다. 옆에 있던 학생은 그의 옆구리를 쿡 찌르며 웃었다. 나는 대답하지 않고 그냥 고개만 살짝 까딱인 뒤 연구실로 돌아와버렸다.

"왜요? 이게 뭔데요?"

나는 수혁 씨를 바라보고 물었다. 그는 담뱃갑을 들고 다시 자리에서 일어났다.

"아 그거 이번에 제출할 연구 결과 보고서인데요, 그냥 문장이나 맞춤법 틀린 거 있나 대충 한번만 봐주면 안 돼요? 바쁘면 말고요."

그는 그렇게 말하며 정수기로 다가가 재빠르게 커피를 타서는 밖으로 나가버렸다. 나는 그가 주고 간 문서의 표지를 넘겨보았다. 이범우 교수를 책임연구원으로 재훈 씨와 수혁 씨, 위층 연구실의 대학원생 한 명까지 총 네 명이 참여한 연구 결과 논문이었다. 전부 20쪽이었고, 세 개의 장으로 구성되어 있었다.

나는 의자를 조금 뒤로 젖히고 문서의 첫 장을 넘겨보았다. 내용은 상관없이 그저 문장만 읽어보았는데 도무지 고치고 말고 할 수 있는 문장들이 아니었다. 시작의 첫 문장이 여덟 줄이나 내리 이어져 첫 단락 전체를 구성하고 있었다. 충분히 우리말로 쓸 수 있는 내용들이 다 한자어로 쓰인 데다가 영문 표기 역시 아무 곳에나 빈번하게 쓰여 한국어 문장 같지가 않았다. 문장의 흐름도 몹시 부자연스러웠다.

나는 너무 길게 쓰인 문장들부터 조금 나누어보려고 했으나 도무지 무슨 내용인지 알 수가 없어 어디서 끊고 맺어야 할지 판단이 서질 않았다. 이걸 끝까지 읽어야 하나 싶다가도, 그래도 생전 말 한 번 제대로 안 걸던 사람이 부탁한 건데 대충 서너 군데라도 다듬어 성의 표시쯤은 해줘야 할 것 같았다. 나는 붉은색 볼펜을 들고 우선 문장의 주술 관계가 성립되지 않는 비문들부터 골라내기 시작했다.

보고서의 내용이 이해되기 시작한 건 본론의 2장부터였다. 앞서 1장은 공항에서 이동하는 수하물에 택(Tag)을 붙여 사용을 원활하게 한다는 내용을 담고 있었다. 한데 뭐가 어떻게 원활하게 사용된다는 건지는 잘 알 수 없었다. 그리고 2장에서는 월마트가 어쩌고저쩌고 하는 내용들이 담겨 있었다.

사무 보조원으로 일할 때 사무실 근처의 대형마트에서 물건을 사던 기억이 났다. 나는 그 부분을 천천히 읽었다. 월마트에서는 이 'RFID' 택을 물건에 부착하려는 모양이었다. 그렇게 할 경우 창고와 재고 관리의 자동화, 물품 추적, 자동 발주, 도난 방지, 데이터 오류 최소화 등 다양한 요구를 충족시킬 수 있게 된다는 이야기였다. 게다가 이것은 반영구적인 칩이라서 바코드 생산에 들어가는 비용을 절감할 수 있고, 빠르고 능률적인 업무 형태가 이루어져 인건비를 줄일 수도 있었다.

흥미가 가는 부분은 다음부터였다. 이 'RFID' 택이 부착된 사물은 다른 물건에 가려 있어도 리더기가 투과하여 읽어낼 뿐만 아니라 여러 개의 사물을 한꺼번에 인식할 수 있는, 보고서의 표현을 빌리자면 '다중고속인식'이 가능하다는 특징을 가지고 있었다.

마트에서 끌고 다니던 커다란 카트가 떠올랐다. 그 안에 산더미처럼 쌓여 있던 물건들. 계산대에는 카트를 붙잡고 차례를 기다리는 사람들이 줄지어 서 있었다. 그렇게 자기 차례를 기다리는 일은 언제나 지루했다. 겨우 자기 차례가 되어 계산대에 서면 그 산더미 같은 물건들을 컨베이어 벨트 위에 일일이 늘어놓아야 했다. 그러면 계산원이 물건을 하나씩 들어 리더기로 찍어 댔다. 그런데 이 신기술이 마트에서 활용된다면 상품을 계산할 때마다 줄을 서서 기다릴 필요가 없어진다는 뜻이었다. 물건이 담긴 카트를 그대로 리더기에 통과시키면 다량의 상품이 한꺼번에 인식되어 곧바로 결제 화면에 뜬다는 것이다.

뒤의 3장과 4장에서는 '수출입 국가 물류 인프라 지원 시스템'과 '국방 탄약 시스템'에 대하여 설명하고 있었다. 그런 일들에는 별 관심이 없어 내용은 자세히 읽지 않고 문장의 틀린 부분들만 바로잡았다. 대충 보니 이런저런 시스템에서 기존의 방식보다는 관리가 더 수월하고 용이하다는 이야기가 전부인 것 같았다.

나는 서론으로 돌아가 그 내용을 다시 한 번 읽어보았다. 'RFID'란 'Radio Frequency Identification'이라고 나와 있지만 이 역시 무슨 뜻인지는 알지 못했다. 다만 조금 더 읽어보니 '저장된 데이터를 리더기와 송수신하는 자동인식 분야의 신기술'이라는 것을 알 수 있었다.

이 매력적인 신기술이 어째서 하루빨리 도입되지 않는 것일까? 본론의 마지막 장에 'RFID' 기술이 가지고 있는 문제점들이 서술되어 있고, 결론 부분에 향후 연구 방향에 대한 검토가 나와 있었다. 그러나 정확하게 무슨 소리인지는 여전히 잘 이해되지 않았다.

나는 띄어쓰기와 철자가 바르지 못한 부분 몇 군데에 표시를 해두었다. 본론 2장부터는 내용이 흥미로울 뿐만 아니라 문장도 매우 간결하고 정확하게 쓰여 있어 특별히 다듬어야 할 부분이 별로 없었다. 수혁 씨와 재훈 씨가 어느새 돌아와 자기 자리에 앉아 있었다. 나는 문서를 수혁 씨에게 돌려주며 말했다.

"이거, 대충 표시해뒀어요."

"아, 네. 감사합니다."

수혁 씨는 그렇게 말하며 보고서를 뒤적여보기 시작했다. 나는 그에게 물었다.

"근데요, 이거 본론 2장부터만 수혁 씨가 쓴 거죠?"

"어, 어떻게 알았어요?"

"서론이랑 본론이랑 문체가 판이하게 다르던데요, 뭘. 서론은 문장이 너무 길고 전부 다 비문이라서 도저히 못 고치겠더라고요. 한자어랑 영어 때문에 문맥도 이해 안 되고 해서 아예손을 안 댔어요."

"진짜요? 잘했어요. 앞에는 어차피 교수님이 쓰신 거라서 고치면 더 욕먹어요."

수혁 씨는 계속해서 문서를 훑어보며 중얼거렸다.

"저, 근데요. 그 'RFID'라는 게 왜 빨리 시중에 나오지 않는 거예요? 실생활에 도입되면 마트 갈 때 진짜 편할 것 같은데."

"아, 그게요. 아 여기 다 있는데, 나는 설명을 잘 못하겠네. 최박, 좀 말해봐요."

나는 의자를 조금 틀어 등지고 앉은 재훈 씨를 바라보았다. 재훈 씨는 특유의 어눌한 말투로 머리를 슥슥 긁으며 대답했다.

"일단 뭐, 가치 사슬의 문제인데요. 그 칩과 리더기 제작 핵심 부문은 다 외국계 회사들이 주도하고 있고요. 국내 기업에서는 그걸 수입해서 재가공한 걸 판매하는 식의 애플리케이션 개발이나 제공에만 치우쳐 있거든요. 또 현재로서는 가격이 만만치 않다는 문제점이 있는데 반도체 시장의 속성상 대량 생산 체제로 들어가면 칩 가격이 내려갈 거고, 그렇게 되면 생산 기술 역시 빠르게 발전하겠죠. 다시 말해 시장 규모는 커지지만 수익 사업으로 보기에는 어려움이 좀 많죠."

"우와, 그렇구나······"

그제야 나는 어렴풋이나마 이해가 되었다.

"그런데 거기 보면요, 도난 방지 기능에 대해서 굉장히 자세하게 또 긍정적으로 써놓으셨던데, 그런 도난 방지 기능은 바코드로도 가능한 거잖아요."

내가 계속해서 묻자 수혁 씨는 여전히 곁눈질로 재훈 씨를 훑어봤다. 재훈 씨는 계속해서 머리를 긁으며 조금 귀찮은 듯 이어 대답했다.

"그게, 바코드 뒤에 보면 전자회로가 부착된 얇은 스티커로 만든 도난 방지 기능이 있는 건데요, 그게 리더기에 잘 안 읽히는 경우가 더 많거든요. 그리고 바코드는 리더기에 아주 가까이 가져가서 찍어야 하는데, 'RFID'는 멀리서도 인식이 가능하고 또 한꺼번에 읽을 수 있으니까 더 용이하겠죠."

"네……"

나는 더 이상 묻지 않았다. 수혁 씨는 내가 보고서에 붉은색 펜으로 표시해둔 부분과 컴퓨터에 저장된 문서를 대조해보고 있었다.

"저 근데요, 수혁 씨 누나 되시는 분은, 뭐하는 분이세요?"

"네? 저 누나가 셋인데."

"왜 그…… 소설 좋아한다는……"

"아, 둘째 누나요? 그 누나 지금 뭐 특별히 하는 거 없는데."

"그래요?"

그렇게 말하며 나는 얼마 전 내 방의 책꽂이에서 가져온 소설책 중 위화의 『허삼관 매혈기』와 미셸 깽의 『처절한 정원』을 책장에서 꺼냈다. 그리고 수혁 씨에게 건네주었다.

"전에, 책 빌려보고 싶다고 하셔서 갖고 와봤어요. 다 읽고 다시 돌려주세요."

"아 진짜요? 잘 볼게요."

"저, 그리고요."

"네?"

나는 침을 삼키고 목소리를 조금 가다듬은 뒤 힘주어 말했다.

"요구르트 좀 드세요."

13 손

　오후 5시, 다가올 워크숍 일정을 여러 기업과 대학 연구실에 홍보하느라 하루 종일 붙잡고 있던 수화기를 내려놓고 나는 그만 자리에서 일어났다. 전화기는 이제 정말 갈 때까지 간 모양이었다. 자꾸만 상대방의 음성이 끊겨서 들리고, 전체적인 수화음 자체가 희미해졌다. 수화기를 귀에 바짝 붙이고 꾹 누른 채 통화를 해대서 귓바퀴가 다 얼얼할 정도였다.

　자리에서 일어난 나는 분무기를 집어 스파트필름 이파리에 칙칙 물을 뿌렸다. 지난주부터 새로 올라오는 이파리의 색들이 하얗게 빛났다. 단단하게 말려 올라오는 것이 꽃대가 분명했다. 이틀에 한 번씩 주던 물도 이제는 매일 출근할 때마다 주었다.

　"저 먼저 갈게요."

나는 수혁 씨와 재훈 씨에게 말하면서 가방을 챙겼다. 둘은 여전히 대답이 없었다. 이제는 서로 인사하지 않고 지내는 것이 훨씬 익숙해 나도 여간해서는 말없이 슥 퇴근하는 경우가 더 많았다.

"혹시 교수님한테서 저 찾는 전화 오면 사무용품 사러 나갔다고 말 좀 해주세요."

어차피 신경 쓰지 않을 테지만 한 시간이나 이른 퇴근이라 아무래도 마음에 좀 걸렸다. 그제야 재훈 씨가 뒤돌아보며 "네, 조심히 가세요"라고 대답했다. 수혁 씨는 온라인 게임에 빠져 아무 소리도 들리지 않는 모양이었다. 나는 그만 뒤돌아서 연구실을 빠져나왔다.

학교 정문이 있는 대로변에서 오른쪽으로 꺾어지면 나오는 세번째 건물 1층에 사무용품점 오피스 파라다이스가 있었다. 구입할 물건은 어차피 배달시킬 것이니 좀더 시내로 나가 대형마트에서 주문하는 게 훨씬 편하고 저렴하긴 했다. 한데 물건도 그리 많지 않고 할인도 없는 오피스 파라다이스에서 물품을 구입하는 이유는 다름 아닌 세금계산서 때문이었다.

연구비 관련 법인카드로 물건 값을 결제하고 나면 구입한 물건의 품목이 적힌 영수증과 세금계산서를 해당 연구 기관에 매달 송달해야 했다. 연구비 예산에서 사무용품비만 적게는 150만 원에서 많게는 300만 원 정도로 책정되어 있고, 그런 연구 과

제가 현재 아홉 개나 진행 중이니까 열 명의 연구원이 1년 동안 사용해야 할 사무용품비만 2000만 원 가량 되었다. 그러다 보니 순수한 '사무용품'만으로 그 많은 금액을 다 쓸 수가 없었다.

오피스 파라다이스에서는 사무용품 외에도 과자와 음료수, 아이스크림 따위를 판매하고 있고, 웬만한 가전제품들도 조금씩은 구비되어 있었다. 물론 규정된 사무용품 외의 물건들은 연구비로 구매하지 못하게 제한되어 있었다. 그러나 어디든 새어나갈 구멍은 있게 마련이라고, 온갖 잡다한 것을 다 구매해도 그 내역을 사무용품으로만 수동 입력해 세금계산서를 발행해주는 곳이 바로 오피스 파라다이스였다.

지난달 종료되었던 연구 과제에서도 연구비 예산 항목 중 사무용품비가 50만 원이나 남아서 나는 아이패드 미니를 하나 구매했다. 그러고도 남는 돈은 과자와 음료수로 대충 때운 뒤 실험용 OHP 필름과 레이저 프린터의 토너를 여러 개 구입한 것으로 세금계산서를 작성해달라고 부탁했다. 물론 마음에 걸리는 일이긴 했지만 연구비를 다 사용하지 못해 사유서를 작성하게 되면 교수가 웃는 얼굴로 짜증을 낼 게 분명하고, 연구실 안에는 더 이상 A4 용지와 토너 따위를 쌓아둘 공간도 없었다. A4 용지만 해도 내가 있는 연구실에만 여덟 박스나 쌓여 있고, 여덟 명의 대학원생들이 생활하는 위층 연구실에는 스무 박스도 넘게 쌓여 있었다.

가장 많은 예산이 필요한 '재료비' 항목으로 중도변경신청을 해볼까도 했지만 바로 이틀 전 기자재를 구입하는 데 예산이 부족해 그에 딱 맞는 금액을 이미 회식비와 잡비에서 끌어다 변경신청을 해놓은 상태였다. 때문에 남은 건 사무용품비뿐이었다. 교수는 실험실에서 사용하는 OHP 필름이나 연구실에서 사용하는 A4 용지의 상자 따위를 일일이 확인할 정도로 한가하지는 않았다. 또 법인카드로 결제한 카드 전표나 세금계산서를 월말에 연구 기관으로 보내기 전 미리 교수의 결제를 받아 발송하는 것이 관례였으나, 지난달부터 새로운 연구와 학회 일정 때문에 바빠진 교수가 목도장 하나를 새로 만들어 나에게 내어주고는 알아서 결제해 보내라고 지시했다.

　도무지 사용할 곳이 없었던 예산이었음에도 불구하고 아이패드로 영화나 드라마를 다운 받아 볼 때는 어쩐지 몰입이 잘되지 않았다. 그러면 나는 내 책상 위에 놓인 14인치 모니터를 떠올렸다. 지난달에는 재료비가 많이 남아 20인치 LCD 모니터를 열 개나 구입했고, 새 모니터는 대학원생들의 자리에 각각 놓였다. 그날 나는 그들이 본래 쓰던 18인치 LCD 모니터 중 한 대를 당연히 내 자리에 놓아줄 거라 생각해 내 자리의 모니터 선을 컴퓨터 본체에서 분리해놓고 기다렸다. 그러나 다들 기존의 모니터와 새로운 모니터를 연결해 두 개씩 사용했고, 그들은 전자회로 관련 작업을 더 수월히 진행하게 되었다고 말했다.

오늘은 진짜로 OHP 필름이 떨어져 구매하러 가는 길이었다. 그 외에도 그간 학생들이 사다달라고 부탁한 볼펜이나 견출지, 접착 메모지 등의 사무용품도 사야 했다. 나는 구입할 품목이 적힌 용지를 입에 물고 슬슬 걸어 오피스 파라다이스로 들어갔다.

매장의 쇼핑 바구니 안에 온갖 사무용품과 과자들을 마구잡이로 쓸어담았다. 그러고도 시간이 좀 남아 이것저것 둘러보기 시작했다. 휴대전화와 연결해 음악을 들을 수 있는 블루투스 스피커와 헤드셋 중에 제법 쓸 만한 것들이 있어 보였다. 그것들을 천천히 살펴보던 중 전화기 생각이 났다.

"여기요 혹시, 전화기 같은 것도 있나요?"

나는 테스트용으로 놓여 있던 헤드셋을 내려놓고 직원에게 물었다.

"이쪽으로 오세요."

직원을 따라가 보니 헤어드라이어와 전기 주전자, 가습기 등 잡다한 전자제품 속에 무선 전화기 상자가 끼어 있었다. 가격표에는 19만5천 원이라고 적혀 있었다. 나는 전화기 상자도 바구니 속에 집어넣고 계산대로 갔다. 직원은 바구니 안에 담긴 물건들을 하나하나 꺼내 바코드 리더기에 갖다 댔다. 그 모습을 바라보며 정말로 'RFID' 칩이 빨리 유통되었으면 좋겠다는 생각을 했다.

세금계산서에 들어갈 물품들에 대해서는 더 이상 말하지 않아도 직원이 알아서 작성해줄 것이다. 전화기도 당연히 사무용품비로 구입해서는 안 되는 물건일 것 같아 나는 그저 보통 때와 같이 작성해달라고만 부탁하고 내일 오후 1시로 배송신청서를 썼다.

"꼭, 1시 이후에 세금계산서랑 같이 보내 주셔야 돼요."

나는 결제를 하며 직원에게 다시 한 번 당부해두었다.

밖으로 나와 시간을 확인해보았다. 꽤 여유 있게 움직였는데도 아직 5시 30분이었다. 나는 이참에 그 인형 만드는 남자를 좀 만나볼 요량으로 전철을 타고 홍대입구역으로 향했다. 와인바에서 아르바이트를 하던 때, 그와 6개월 동안이나 밥을 같이 먹었는데도 좀체 대화라는 걸 해본 적이 없었다. 60년대에나 유행했을 법한 장발은 앞머리까지 길게 내려와 얼굴을 다 가리고 있었다. 그런 터라 그의 얼굴을 자세히 본 적이 없기도 했거니와, 그나마도 사장이 가게에 나오지 않는 날이면 절대로 나타나지 않는 사람이었다. 일을 그만둔 지 2년이 다 되어가는 시점에 말 한 번 제대로 안 섞어본 사람을 이렇게 무작정 찾아가는 게 실례는 아닐까 싶기도 했다. 그러나 뭐, 내가 언제부터 그렇게 예의를 차리는 인간이었나 싶어 일단 저질러보자 마음 먹었다.

내가 일하던 와인바 라포레는 홍대 정문에서 상수동 방면으로 가다 보면 나오는 삼거리 골목길에 위치해 있었다. 홍대 정문 맞은편 번화가에 비해 제법 한산한 곳이었는데, 외국계 커피 전문점들이 홍대 주변 건물을 통째로 사서 들어오면서부터 사람들의 발길이 좀체 끊이지 않았다. 더군다나 춤추기 좋은 클럽들까지 한 건물 건너 하나꼴로 우후죽순 늘어나면서 새벽 시간 때면 술 취한 사람들과 택시들로 비좁은 도로가 붐볐다.

나는 대로변에 자리한 도넛 가게에 들어가 세트 두 상자를 구입했다. 그러고는 길을 건너 삼거리의 왼쪽 샛길로 들어갔다. 그 길의 세번째 건물에 라포레가 자리 잡고 있었다. 나는 1층의 인형가게는 들르지 않고 곧바로 건물 현관으로 들어가 승강기를 타고 3층으로 올라갔다. 아직도 라포레에서 일하고 있는 미정 언니를 먼저 만나고 인형가게 남자에게 가볼 생각이었다.

"언니, 나 왔어."

출입문을 밀며 매장 안으로 들어서자 밥 먹을 준비를 하고 있던 미정 언니와 못 보던 얼굴의 알바생들이 일제히 나를 바라보았다. 저녁 6시였다. 지금 먹는 밥이 그들의 아침 겸 점심 끼니일 터였다. 미정 언니가 눈을 흘겨 뜨며 쪼르르 달려나왔다.

"양혜정! 너 왜 이렇게 오랜만에 왔어? 자주 좀 놀러오라니까."

"뭘 자주 와. 다들 일하는데……"

"너 아직 밥 안 먹었지? 이리 와, 같이 먹자."

나는 사장이 있는지부터 살펴보았다.

"사장님은 아직 안 나오셨어?"

"응. 요즘 잘 안 나와."

"그래?"

나는 심드렁하게 대답하며 자리에 앉았다. 주방에서 끓인 김
치찌개와 야채 볶음 그리고 양푼에 담은 쌀밥이 주걱째 올라와
있었다. 낯선 알바생들이 내 몫의 그릇과 수저까지 가져다주었
다. 나는 마치 매일 먹던 밥상을 대하듯 능숙하게 양푼에 담긴
밥을 그릇에 옮겨 담았다.

"언니, 그럼, 아래층에 주연 오빠가 하는 사람도 요즘 잘 안
오겠네?"

나는 밥그릇을 내려놓으며 미정 언니에게 물었다. 언니가 얼
굴을 찡그렸다.

"아, 짜증나게 왜 그 새끼 얘기를 꺼내고 그래."

직선적인 말들을 거칠게 내뱉길 잘하는 미정 언니는 1층의
인형가게 남자를 무척이나 싫어했다. 그냥 보고만 있어도 재수
가 없고 밥맛이 떨어진다며 제발 좀 안 왔으면 좋겠다고 매일
노래를 불렀다.

"아니, 사장님 없으면 혼자는 잘 안 오니까 언니가 좋아할 것
같아서."

"야, 말도 마라. 그 새끼 여기서 연말에 이 주일이나 일했어."

"왜?"

"왜긴. 연말이라 크리스마스에 송년회에 정신없이 바빠 뒤지겠는데 알바생들이 갑자기 지랄같이 그만둬버려서 일할 사람이 없었거든."

"그럼 인형가게는?"

"거기는 밤 아홉시면 문 닫잖아. 사장이 부탁해서 아홉시부터 새벽 마감 때까지 같이 일했다니까. 아 좆나 욕 나와 진짜."

"왜…… 일하면서 많이 짜증나게 했어?"

"야, 네년이 한번 그 새끼랑 같이 보름만 일해봐라. 그 우거지 죽상을 하루 종일 마주치는 것만으로도 토 나오는데, 일은 또 얼마나 느리게 하는지 알아? 빨리 좀 하라고 잔소리하고 이 것저것 시켜봐도 대답도 안 하고. 내가 진짜 사장 때문에 참았지 차라리 혼자 일하는 게 낫겠더라. 그 새끼가 서빙 나가면 손님들도 기분 나빠하는 거 딱 보였다니까. 진짜 연말이니까 어디나 다 자리 없어서 손님들도 참은 거지, 내가 손님이었으면 진짜 기분 더러워서 여기서 안 마신다야."

"그러게. 진짜 답답했겠다."

"그만 얘기하자. 자꾸 짜증날라 그런다."

"근데 언니……"

"뭐, 왜?"

"나 사실은……"

"애가 어울리지 않게 웬 뜸을 이렇게 들여? 재깍재깍 안 말할래?"

나는 조금 머쓱하게 웃어 보이며 언니의 눈치를 살피고 말했다.

"아니, 나 사실은, 저 도넛 한 박스는 그 남자 줄라고……"

"그 남자 누구? 그 우거지 죽상? 너 미쳤어? 그 사람 좋아해?"

미정 언니는 항상 그렇게 몰아붙이기 식 질문을 잘했다. 나는 서둘러 대답했다.

"아니, 내가 미쳤어? 사실은 나, 그 인형 만드는 것 좀 배워볼까 싶어서."

"야, 글 쓴다는 년이 뜬금없이 무슨 공돌이들 사무실에서 일한다더니 드디어 정신이 나갔구나, 나갔어. 야 이년아, 네가 그걸 왜 배워?"

"그게, 그 인형 만들고 하는 과정을 소설에 좀 써보면 어떨까 싶어서. 말하자면, 취재를 좀 해보려는 거지."

"취재? 인형 만드는 걸?"

"응. 소설에는 좀, 독특하고 전문적인 직업 가진 사람을 등장시키는 게 좋다고 해서……"

말하면서도 나는 영 확신이 서질 않았다. 정말 그런 사람들을 등장시키는 게 좋은 일일까. 내가 아닌 타인의 삶을 제대로 살아보지도 않고 겉으로만 취재해 가져다 써도 되는 걸까. 그래도 되는 걸까. 너무 주제넘은 일은 아닐까. 자꾸만 돌아보게 되었다.

언니는 그새 성질이 조금 가라앉은 모양이었다. 찌개를 밥그
릇에 떠 숟가락으로 마구 비비며 말을 이었다.

"하긴, 특이하기로는 그만한 사람이 없지."

"응…… 그래서 뭐 일단 물어나 보고, 싫다면 할 수 없고."

"제까짓 게 뭐 대단한 일 한다고 싫다고 해? 야, 싫다고만
해봐. 내가 내려가서 지랄할지도 모르니까 조심하라고 말하고
와라."

밥을 다 먹고 난 뒤 도넛 상자를 들고 1층으로 내려가 인형
가게의 유리문 너머를 들여다보았다. 남자는 보이지 않았다.
아르바이트를 하던 반년 동안 이 앞을 지나다녔으면서도 인형
가게 안쪽을 둘러본 적은 한 번도 없었다. 이제 보니 이곳은
'아이 돌 스타(I Doll Star)'라는 상호를 달고 있었다. 분홍색 벽
지와 붉은 리본으로 실내 장식이 되어 있는 모습도 보였다.

쇼윈도 안의 진열대에는 두 개의 인형이 나란히 서 있었다.
그중 하나는 굵게 웨이브가 들어간 갈색 머리칼에 어깨가 훤히
드러나는 탑과 망사 스타킹, 미니스커트를 입고 있었다. 또 하
나의 인형은 가늘고 긴 흰색 머리칼을 허리까지 늘어뜨린 채였
다. 그리고 감색 원단에 흰색 레이스와 프릴로 장식된 롱드레
스를 입고 있었다. 얼굴의 반이나 차지하는 커다란 눈에 투명

한 피부는 두 개 다 같았다. 꼭 사람 같은 모습으로 만들어진 인형이었다. 그러나 저렇게나 완벽한 외모의 사람이 이 세상에 진짜로 존재할까.

시선을 돌려 좀더 안쪽을 바라보니 분홍색 커튼 너머에 있는 남자의 실루엣이 비쳤다. 안쪽 좁은 공간에 커튼을 두르고 인형을 제작하는 작업실로 사용하는 모양이었다. 벌어진 커튼 틈 사이로 인형의 몸통을 짜맞추고 있는 남자의 모습이 어렴풋이 보였다. 알 수 없는 기구와 기계들이 늘어진 분홍색 커튼 안쪽의 세계는 마치 팀 버튼 영화에나 나올 법한 장난감 공장 같은 곳을 연상시켰다. 나는 그만 출입문을 열고 안으로 들어갔다.

안에 들어서보니 또 다른 진열대에 아직 다 꾸미지 못한 인형 세 개가 더 있었다. 인형에게 입히는 옷과 신발들도 가지런히 진열되어 있었다.

"저어……"

아무래도 남자가 인기척을 느끼지 못한 것 같아 나는 커튼 앞으로 다가가 소리를 냈다. 이내 남자가 화들짝 놀라며 작업하던 것을 멈추고 밖으로 나왔다. 그는 여전히 카고바지에 후드티셔츠를 입고 있었다. 나는 얼른 그의 얼굴을 바라보았다. 커튼 밖으로 나오는 남자의 표정이나 태도를 쉽게 알아볼 수가 없었다. 남자는 나를 제대로 기억하지 못하는 것 같았다. 그렇다고 해서 생판 처음 보는 사람을 대하듯 바라보지도 않았다.

주춤주춤 걸어 나오며 동물원의 원숭이를 바라보듯 의아한 표정을 짓는 한편, 다시 몇 발자국 뒤로 물러서며 사람을 경계하는 듯한 고양이 눈빛으로 바라보는 것이었다.

"아, 저 기억 안 나세요? 전에 와인바에서 일하던 혜정이라고……"

"예? 예, 예."

남자는 어벙하게 세 번이나 대답하고는 양손에 깍지를 꼈다. 그리고 계속 아무런 말이 없었다.

"저, 이것 좀 드세요."

나는 손에 들린 도넛 상자를 그에게 내밀었다.

"네. 저……"

"네? 뭐라고요?"

정말 제대로 취재를 마칠 수 있을까. 속이 터지고 답답해서 짜증이 나려는 것을 억누르며 나는 미정 언니를 생각했다.

"많이……"

"네?"

"이게, 저, 너무…… 많이 사 오신……"

"아, 그거요? 두고두고 드세요. 냉동실에 넣어놨다가 하나씩 꺼내서 드셔도 맛있어요. 저, 인형 구경하러 왔는데 천천히 둘러봐도 되죠? 이런 인형은 가격이 얼마나 해요?"

나는 진열대에 놓인 갈색머리 인형을 집어 들고 물었다.

"아 저…… 그건, 입양이 벌써……"

"네?"

"그 애 이름은 '유메'예요. '꿈'이라는 뜻인데. 그게, 저…… 벌써 입양이 됐거든요. 그러니까, 이번 주말에…… 오너가 찾으러 올……"

"네? 무슨……"

무슨 말인지 제대로 알아들을 수가 없었다. 남자의 목소리는 매우 작은 데다가 나를 똑바로 바라보지 않고 벽이나 바닥을 보며 혼자 대화하는 사람처럼 구는 게 약간 정신지체아같이 보이기도 했다. 질문을 할 새도 없이 남자는 계속 더듬거리며 말을 이었다.

"이쪽에 애는 '프란시느'인데요, 얘는 아직 오너가……"

남자는 옆에 놓인 흰 머리칼의 인형을 집어 들고는 말했다.

"프란시느는 데카르트의 딸이었는데……"

나는 갈색 머리카락의 인형을 제자리에 놓아두고 남자의 손에 들린 인형을 바라보았다. 투명한 피부에 하늘색 눈동자로 만들어진 인형이었다.

"그런데요?"

남자는 여전히 사시 같은 눈동자로 아무 곳이나 쳐다보며 두서없이 말을 이었다.

"죽어서, 딸이, 죽어서…… 딸과 꼭 닮은 아이를 입양해서

딸의 이름을 붙여…… 키웠다고……"

"저, 그러니까 지금, 철학자 데카르트 이야기 하시는 거예
요? 저 그럼 이야기를 좀 자세히……"

"스킨이, 너무…… 다른 사람들은 아이를 만들 때 눈이나
머리카락에 공을 들이는데, 이건 제가 스킨에 공을 많이……
이런 피부색이 나오기가 힘든데…… 이렇게 투명한 분홍빛
에 발색까지 되는…… 진짜 발품 많이 팔고 고생도 많이 했어
요……"

"저기요, 그러니까, 데카르트가 입양했다는 게 사람이 아니
라 이 인형이었다고요?"

남자는 내 질문과는 상관없이 계속해서 말했다. 그런데 그
말들은 일관성 있는 하나의 이야기가 아니라 서로 다른 몇몇
이야기들이 섞여서 튀어나오는 것 같았다.

"아이를 고르실 때는, 얼굴부터 보는 것보다 손부터 먼저 잡
아 보는 게…… 손을 잡아보면, 아이의 마음을 알 수가 있어
요. 처음 맞잡을 때는 아이들이 긴장했는지 손에 땀이 잔뜩 배
어 있기도 하고……"

확실히 제정신은 아닌 사람 같았다. 나는 조금 소름이 끼치
는 것도 같아 눈을 크게 뜨고 남자와 인형을 번갈아 바라보았
다. 남자가 계속 말했다.

"또 어떤 아이의 손은 따뜻하고, 어떤 아이는 차갑고…… 또

자꾸만 손을 놓지 않으려는 아이도 있고…… 그래서 손을 잡아
보면, 느낌이 다 다르고, 그중에 가장 세게 내 마음을 잡는 손
이 있거든요. 그런 아이를 고르시는 게 좋을 것 같…… 아요."

남자는 그렇게 말하며 프란시느라는 인형을 내려놓고 다시
커튼 뒤로 들어가버렸다. 나는 남자가 내려놓은 인형의 손을
잡아보았다. 내 손톱만한 크기밖에 되지 않는 작은 손이었다.
그것은 조금 차갑고 딱딱하지만, 무언가 말랑말랑한 기운이 느
껴지는 것도 같았다. 나는 남자를 쫓아 커튼 안의 작업실 쪽으
로 다가갔다. 남자가 아까 만들고 있던 인형을 들고 나왔다. 인
형에는 아직 눈동자와 머리카락이 없었다.

"이건 '제나'라고 이름 붙일까 해요. 비교적 최근에 새롭게
발견된 행성 이름인데…… 영문으로 제나(XENA)인데, 그 제
나라는 이름이 우리말에도 있대요. 온전한 자기 자신을 뜻한다
고…… 마음에 들어서, 나중에 꼭 아이의 이름으로 지어주려고
했어요……"

우주에 떠 있는 행성 제나(XENA). 그리고 자기 자신을 의미
하는 순우리말 제나. 확실히 좋은 이름이었다. 나도 언젠가 쓰
게 될 소설의 주인공 이름으로 사용해보는 건 어떨까 생각해보
았다.

"저기요, 저 그냥 주연 오빠라고 불러도 되죠? 사실 제가 지
금 당장 인형을 사려고 온 건 아니고요, 그냥 인형을 만드는 과

정이나 이런 걸 사가는 사람들에 대해서 좀 알고 싶어서 왔거
든요."

"네? 네."

남자가 별로 놀라는 것 같지는 않았다. 그러나 내가 왜 이런
걸 알려고 하는지 궁금해하는 것 같기는 했다.

"네. 제가 소설을 쓰고 있는데요. 그냥 혼자 습작하는 수준이
지만…… 이 인형에 대한 이야기를 좀 써보고 싶어서요."

"근데, 그거, 잘못 쓰면 좀 안 좋…… 왜 예전에 「인형사」
라는 영화에서도 아이들을 너무 안 좋게 묘사해서, 제 마음이
좀……"

그 영화를 보지는 않았지만 예고편은 두어 번 정도 본 적이
있었다. 주인에게 버려진 인형들의 영혼이 살아나 복수하는 이
야기 같았다.

"아이들은 그렇게…… 누굴 죽이고, 복수하는, 그런……"

남자가 고개를 좀더 수그리자 안 그래도 얼굴의 반 이상을
가리고 있던 앞머리가 더 많이 흘러내려 얼굴을 모두 가렸다.
남자는 잠시 그러고 있더니 또 고개를 들고 두서없는 말들을
꺼내기 시작했다. 앞의 말과 연관 관계를 전혀 찾을 수 없는 단
편적인 이야기들을 계속해서 내뱉고 있는 것 같았다. 나는 연
구실 안에서 재훈 씨가 두 개의 모니터를 두고 만들어나가던
전자회로도를 떠올렸다. 그리고 이 남자의 두뇌 회로는 대체

어떻게 생겨먹었을까, 하고 상상해보았다. 회로가 자꾸만 뚝뚝 끊겨나갔다.

"······계속, 떨어지는 건데요. 이십층 아파트에서 뛰어내린 남자가 바닥에 떨어지기까지의 이야기거든요. 이십층 아파트 안에는 자신의 현재 모습이 담겨 있고, 십구층, 십팔층, 십칠층, 계속해서 내려가면서······ 과거의 자기가 살아온 모습을 바라보는 거예요. 십육층을 지날 때는 열여섯 살의 내가 보이고, 십오층을 지나가면 열다섯 살의 내가 보이고, 그렇게 해서 일층까지 내려가고 바닥에 떨어졌을 때, 태어나기 이전의 모습을 바라보며 죽는······"

마치 의식의 흐름 기법으로 쓰인 소설이라도 읽는 기분이었다. 아마도 이 남자의 머릿속에는 알 수 없는 기억들이 제멋대로 떠오르는 모양이었다. 그리고 그것을 원인과 결과에 맞게 순차적으로 말하는 법 따위는 익히지 못한 것이 아닐까. 나는 '그 얘기 지금 왜 하시는 건데요?'라고 물어볼까 하다가 그만두고 몸을 틀었다. 남자가 이어 말했다.

"눈을 감고 손을 잡아 보면······"

내가 프란시느라는 인형의 손을 잡는 것을 본 모양이었다. 그러니까 눈을 감고 다시 인형의 손을 잡아 그 손길을 느껴보라는 이야기 같았다. 남자는 아마도 인형을 하나의 생명으로 느끼고 대하는 듯했다. 그래서 인형을 자꾸만 아이라고 부르

고, 사람들이 인형을 구매하는 행위를 '입양'이라고 말하는 것
같았다.

"목욕을 하는데…… 따뜻한 물속에 앉아 있다가 저도 모르
게 그만…… 잠이, 들었던 것도 같고. 꿈속에서 조금 울었던
것도 같고…… 너무 오래 물속에 있어서 땀인지 물인지 몸이
다 젖어 있고…… 눈을 떴을 땐, 정말 꿈처럼, 아이가 있었어
요. 제 손을 잡더니, '괜찮아'라고 말해줬……"

나는 남자의 단편적인 이야기를 들으며 아직 다 꾸며놓지 않
은 인형들을 바라보았다. 두 명은 서 있고, 한 명은 다리를 앞
으로 쭉 뻗은 채 바닥에 앉아 있었다. 나는 앉아 있는 아이의
얼굴을 바라보았다. 그 애는 뽀글뽀글 말아 크게 부풀려놓은
검은색 퍼머넌트 머리카락에 까만 눈동자를 가지고 있었다. 그
눈동자의 꼬리는 위쪽으로 한껏 올라가 있었다. 세상의 모든
것들이 다 마음에 들지 않는 듯 인상을 잔뜩 구기고 있는 표정
이었다.

나는 그 아이의 손을 잡아보았다. 그리고 눈을 감았다. 길게
기른 손톱은 날카로웠고, 안으로 살짝 말린 손바닥에서는 뼈의
마디와 손금들이 그대로 다 느껴졌다. 그것은 매우 작고 차갑
고 그리고…… 외로워 보였다.

14 동현

　문 앞에 커다란 상자가 하나 놓여 있었다. 나는 그걸 발로 한 번 툭 차보고는 연구실의 문을 열었다. 수혁 씨와 재훈 씨 둘 다 책상 위에 과자를 잔뜩 쌓아두고 집어먹으며 키보드를 두드리고 있었다. 나는 별 생각 없이 내 자리에 가 앉았다.

　책상 위에 흰 봉투가 하나 놓여 있었다. 봉투를 뜯어 내용물을 확인해보니 어제 구입한 물건의 세금계산서였다. 나는 고개를 돌려 연구실 안을 휘휘 둘러보았다. 둘이서 먹고 있는 것도 어제 오피스 파라다이스에서 구입한 과자였다.

　"어, 배달 벌써 왔다 갔어요? 내가 분명히 한시 이후에 갖다 달라고 했는데."

　나는 자리에서 벌떡 일어서며 말했다.

"괜찮아요. 저희가 다 정리했어요. 과자나 좀 드세요."

수혁 씨는 그렇게 말하며 아직 뜯지 않은 비스킷 상자를 나에게 내밀었다. 내가 해야 할 일을 자기들이 대신 해줬으니 고맙지 않느냐는 듯 으쓱해 보이는 표정과 몸짓이었다. 나는 수혁 씨가 내미는 비스킷을 얼결에 받아든 뒤 그의 책상으로 눈길을 돌렸다. 전화기가 보이지 않았다. 유난히도 빨갛던 그 고물 골드스타 전화기 말이다.

"전화기는요?"

"아, 여기요."

그렇게 말하며 수혁 씨는 자기 책상 위에 아무렇게나 놓여 있던 무선 전화기를 집어 나에게 넘겨주었다. 나는 또 그것을 얼결에 받아들고 멍하니 서 있었다.

"아 여기, 본체 충전기는 거기 혜정 씨 자리 쪽으로 놨으니까 편하게 쓰세요."

나는 빨간색 전화기가 걸쳐져 있던 자리를 바라보았다. 그 자리는 이제 휑하니 비어 있고 손바닥만한 크기의 충전기만 내 책상 쪽으로 넘어와 있었다.

"원래 쓰던 거는요?"

그렇게 묻자, 재훈 씨가 돌아보며 대답했다.

"저기, 버리려고 밖에 상자에 넣어서 다 내놨는데."

나는 비스킷 상자와 무선 전화기를 책상 위에 놓아두고 다시 연구실의 문을 열었다. 그리고 상자의 뚜껑을 열어 그 속을 뒤적여보았다. 그러자 곧 과자 봉지와 이면지 밑에 깔려 있던 빨간색 전화기가 튀어나왔다. 나는 그것을 집어 다시 연구실 안으로 들어와 문을 닫고 말했다.

"이걸 왜 버려요? 아직 되는 건데."

나는 그들을 책망하는 듯한 어조로 말했다. 그러자 재훈 씨가 대답했다.

"그럼 집에 가져가서 쓰던가요."

그렇게 말하며 둘은 조금 웃었다. 나는 책상 위에 전화기를 슬쩍 던지고 의자 위에 주저앉았다.

"네, 잘 쓸게요."

나는 조금 빈정거리는 투로 대답했다. 그러자 재훈 씨가 의자를 틀어 뒤돌아 앉으며 다시 말했다.

"그런 거 집에 가져가면 엄마한테 혼나요. 쓰레기 가져 왔다고."

아이라도 달래는 듯한 부드러운 말투 속에 장난기가 묻어 있었다. 악의가 없는 가벼운 말이라는 걸 느낄 수 있었다. 재훈 씨의 그런 농담이 꼭 싫지만은 않았다. 둘은 또 조금 웃었다. 나는 노란 고무줄로 연결되어 제멋대로 엉겨 있던 전화기의 선들을 잘 푼 뒤 다시 본체 위로 둘둘 감아 책상 서랍 제일 아래 칸에 넣어두었다.

"무선 전화기가 고장 나거나 하면, 급할 때 잠깐이라도 쓰게 될지 모르잖아요."

나는 무선 전화기를 집어 들며 혼잣말처럼 내뱉고는 통화 단추를 눌러보았다. 맑고 선명한 수화음이 띠이, 하고 울렸다. 컴퓨터를 켜 이메일을 확인하며 나는 미연의 전화번호를 눌렀다. 삐삐삐삐삐. 삐삐삐삐삐. 아주 또렷하고 정확한 연결 신호가 이어졌다. 하지만 '삐삐'거리는 소리가 '띠리리리' 하고 울리던 이전의 골드스타 전화기에 비해 조금 거슬렸다. 이내 미연의 목소리가 들려왔다.

"여보세요? 혜정이야?"

미연은 이제 막 오후 업무를 시작할 시간이었다. 나는 그녀에게 오늘 저녁 와인이나 한잔 하자고 말하고 전화를 끊었다.

"오호, 혜정 씨 와인도 마셔요?"

뒤에서 재훈 씨가 물어왔다. 나는 왼손 위에 턱을 괸 채 돌아보지 않고 중얼거렸다.

"그냥 술 마시자고 하면 안 나오는 친구거든요."

그렇게 말하며 나는 메일함의 스팸 메일들을 삭제했다. 모니터의 오른쪽 하단에서 휴대전화와 연동해놓은 메시지 창이 올라왔다. 동현이었다.

—나 수술 안 하기로 했다

─왜? 이미 고민 다 끝난 거 아니었어? 어려운 결심이었잖아

─그래서 더 안 하려고

─무슨 일 있어?

─아 진짜 쪽팔려서 얘기하기도 싫다

─왜 그러는데

─그러니까, 피 뽑으러 오라 그래서 적십자병원에 갔던 게 일주일 전이었나. 아 진짜 이런 얘기까지는 하기도 싫은데

─아, 짜증나니까 그냥 좀 쫙 말해

─어휴. 그래. 우선, 병원에 가자마자 두 시간 정도를 그냥 아무것도 안 하고 기다리기만 한 것 같아

─왜?

─누나하고 갔는데, 접수처에 가서 이름 말하고 골수 검사 받으러 왔다고 말했지. 그러고 나서 기다리는데 아무리 생각해도 너무 오래 기다리게 하는 것 같더라고. 누나랑 이런저런 얘기하면서 앉아 있기도 지겨워서 시계를 보니까 두 시간이나 지난 거야. 다시 접수처에 가서 어떻게 된 거냐고 물어보니까 간호사가 인터폰을 들고 뭐라 뭐라 하더라. 그러자 이층에서 흑인 간호사 한 명이 내려와서는 손으로 나를 가리키면서 저 사람 아직까지 여기 놔두면 어떻게 해, 라고 하는 거야. 계속 아래층에 있었던 간호사는 그럼 뭐 우리더러 어떻게 하라는 거냐, 식의 사소한 말다툼

이 좀 오고갔어

―헐, 대박. 미국에서도 그따위 일들이 있구나. 나는 우리나
라만 그러는 줄 알았는데

―사람 사는 데가 다 그렇더라고. 아무튼 그러고 나서 다시
이십 분 정도를 더 기다렸더니 간호사가 와서 이층으로 올
라가래. 그제야 이층 주사실로 가서 피를 뽑고 왔거든.

―그럼 된 거 아니야?

―응. 그리고 오늘 적십자병원에서 전화가 왔는데, 아 진짜
쉣이야.

―뭐가

―다시 오래

―왜

―그게, 피 검사 받으러 다시 오라잖아! 피를 제때 검사실에
안 넘겨서 다 상해버렸대

―말도 안 돼

―원래 일을 그따위로 하는 걸까, 아니면 내가 재수가 없는
걸까?

―내가 봤을 때 그건 좀 말이 안 되는 것 같고, 아마도 피가
좀 모자랐거나 해서 다시 오라고 한 거 아닌가 싶은데

―어찌됐건 간에 이제 다신 안 가

―왜, 어려운 결심 한 거였잖아

─그래서 더 가기 싫어. 나로서는 정말 오래 고민해서 내린 큰 결정이었고, 또 어떤 사람에게는 아주 간절히 바라는 미래와 생명이 걸린 일인데, 그게 또 어떤 사람들에게는 그저 지겹고 하찮고 귀찮은 일상이고 매일 반복되는 업무일 뿐이더라고. 맙소사, 단지 work, 그 이상도 이하도 아니었어. 그렇게 보니까 내가 가졌던 결심들이 다 무의미해진 거지 뭐.

동현이 골수 이식에 관한 일로 고민을 하던 것은 2주일 전이었다. 교회에 적십자 단체 사람들이 나와서 교인들의 피를 뽑아 가기에 자기도 순순히 응했던 것이 군대를 제대하고 다시금 미국으로 떠났던 두 달 전이었다. 그러고는 까맣게 잊고 지냈는데 2주일 전 적십자 단체에서 그에게 전화를 걸어 왔다. 그러고는 동현과 골수가 꼭 맞는 사람이 있다며 혹시 이식 수술을 할 의사가 없는지 물었다는 것이다.

누군가를 돕는 것은 좋지만 생판 모르는 남을 돕자고 수술까지 받는 일은 너무 위험한 일이었다. 184센티미터의 큰 키에 제법 다부진 근육까지 가지고 있는 건강한 체질의 그가 오랜 시간 병실에 누워 있던 사람들의 심정을 헤아리고 있을 리도 없었다. 그렇다고 해서 자신과 골수가 꼭 맞는 사람, 그 희박한 비율을 가지고 있는 사람이 간절하게 원하는 미래를 외면하기

동현 **217**

는 더 힘든 모양이었다. 정말이지 그는 일주일이나 고민해 어렵게 결정을 내렸다.

솔직히 거짓말이었지만, 나는 그에게 잘 생각했다고 말해주었다. 그냥 주는 게 아니라 빌려 주는 거라고도 말했다.

"어릴 땐 몰랐는데, 사람 일이라는 게 뭐든 반드시 돌아오는 거라는 생각이 들더라. 인간은 하는 만큼 받는다고 하잖아. 지금 네가 그 사람 도와 주는 것만큼, 꼭 그만한 크기의 도움이 언젠가 너에게 필요해지는 날이 올 거야. 그러면 지금 주었던 호의를 분명히 돌려받게 될 수도 있어. 그러니까 밑지는 거 없어. 그냥 주는 게 아니라 빌려주는 것뿐이라고 생각해, 나는."

그때나 지금이나, 나는 다 잘 결정한 일이라는 생각이 들었다.

─잘 됐지 뭐

나는 다시 대화창을 이용해 동현에게 말을 걸었다.

─야 그게 솔직히 얼마나 아프겠니. 네가 귀찮아서 안 하는
　것도 아니고 간호사들이 일처리를 제대로 못해서 그렇게
　된 거잖아. 너는 진짜 할 만큼 했어
─응 나도 지금은 뭐, 언제 내가 골수 이식을 생각했었나 싶다
─그래, 생각하지 말자

—너는 소설 쓰는 건 잘돼가?

—잘 되긴 개뿔. 쓰는 건 둘째 치고 소설 한 편 읽어본 지가
언제인지도 기억이 안 난다야

—왜? 일이 그렇게 바빠?

—야, 일이 바쁘면 내가 너랑 이러고 수다나 떨고 있겠니?
뭐 진짜로 바쁠 때도 있긴 하지만

—근데 왜 소설 안 써? 빨리 등단해야 된다며. 나도 빨리 작
가 친구 좀 한 명 가져보자.

초등학교 졸업과 동시에 미국으로 떠났던 동현을 다시 만난
건 2년 전 여름이었다. 그때 그는 군에 입대하기 위해 한국으로
돌아와 있었다. 그가 그렇게 들어오기 서너 개월 전부터 우리는
SNS 계정으로 소식을 나누고 휴대전화 어플로 대화도 종종 주
고받았다.

5학년 때 같은 반이었던 우리는 같은 미술학원에 다니고 있
었다. 수채화를 배울 때만 해도 학원에서 내가 제일 촉망받던
학생이었는데, 6학년이 되어 데생 수업을 받으면서부터는 동현
이 압도적으로 앞서나갔다. 그는 데생을 정말 잘했다. 어떤 석
고상이든 정물이든 놀라울 정도로 똑같이 그려내는 것이 정말
귀신같은 실력이었다. 나는 그런 동현의 데생 실력을 보고 기
가 죽어 더 학원에 나가기가 싫었다.

그렇게 데생을 잘하던 동현은 미국으로 가 예술학교에 입학했다. 그러나 그곳에서 그는 한동안 아무것도 그릴 수가 없었다. 그림을 그려 시험을 치르고 과제를 제출할 때마다 교사들로부터 매번 같은 평가를 받았기 때문이다.

"너는 네가 가진 선으로부터 벗어나야 한다."

동현은 그 말의 뜻을 이해할 수 없었다. 아무리 노력해도 매번 같은 평가만 돌아오는 것에 진력이 나 정말이지 모두 다 그만두고 한국으로 돌아오고 싶었다고 말했다.

"처음엔, 가장 그리고 싶은 것을 떠올리라고 말하고, 그다음에는 그렇게 떠올린 것을 절대로 그리지 말라는 거야. 그러다가 또 나중에는 무언가 그리겠다는 생각을 버리고 그림을 그리라는 거야. 아무것도 그리지 않는다는 생각으로 그리라고. 그게 말이 되는 소리니?"

십 년 만에 조우한 우리는 패밀리 레스토랑에서 크림 파스타와 치킨샐러드를 하나씩 시켜 나눠 먹은 뒤 후식으로 나온 녹차를 마시고 있었다. 그렇게 말하며 그는 잘 포장된 상자를 내 앞에 내밀었다. 얇고 넓적한 것이 그림이나 액자를 포장한 상자 같았다.

포장을 뜯어내고 상자를 열어보니 액자는 없이 캔버스에 그린 그림만 나왔다. 잿빛 배경에 검은색과 흰색, 붉은색 물감만 사용된 그림이었다. 그것은 하나의 커다란 나무였다. 느티나무

와도 같이 굵은 둥치는 사람의 얼굴로 이루어져 있었다. 환하게 웃는 표정이 흡사 하회탈 같기도 했다. 그런 그가 웃을 때 생기는 주름은 다시 나무의 결들로 이어졌다.

캔버스의 한가운데를 차지하고 있는 그 얼굴에서 머리털이 분분히 뻗쳐나갔다. 그 머리털은 나무의 가지가 사방으로 뻗친 모양과도 같았다. 그렇게 뻗어나가는 머리털, 그러니까 나뭇가지 하나하나 마다 아주 자그마한 사람들의 얼굴이 열매처럼 매달려 있었다. 어떤 사람은 너무 놀라 눈알과 혓바닥이 다 튀어나온 표정이고 어떤 사람은 눈물을 흘리며 울고 있고 어떤 사람은 머리에서 피를 흘리고 있는 식으로 열댓 명의 사람들이 서로 다른 표정을 짓고 있는 그림이었다.

"말하자면 이건, 내 첫 작품과도 같은 거야."

나는 그림에서 눈을 떼고 동현을 올려다보았다. 그는 이 그림의 제목이 「Hidden Instinct」라고 말했다.

"인스팅스가 뭔데?"

내가 물었다. 그러자 그는 조금 머뭇거렸다. 한국어로 표현할 만한 단어를 찾는 모양이었다.

"그냥, 재능이나 소질, 뭐 그런 거? 아니면 그냥 본능이나……"

"그래? 야, 근데 첫 작품이면 첫 작품이지 첫 작품 같은 건 또 뭐니."

나는 다시 그림을 바라보며 말했다. 손을 든 채로 소리를 지르고 있는 사람과 눈을 희번득하게 뜨고서 침을 질질 흘리고 있는 사람의 얼굴이 보였다. 동현이 이어 말했다.

"과제를 낼 때마다 제대로 된 점수를 못 받으니까 나중에는 너무 화가 나는 거야. 졸업시험이 코앞으로 다가와 있는데, 이제 진짜 모르겠다, 될 대로 되라, 하는 식으로 내팽개쳐두고 있었거든. 머릿속이 텅 비어서 정말 아무 생각도 할 수가 없었어. 너무 화가 났다가, 두렵기도 하다가, 어이없기도 하다가, 짜증나고, 우습고, 재수 없고, 우울하고, 뭐 그런 감정들이 며칠째 계속 이어졌어. 그러다 갑자기 그리게 된 거야. 말하자면 이건, 내가 아무것도 상상하지 않고 그린 첫번째 작품이라는 거지. 내가 진짜 이 그림 덕분에 간신히 중학교 졸업했다."

동현의 이야기를 들으며 나는 계속 그림을 바라봤다. 옆 사람을 무섭게 노려보고 있는 사람의 표정이 보였다. 나는 곧 문예창작과에 입학할 거라는 이야기를 꺼냈다. 그러자 동현은 "너는 항상 사람을 질투 나게 만든다니까"라고 말했다. 허, 하고 어처구니없는 웃음이 새어나왔다. 디트로이트에 있는 대학교에서 미술을 전공하고 있는 스물세 살의 남자가, 스물한 살에 겨우 고등학교를 졸업하고 2년 동안 놀기만 하다가 이제야 지방 전문대학에 들어가는 동갑내기 여자에게 질투가 난다니.

"야, 너 어디 다른 데 가서는 그런 소리 절대 하지 마라."

나는 정말이지 어금니를 꽉 깨물고 말했다. 그러자 그가 싱긋 웃으며 입을 열었다.

"나 원래 글 쓰고 싶었어. 기자가 꿈이었잖아. 기억 안 나?"

"장난하냐? 네 꿈을 내가 어떻게 기억해."

"뭐야, 너는 당연히 기억할 줄 알았지. 내가 너 땜에 미술학원 다니다가 그림에 낚여서 여태껏 이러고 있는 건데."

"내가 뭐 어쨌는데?"

"오학년 때 우리 영종도로 극기훈련 갔다 올 때 말이야. 인천으로 들어가는 배 안에서 우리 반 애들은 담임 선생님하고 같이 갑판 위에 있었잖아. 거기서 어떤 할머니가 새우깡을 팔고 있었고, 아이들은 너도나도 그걸 사서 갑판 난간에 매달려 허공 위로 던졌어. 그러면 갈매기들이 어디선가 구름같이 몰려들어서는 애들이 던지는 새우깡을 받아먹는 거야. 그때 선생님도 새우깡을 던지며 아이처럼 좋아했던 모습이 아직도 기억나."

나는 그런 일들은 하나도 기억나지 않았다. 수십 명의 아이들이 방에 쪼르르 누워 모두 똑같이 더러운 이불을 뒤집어쓴 채 잠들었다가, 새벽같이 일어나 묽은 된장국에 배추김치를 먹었던 기억만 났다. 밥을 먹고 나면 전교생이 일렬로 늘어서 수련원 뒤의 야산을 넘었고, 산을 넘고 내려와서는 점심으로 묽은 카레와 깍두기를 먹었다. 그렇게 점심밥까지 먹고 나면 수련원 한가운데의 운동장에서 전교생이 일렬횡대로 늘어서 '앉았다 일어섰다' '앞으로 구르기' '뒤로 구르기' '팔 벌려 뛰기'와 같은 훈련을 받으며 체력을 소모했다. 나는 그런 반복적인 운동이 싫어 제대로 따라하질 않고 어영부영하다가 자리에 그대로 주저앉아 인상을 찌푸리고 있었다. 그러면 우락부락한 근육질의 조교들이 몽둥이를 들고 다가와 내 등허리를 때리며 똑바로 하라고 명령했다. 나는 그 말에 잘 따르지 않았고, 나 하나가 제대로 안 한다는 이유로 우리 반 아이들만 토끼뜀을 백 번이나 더 뛰게 했다. 조교는 이것이 엄연한 단체 생활이고, 나 하나가 못하면 우리 반 전체가 다 못하는 것과 마찬가지니 내가 똑바로 할 때까지 훈련을 계속할 것이라고 말했다. 같은 반 아이들은 나에게 야유를 보내며 빨리 제대로 하라고 소리쳤고, 나는 그들의 원성에 못 이겨 어쩔 수 없이 하기 싫은 동작들을 따라 했다. 조교는 그런 나를 보고, "이런 게 사회생활이다"라고 말하며 씩 웃었다.

"그렇게 돌아오고 나서 있었던 미술 시간에, 선생님은 배와 갈매기의 풍경을 그리라고 말했어. 물론 너도 잘 그렸지만, 그때 채소연이 우리 학교에서 미술로는 짱이었잖아. 미술 시간이 끝나면 선생님한테 좋은 평가를 받은 그림들이 교실 뒤쪽 게시판에 걸렸어. 그 중에서도 가장 잘 그린 그림이 항상 게시판의 한가운데를 차지했지. 소연이 그림은 한 번도 게시판의 한가운데에서 벗어난 적이 없었어. 네가 그린 그림은 늘 그 옆에 있었고. 그래서 애들은 좋은 점수를 받으려고 채소연이 무언가 그리기 시작하면 그 스케치를 따라 하기 바빴고, 나도 그랬어. 그런데 처음으로 소연이가 아닌 네 그림이 한가운데에 걸린 거야. 그때 네가 그렸던 거 기억 나?"

"아니."

"게시판에 걸린 스무 개의 그림 중에, 열아홉 개가 다 똑같은 구도였어. 십육절지 스케치북을 가로로 둔 채 도화지의 오른쪽 하단에 선박이 떠 있고, 그 배의 갑판 위에 아이들이 서 있는 거야. 그 위로 갈매기들이 떠다녔고, 그 갈매기들에게 손을 뻗어 새우깡을 던지고 있는 아이들의 옆모습을 그려놓은 그림이었어. 그런데 한가운데 걸린 네 그림만 달랐어. 도화지를 세로로 두고 그린 그림이었는데, 도화지의 하단 삼분의 일 정도를 차지하는 부분에 배의 갑판만 살짝 드러나 있고, 새우깡이 마구 던져진 허공으로 갈매기들이 날아와 그것을 낚아채고 있었어. 그때 나는 주번이어서 선생님의 지시에 따라 게시판에 그림을 거는 일을 했는데, 그림을 다 걸고 나서 선생님이 했던 말이 아직도 기억나."

"뭐라고 했는데?"

"혜정이는, 정말로 자기가 본 걸 그렸구나, 라고 말했어. 그 말이, 어렸던 내게는 굉장한 충격이었어. 나를 비롯한 반 아이들이 그린 배와 갈매기가 있는 풍경은, 우리가 바라본 풍경이 아니었거든. 바다 한가운데에 떠 있는 배의 측면과 그 갑판에 선 아이들의 모습을 바라볼 수 있는 곳은 우리가 탄 배의 바깥이어야 하잖아."

"하지만, 꼭 눈에 보이는 대로 그리는 것보다는 상상으로 만들어낸 이미지를 그리는 게 더 대단한 일 아닌가? 나는 좀 단순하고 멍청해서 그렇게밖에 그리지 못한 것 같은데."

"야, 그게 어떻게 머릿속에 있는 이미지냐? 그냥 배와 갈매기가 있는 풍경화라고 하면 으레 그런 그림들이 많으니까 자기도 모르게 그런 걸 따라 그리게 된 거지. 아무튼 그때 채소연이 그걸 보고 얼마나 억울해했는지 너 기억 나? 그래서 걔가 자기 친구들 이용해서 너 막 따돌리고 그랬잖아."

"그랬나."

같이 점심을 먹고 등하교도 같이 하던 친구들이 어느 날 갑자기 나만 빼고 다니기 시작했던 게, 그래서였구나. 학교는 늘 그랬다. 함께 다니던 무리들로부터 한번 외면을 받기 시작하면 그 다음부터는 다른 어떤 무리와도 어울릴 수 없었다. 작정하고 다가서면 어울리지 못할 것도 없겠지만, 이미 삼삼오오 몰려다니는 동안 자기가 속하지 않은 다른 무리의 아이들과는 인사나 대화 한 번 나누지 않는 게 일반적인 학교생활이었다. 또한 다른 무리로부터 따돌림 당한 아이를 자신의 무리에 끼워준다는 사실이 10대의 아이들에게는 꺼림칙한 일이었다.

겨우 그림 한 장 때문에 한 학기 내내 대화 상대 한 명 없이 혼자 학교를 다녀야 했다니. 지나간 일이긴 하지만 다소 억울한 느낌이 밀려들었다.

"그래서 그때, 네가 그린 그림을 보고 너 다니던 미술학원에 등록한 거야. 나도, 너처럼 그리고 싶었어. 너와 같은 그림을 그리고 싶었다는 게 아니라, 나도 너처럼, 내가 바라본 세계를 그리고 싶었어."

동현은 그렇게 말하며 앞에 놓인 잔을 집어 녹차를 마셨다. 나도 잔을 입술에 갖다 댔다. 따뜻하고 떫은 맛. 나는 입술만 살짝 축이고는 잔을 내려놓았다. 동현이 계속 말했다.

"지금도 그 생각은 변하지 않았어. 다른 누구의 시선이 아닌 오직 나만의 눈으로 바라본 세계를 계속 그려나가고 싶어."

15 아이

　홍대입구역에서 만난 미연은 조금 피곤해 보였다. 눈동자에는 힘이 없고, 축 처진 어깨에 시선도 아래로만 향해 있었다.

　"무슨 일 있어?"

　나는 미연의 어깨를 툭 치며 물었다. 그녀는 아무런 대답도 하지 않았다.

　"일단 뭐 좀 먹을까?"

　홍익대 방향으로 걸으며 나는 계속해서 물었다. 마침내 그녀가 힘없이 대꾸했다.

　"아냐, 됐어. 와인 마시자며, 전에 일하던 가게로 갈 거야?"

　나도 그냥 대답하지 않고 걸었다. 홍대 앞에서 횡단보도를 건너려고 신호를 기다리고 있을 때 미연이 멍한 눈으로 말했다.

"나 어제 헤어졌어."

"또?"

나는 미간을 찡그리며 되물었다. 스무 살에 1년 정도 사귀다가 헤어진 애의 친구와 인연이 닿아 사귀고 있던 게 벌써 2년째였다. 그 2년 동안 둘이 몇 번이나 헤어졌다가 다시 만났는지는 기억도 제대로 나질 않았다. 신호등이 초록색으로 바뀌고, 우리는 다시 발걸음을 뗐다.

"이번에는 진짜야."

미연은 자존심이 조금 상했는지 신경질적인 말투로 말했다.

"알았어. 일단 가자. 가서 얘기하자."

나는 그렇게 말하며 그녀의 팔을 잡고 서둘러 걸었다.

라포레 건물 앞에 도착했을 때 나는 미연을 잠시 길가에 세워두고 혼자서 인형가게로 들어갔다. 남자는 여전히 분홍색 커튼 뒤의 작업실에서 인형을 손보고 있었다.

"저기요."

나는 남자를 불렀다. 이내 그가 인형을 내려놓고 오른손으로 커튼을 젖히며 밖으로 나왔다.

"안녕하세요. 잘 지내셨어요?"

남자는 또 뭐라 대답해야 할지 몰라 하는 표정이었다. 나는 그의 대답은 듣지 않고 빠르게 이어 말했다.

"이따가 혹시 시간 좀 있으세요? 저 친구랑 위에서 아홉시까지 술 마실 건데요, 여기 문 닫기 전에 잠깐 들러도 될까요? 아, 그리고 저 오빠 전화번호 좀 알려주세요."

그렇게 말하며 나는 내 휴대전화의 잠금 화면을 풀어 그에게 넘겨주었다. 그는 고개를 숙이고 내 휴대전화에 자신의 번호를 꾹꾹 눌렀다. 다시 전화기를 돌려받고 나는 통화 버튼을 눌러 남자의 휴대전화 벨소리가 울리는 것을 확인한 뒤 전화를 끊었다.

"제가 이것저것 여쭤보고 싶은 게 좀 있거든요. 몇 가지 질문거리를 좀 적어와봤는데, 이따가 간단히 대답해주실 수 있죠? 작업하시는 거 방해될까 봐 일부러 가게 끝나는 시간 맞춘 건데…… 그럼 이따가 봬요."

나는 그렇게 말하고 인형가게를 빠져나왔다. 그러고는 미연과 함께 승강기를 타고 3층으로 올라갔다. 바 안에는 아직 손님이 하나도 없었다. 라포레가 가장 붐비는 시간은 저녁 9시에서 11시 사이였다. 직원들은 이제 막 식사를 마쳤는지 밥 먹은 자리를 정리하고 있었다. 미정 언니는 홀로 창가 쪽 자리에 앉아 담배를 태우며 유리창 밖을 내려다보고 있었다. 나는 미연을 끌고 미정 언니가 있는 자리에 가 앉았다. 언니는 별로 놀라지도 않고 "왔어?"라고만 물었다.

"알바생들 일하는 것 좀 도와주고 그래라. 만날 밥 먹고 혼자 담배만 태우고 앉아 있지 말고."

나는 언니의 담뱃갑에서 담배 한 개비를 꺼내 불을 붙이며 말했다. 언니는 담배 연기를 내뿜으며 빠른 말투로 쏘아붙이기 시작했다.

"이 년이 어디서 언니한테 잔소리야. 어쭈, 너 이제 알바 안 한다 이거야? 이리와 너, 내 담배 내놔."

"아우, 치사하게 담배 한 개비 갖고 또 그런다. 미연아, 얼른 앉아. 언니는 좀 일어나. 나 친구랑 마주보고 앉게."

미연은 그때까지도 내 옆에 멀뚱히 서 있었다. 미정 언니는 다 태운 담배를 재떨이에 비벼 끄고는 명령하듯 말했다.

"야, 너 오늘 말벡 마셔라."

"말벡? 그거 레드 아니었나? 미연이 빌라엠 밖에 못 마시는데."

빌라 뮈스까뗄이라는 이름의 이태리산 화이트 와인을 흔히들 '빌라 M'이라고 불렀다. 특유의 단맛에 탄산까지 들어 있어 식후에나 마시기 좋은 와인이었다. 그러나 평소 술을 잘 마시지 못하던 미연이 이 빌라 엠만큼은 무척 맛있다며 줄줄이 들이켤 정도여서 종종 함께 마시곤 했다.

나는 미정 언니와 미연을 번갈아 보며 말했다. 언니는 자리에서 일어났고, 미연은 언니가 앉았던 자리에 앉으며 말했다.

"나 아무거나 다 괜찮아."

미연이 말하자 미정 언니가 다시 덧붙였다.

"어제 어떤 개새끼가 말벡을 시키더니 테이스팅을 하고서는 맛이 이상하다고 다른 거 가져오라는 거야. 내가 진짜 그 새끼 한 대 칠까 하다가 참았다. 아무튼 그거 그냥 줄 테니까 안주나 하나 시켜서 같이 먹어."

7만 원이나 하는 와인 한 병을 공짜로 내어준다니 아쉬울 건 없지만 깊고 묵직한 맛의 아르헨티나 와인 말벡을 미연이 한 잔이나 제대로 마실지 걱정이 앞섰다.

"야, 너 그거 좀 강한데 괜찮겠어?"

"응. 나 오늘 혼자서 한 병도 다 마실 수 있을 것 같아."

미연은 문제없다는 듯 블라우스 소매를 걷으며 이어 말했다.

"언니, 저 얼음물도 좀 주세요."

미정 언니는 미연의 말에 대답하며 다시 물었다.

"그래. 안주는 뭐 먹을래?"

"너, 뭐 밥 되는 거 먹을래?"

나는 핏기 없는 얼굴의 미연을 바라보며 물었다. 아침도 항상 안 먹는 애인데, 오늘은 점심도 제대로 먹지 않은 것 같았다.

"뭐라도 좀 먹어야지. 속상하다고 어떻게 밥을 안 먹어?"

"나 별로 생각 없는데."

미연은 시큰둥하게 대답하고는 미정 언니에게 말했다.

"우선 카프레제만 하나 주세요."

하긴 뭐, 하루이틀 일도 아닌데 구태여 챙겨주고 걱정할 필요가 없긴 했다. 우리는 알바생들이 가져다 준 와인을 서로의 잔에 채운 뒤 가볍게 맞대고 건배를 했다. 미정 언니가 내 준 와인은 입안에 퍼지는 향이 달고 감미로우나 뒷맛이 무척 세고 독했다. 미연은 겁도 없이 첫 잔부터 와인을 벌컥벌컥 들이켜더니 이내 절반도 다 못 마시고 잔을 내려놓으며 인상을 구겼다.

"야, 천천히 마셔. 이거 독하다니까."

이어 주문했던 안주가 나왔다. 나는 얇게 썰린 모차렐라 치즈에 발사믹 식초와 올리브오일을 듬뿍 발라 미연에게 넘겨주며 건성으로 물었다.

"이번엔 또 무슨 이유인데?"

미연은 치즈를 입안에 넣고 오물거리다가 짜증스럽게 대답했다.

"몰라. 이유가 없대. 나랑 사귄 지 백 일쯤 됐을 때부터 생각해왔대. 그럼 그때 말하던가, 이제 와서 말하는 건 뭐야? 나랑 있으면 늘 자기 자신을 속이는 기분이 들었대. 자기 인생을 송두리째로 속이고 있는 것 같대. 자꾸 그렇게 알 수 없는 소리만 내뱉으니까 더 답답하고 화가 나서 미칠 것 같아."

그렇게 말하며 와인을 들이켜던 미연은 꼭 금방이라도 울 것 같은 표정이 되어 다시 말했다.

"나 정말 어떡하지 혜정아? 나 걔 없으면 아무것도 못하는 거 알잖아."

"못하는 거 뭐. 뭘 그렇게 못 하는데."

어차피 매번 해대는 똑같은 소리였다. 나는 건성으로 대꾸하며 이틀 전부터 구상해놓은 소설의 내용을 되짚어 보았다. 소설의 제목은 「아이」. 이십대 후반의 여주인공은 허름한 건물의 지하에 창고에 세를 얻어 구체관절인형을 제작하는 작업실로 사용하고 있다. 주인공은 인형을 살아 있는 하나의 생명이라고 생각하며 완성된 인형에게는 고유한 이름을 붙여 자신의 아이와 같이 대했다. 그렇게 완성된 아이들은 온라인 거래를 통해 입양시켰다. 아이를 원하는 오너들은 그녀의 사이트에 올라온 사진을 보며 입양을 신청하지만, 택배로 배송하는 일 따위는 하지 않았다. 오너가 직접 와서 돈을 지불하고 아이를 데려가는 입양 절차를 꼭 거쳐야 하는 것이다.

그녀의 인형가게는 차츰 입소문을 타기 시작했다. 그러자 인터넷 사이트를 거치지 않고 바로 가게로 찾아와 아이를 입양해 가는 식의 거래가 늘어나고, 그녀는 작업실 한쪽에 판매용 진열대를 만들어 아이들을 전시해두었다. 그리고 점점 늘어나는 일거리에 아르바이트생을 쓰기로 한다. 그렇게 해서 고용하게 된 사람은 스무 살의 남자. 그는 자기도 기술을 배워 아이를 제작해보고 싶다고 말하며 비교적 적은 시급을 받으며 일을 하기 시작하는데……

"나 진짜 하루도, 한 시도 제대로 못 살겠어. 혜정아, 나 이제 어떡하면 좋지? 나 정말 어떻게 살아야 할지 하나도 모르겠어……"

그렇게 말하는 미연은 정말로 울 것 같았다. 예전에는 미연이 이렇게 말할 때 "야, 너무 상심하지 마. 솔로도 나쁘지 않아. 너 혼자서 할 수 있는 일들이 점점 늘어나고, 자유롭고, 자립심도 생기잖아. 좋게 생각하자"라고 말하며 위로해주었지만 다 쓸데없는 짓이었다. 미연은 어떻게든 다시 남자 친구의 마음을 돌려 돌아오게 만들어야만 하는 애였다. 그러다 다시 이별하게 되었을 때에도 똑같은 소리를 내뱉었다. 이제는 진짜 그녀가 원하는 이야기를 해주어야 할 차례였다.

"다시 잡아. 잡으면 분명히 돌아올 거야."

"나도 이제 정말 지쳤어. 자존심도 너무 많이 상했고."

"그러면 다른 남자 만나. 누구를 만나도 너한테 그 정도는 해줄 거야."

그렇게 말하며 나는 잔을 집어 와인을 조금 들이켰다. 그러고 잔을 내려놓는데 미정 언니가 연어 카나페와 샌드위치가 담긴 접시를 들고 다가와 내 옆자리에 앉았다. 언니는 접시를 테이블 위에 놓으며 좀 먹으라고 말했다. 미연에게 샌드위치 한 조각을 집어주고 나는 카나페를 집어 한입에 넣었다. 미정 언니는 투명한 유리잔에 레몬 조각이 든 칵테일을 마시고 있었다.

"뭐야? 진앤토닉?"

나는 입안에 든 카나페를 오물오물 씹으며 물었다. 언니는 "응"하고 대답했다.

"너, 개주연은 만났냐? 취재 잘 했어?"

언니는 칵테일 잔을 내려놓고 물었다. 나는 언니의 담뱃갑에서 담배 두 개비를 꺼내 하나는 언니의 입에 물려주었다. 언니는 라이터로 내 담배에 먼저 불을 붙여 주고 자신의 담배에도 불을 붙였다. 나는 담뱃불을 깊게 빨아들이고 나서 연기를 훅 내뱉은 뒤 대답했다.

"안 그래도 오늘 저녁에 다시 좀 가볼라고. 인형 만드는 정확한 순서랑, 인형을 사가는 사람들에 대해서 알아봐야 하거든."

이 소설의 승부수는 인형을 만드는 과정을 디테일하게 묘사해내는 데 있었다. 눈앞에 펼쳐지듯 세밀하고 정확한 묘사로 원고지 30매 정도는 너끈히 채워야 할 것이다.

"그래? 그 새끼 근데 말은 좀 똑바로 하디? 하긴 뭐 지 전공도 제대로 대답 못하면 진짜 병신이지 그게 사람이냐."

"어. 뭐 이것저것 이야기해줬는데, 그 오빠, 생각보다 아는 것도 많고 똑똑하더라고."

"뭐? 정말? 그 새끼가 똑똑해?"

언니는 담배 연기를 켁켁 뱉어내며 물었다.

"아니 뭐, 보기보다는 그렇다고. 말을 너무 더듬고 횡설수설해서 그렇지…… 말하는 내용은 확실히 좀 남다른 것 같아."

"어휴, 횡설수설이라도 말이나 제대로 하면 다행이지. 나는 보고만 있어도 속이 터져서 원."

"사람이 좀 소심하고 내성적일 수도 있는 거지 뭐. 너무 색안경 끼고 보지만 마."

"좀 소심? 내성? 야, 소심한 것도 심하면 병이다 그거. 그리고 원래 내성적인 사람들이 더 무서운 거 몰라? 나처럼 평상시에 다 내뱉고 사는 사람들은 마음에 쌓아두는 응어리 같은 게 없지만, 내성적인 사람들은 꼭 평소에 말 안 하고 있다가 어느 한순간에 그게 폭발해서 괴물이 되어버리는 거야. 그래서 아무것도 아닌 일에 갑자기 괴성 지르고 다 때려부수는, 그런 거 다 소심하고 내성적인 사람들이나 하는 거라고. 내가 진짜 성질 더럽고 거칠어 보여도 집에서는 바퀴벌레 한 마리도 제대로 못 잡고 설설 기는 사람이야. 나도 알고 보면 연약한 여자라니까."

"언니, 나한테는 괜찮은데, 어디 다른 데 가서는 그런 말 절대 하지 마. 사람들이 언니 비웃어."

나는 그렇게 말하며 킥킥 웃었다. 언니는 "이게 근데 진짜 죽으려고" 하며 담뱃불을 끄더니 내 목을 마구 조르는 시늉을 했다. 나는 조금 켁켁대다가 언니의 손을 풀고 자리에서 일어났다.

"화장실 좀 다녀올게. 둘이 놀고 있어."

그렇게 말하며 나는 가방에서 휴대전화를 꺼냈다. 휴대전화에는 부재중 전화 표시가 나타나 있었다. 나는 화장실로 걸어가며 발신번호를 확인해보았다. 인형가게 남자 주연이었다. 전화는 무려 스물여덟 번이나 걸려와 있었다. 연구실에서 진동 상태로 설정해두고는 지금껏 그대로 가방에 놔둬 모르고 있던 것이다.

나는 화장실로 들어가 전화를 걸었다. 제목을 알 수 없는 고전음악의 선율이 흘러나왔다. 1분이나 기다렸지만 그는 전화를 받지 않았다. 뭐지. 그러고는 양변기 위에 앉아 있는데 휴대전화 벨소리가 울렸다.

"네. 주연 오빠?"

"아, 저, 나……"

"네? 뭐라고요? 여기 화장실이라 잘 안 들리는데. 크게 좀 말해주실래요?"

"저기, 저…… 술, 그러니까, 좀, 일찍……"

뭐라는 소리인지 알아들을 수가 없었다.

"저기요, 오빠. 무슨 급한 일 있어서 전화하신 거 아니에요?"

"제가…… 요. 지금, 오늘……"

"오빠, 저 지금 나가야 되니까요 그냥 문자로 보내주실래요? 아니면 이따가 제가 잠깐 내려가든지 할게요. 끊어요."

그렇게 말하며 나는 전화를 끊었다. 도대체 무슨 급한 일이라고 스물여덟 번이나 전화를 했던 걸까. 게다가 먼 거리도 아니고, 어디에 있는 줄 모르고 있는 것도 아니고, 그렇게 전화를 할 정도라면 그냥 잠깐 올라와서 이야기하면 될걸 웬 전화를 그렇게나 많이 했던 걸까. 변기에서 일어나 청바지의 단추를 여미는데 문자 알림이 울렸다. 나는 문자를 확인하며 변기 물을 내리고 밖으로 나왔다.

　—오늘 술 한잔할 수 있을까요?

　뭐야 정말. 이 말 한마디 하려고 스물여덟 번이나 전화를 걸었다니. 아무래도 좀 이상하긴 했다. 나는 확인 단추를 누르고 답장을 쓰기 시작했다.

　—네 그럼 저 아직 삼층에 있으니까 이따가 여기로 올라오
　세요.

　전송 단추를 누르고 나서 나는 세면대의 물을 틀어 손을 씻고 화장실 밖으로 나왔다. 그리고 자리에 가 막 앉으려는데 다시 문자메시지가 도착했다.

　—밖에서 따로 한잔 살게요.

나는 소파에 앉아 그럼 이따가 친구와 함께 내려가겠다고 답장을 보내고 앞에 놓인 와인을 마셨다. 미정 언니가 누구냐고 물었다.

　"그, 주연 오빠."

　"뭐래?"

　"아니, 부재중 전화가 스물여덟 번이나 와 있더라고. 웬일인가 싶어서 전화했더니 안 받다가 다시 전화가 왔는데 뭔 소린지 횡설수설하기에 문자 보내라고 했지. 이따가 술 한잔 산대. 언니, 설마 그 말 한마디 하려고 스물여덟 번이나 전화했던 걸까?"

　"야, 그 새끼 진짜 재수 없다."

　언니는 그렇게 말하며 진앤토닉을 단숨에 들이켰다.

　"미친 새끼. 만날 여기 와서 밥 처먹고 가면서 고맙다는 말 한 번 안 하는 새끼가, 뭐? 너한테 술을 사? 야, 그럴 돈 있으면 애들 먹으라고 빵이나 아이스크림이라도 한번 사갖고 와야 되는 거 아니야? 동생들 간식 사줄 돈은 없고, 여자한테 술 살 돈은 있대?"

　"에이, 같이 술 마실 사람이 없었나 보지 뭐."

　나는 그렇게 말하며 와인 병을 집어 잔에 부었다. 겨우 두세 모금 정도의 와인만 흘러나왔다. 나는 미연을 쳐다봤다.

　"너 설마 이거 다 마셨어?"

　미연은 아랑곳없이 자기 잔에 남아 있던 와인을 쭉 들이켜고 나서 말했다.

"내가 한 병 더 살게."

"어머 얘가 미쳤어. 야, 돈이 문제가 아니라, 너 이게 얼마나 독한데."

"나 멀쩡하거든."

"야, 지금만 괜찮지. 삼십 분만 지나봐. 술기운 확 올라와."

"됐어. 내가 만날 자제해서 먹으니까 그렇지, 나 원래 술 세."

미연은 500시시 맥주 한 잔도 혼자서 다 못 마시는 애였다. 절반 정도도 못 마시고 어지럽다고 말하며 남자 친구를 불러내던 모습이 아직도 눈에 선했다. 다시 휴대전화의 메시지 알림이 울렸다.

—그냥 지금 오셔도 됩니다.

나는 확인 단추를 누르고 시계를 들여다보았다. 8시 반이었다. 미연이 계속 술을 한 병 더 주문하겠다며 와인 목록을 들여다보기에 나는 서둘러 그것을 빼앗았다.

"뭘 또 그걸 보고 있어. 그만 나가자."

"어디?"

"밑에 인형가게 남자가 술 산대. 같이 가자."

나는 그렇게 말하며 주섬주섬 가방을 챙겼다. 미정 언니가 짜증스런 말투로 다시 끼어들었다.

"야. 너 걔랑 꼭 술을 마셔야겠냐?"

"술 한잔 하는 게 뭐 큰일이라고 그래."

미연도 자리에서 일어나 가방을 챙겼다. 나는 미정 언니에게
잘 마셨다고 말하고 카운터로 가 계산을 치렀다. 그러고 나서
미연을 데리고 1층으로 내려가 보니 인형가게의 문이 이미 닫
혀 있었다. 주인 남자는 가게 앞에서 휴대전화기를 붙잡고 누
군가와 통화를 나누고 있었다. 내가 먼저 손을 들어 알은체를
하자 그는 잠시만 기다려달라고 손짓한 뒤 뒤돌아서 통화를 계
속했다. 미연은 어두운 인상의 나이 많은 남자와 술을 마시는
게 영 내키지 않는 모양이었다. 뾰루퉁한 표정으로 혼자 팔짱
을 끼고 서서 남자를 위아래로 훑어보기만 했다.

"잠깐이면 돼. 저 사람이 사준다니까, 한잔만 마시고 가자."

그렇게 말하며 나는 가방을 뒤적여 반으로 접어놓았던 A4 용
지 꾸러미를 열었다. 다섯 장의 용지에 질문을 각각 하나씩 입
력해 출력해 온 것이다. 나는 용지를 한 장씩 넘겨보며 질문들
을 다시 읽어 보았다.

1. 인형의 제작 과정

2. 제작 과정 중 가장 신경을 많이 쓰는 부분 (혹은 가장 중요한 부분)

3. 처음 아이를 접하게 된 계기

4. 아이를 입양한 오너 중 가장 기억에 남는 사람

5. 제작한 인형 중 가장 마음에 남는 아이

　간략하게 받아 적은 뒤 구체관절인형과 관련된 홈페이지나 블로그를 검색해 좀더 자료를 찾아 덧붙이면 인형의 제작 과정을 묘사하는 데는 큰 무리가 없을 것 같았다. 그러고는 사물에 생명을 불어넣는, 그 긴장되고 생생한 과정을 문장으로 묘사하는 일에 전력을 기울이고 싶었다.

　술 마시러 가기 전에 질문을 먼저 마무리 짓고 싶은데, 남자는 계속 전화 통화만 해대고 있었다. 팔짱을 끼고 서 있던 미연도 슬슬 짜증이 나는지 눈을 잔뜩 치켜뜨고는 남자와 나를 번갈아 쏘아봤다. 나도 남자에게 다가가 무슨 말이라도 좀 걸어보고 싶었다. 하지만 전혀 친한 사이도 아닌 데다가, 따지고 보면 내가 도움을 받아야 하는 입장인데 전화 좀 빨리 끊어라 마라 하는 말은 할 수가 없었다.

　"조금만 기다려봐. 나도 지금 짜증나. 그러게 아홉시에 보자니까 왜 사람 일찍부터 불러내놓고 전화질이야."

　나는 그렇게 말하며 애써 미연을 달랬다.

　"뭐야 저 사람…… 맘에 안 들어. 그냥 우리끼리 놀면 안 돼?"

　"내가 저 인형 때문에 이것저것 물어볼 게 좀 있어서 그래. 간단히 한잔하면서 물어보고, 그 다음에 나와서 우리끼리 놀든가 하자."

우리는 계속해서 남자가 전화를 끊기만을 기다렸다. 그는 무려 20여 분이나 지나고 나서야 전화를 끊고 나에게 다가왔다. 그러고는 머리를 긁적이며 쭈뼛쭈뼛 입을 열었다.

"저기, 내, 제가…… 아는…… 형님이 한 분 오신다고 하는데……"

"네?"

나는 정말로 짜증이 났다. 미연은 고개를 돌리고 남자에게도 들릴 듯 말 듯한 목소리로 "뭐야……" 소리를 냈다. 남자가 이어 말했다.

"괘, 괜찮은지……"

이미 오기로 했다면서 이제와 괜찮은지를 묻는 건 또 뭐냐고 말할까 하다가 참았다. 나는 미연을 돌아보았다. 미연은 짜증이 잔뜩 난 표정으로 하이힐 굽을 바닥에 부딪치며 딱딱 소리를 내고 있었다.

"언제쯤 오시는데요? 지금 바로 오는 거 아니면 우리끼리 가서 일단 자리 잡고 있을까요?"

그렇게 물으며 나는 미연을 끌고 큰길가로 걸어 나갔다. 남자도 조심스럽게 따라오고 있었다. 나는 삼거리에서 뒤돌아서 남자에게 말을 걸었다.

"어디로 가실 거예요?"

"그냥 뭐…… 괜찮으신 데 아무 데나, 저는, 다……"

나는 고개를 돌리고 공연히 미연에게 대고 중얼거렸다.

"어휴, 속 터져……"

나는 다시 남자를 돌아보고 큰 소리로 말했다.

"그럼 일단 놀이터 쪽으로 가요."

그렇게 말하며 우리는 길을 건넜다. 그리고 홍익대 맞은편의 놀이터 자리를 지나 조용한 일식 주점으로 들어갔다. 남자는 메뉴판을 들춰보더니 사케를 마시자고 했다. 나는 얼음이 잔뜩 들어간 차가운 사케를 벌컥벌컥 들이켜고 싶었다. 메뉴판에는 히라가나의 발음을 한국어로 옮겨 적은 사케의 종류가 스무 개도 넘었다. 남자는 그것을 제대로 보지 않고 직원을 부르더니 가장 흔한 사케의 종류를 물었다. 직원이 추천해주는 것을 큰 잔으로 세 개 주문하더니 "안주는……" 하고 물어 왔다. 나는 기다릴 것도 없이 "어묵탕이요"라고 말하고, 미연에게 "괜찮지?" 하고 물었다. 미연은 고개를 끄덕였다. 그러고 나는 한 잔만 차가운 사케로 준비해달라고 직원에게 부탁하고는 먼저 나온 얼음물을 마셨다. 이내 직원이 삶은 콩과 함께 커다란 잔에 담긴 사케를 내왔다. 나는 잔에 담긴 차가운 사케를 곧바로 쭉 들이켰다. 남자와 미연의 잔에서는 김이 모락모락 피어오르고 있었다.

"이쪽은 저랑 고등학교 동창인 최미연이고요…… 미연아,

인사 좀 해. 그리고 이쪽은 아까 대충 봤지? 인형 만드시는 박
주연 오빠라고⋯⋯"

　미연은 말없이 나를 멀뚱하게 쳐다봤고, 남자는 주섬주섬 자
신의 호주머니를 뒤지기 시작했다. 여간 어색하고 민망한 자리
가 아닐 수 없었다. 나는 일없이 사케만 자꾸 들이켰다. 남자
가 호주머니에서 꺼내어 주는 건 명함이었다. 나는 명함을 받
아들고 하나는 미연에게 넘겨줬다. 분홍색 배경에 흰색 글자로
'I DOLL STAR'라는 로고가 크게 박혀 있었다. 그 밑으로 '인형
사(人形師)'라는 글자와 그의 이름, 연락처, 가게 주소와 온라인
사이트 주소가 함께 적혀 있었다.

　"인형사, 라는 말, 원래 우리말 아니지 않아요?"

　나는 명함을 앞뒤로 돌려보며 물었다. 명함 뒤쪽은 흰색 배
경에 분홍색 글자로 똑같은 내용이 인쇄되어 있었다. 그가 다
시 더듬거리며 대답했다.

　"그게, 저, 원래⋯⋯ 일본식⋯⋯ 말 같기는 한데요⋯⋯ 저
기, 식사는 하⋯⋯"

　"밥이요? 저희는 원래 저녁 잘 안 먹는데, 아직 안 드셨어요?"

　남자는 다시 머리를 긁적이며 난처한 표정을 지었다. 아마도
여태 저녁을 먹지 않은 모양이었다.

　"아니, 안 드셨으면 밥집으로 가자고 하시지 그러셨어요?"

　나는 조금 다그치듯 물었으나 남자는 별다른 대답 없이 테이

블에 놓인 삶은 콩만 하나씩 집어 먹었다. 그러고는 아이처럼 오물오물 씹으며 계속해서 무언가 말할 것처럼 웅얼거렸다. 나는 더 이상 아무 이야기도 하고 싶지 않았다.

나는 가방에서 지갑을 꺼내 그의 명함을 집어넣고 다시 가방을 뒤적여 미리 준비해 둔 질문지와 필통을 찾았다. 그것들을 꺼내 테이블 위에 펼쳐놓으려는데 남자의 휴대전화 벨소리가 울렸다. 남자는 전화를 받더니 이곳의 위치를 설명해주기 시작했다. 아마도 함께 자리한다던 그 '형님 한 분'인 모양이었다.

"예, 형님. 아 네, 그러니까요…… 아니…… 요. 그러니까…… 기다리, 네네, 여기가 그러니까 놀이터…… 에서 요……"

계속 그렇게 설명하다가는 사람 하나 잡지 싶었다.

"이리 주세요."

그렇게 말하며 나는 남자의 휴대전화기를 빼앗았다.

"아 네, 안녕하세요. 저 주연 오빠 일행인데요. 지금 계신 위치가 어디세요? 홍대 정문이요? 네 그럼 거기서 커피숍 등지고 횡단보도 건너시면 놀이터 하나 나오잖아요. 네 맞아요. 그 놀이터 지나서 오른쪽으로 꺾어 걸어오시면 주차장 길 나오죠? 네, 그럼 거기 사거리 지나 걸어오시면 두번째 골목에 있는 주점인데, 잠깐만요, 여기 이름이 뭐였지?"

나는 미연과 남자를 번갈아가며 물었다. 간판이 붙어 있지 않았던 데다가 서까래 밑에 히라가나로만 무언가 적혀 있던 기억이 났다. 둘 다 대답이 없어 나는 다시 휴대전화를 얼굴에 대고 말을 이었다.

"저기요, 그러면 주차장 사거리까지는 찾아오실 수 있으세요? 네. 그럼 제가 그쪽으로 나갈 게요, 거기 계세요."

나는 그렇게 말하고 전화를 끊었다.

"오빠 전화기 좀 가지고 나갔다 올게요."

그리고 남자가 뭐라고 말하기도 전에 자리에서 일어섰다. 그러자 미연이 같이 가보자며 따라 일어섰다. 그 옆에서 남자는 안절부절 못하는 자세로 엉거주춤 서 있었다. 나는 미연에게 기다리라고 말할까 하다가 그냥 같이 나가기로 했다.

"금방 다녀올게요. 어묵탕 나오면 먼저 드시고 계세요."

그렇게 말하고 나는 미연을 데리고 가게를 빠져나갔다. 미연은 나를 따라오며 계속 "뭐야 저 사람 진짜 이상해. 말도 똑바로 못하고"라고 빈정대며 투정을 부렸다.

"야, 나도 답답해 죽겠거든. 어휴, 내가 가는귀가 먹은 건가. 작게 말할 거면 더듬거리지를 말든가, 더듬거릴 거면 좀 크게라도 말하든가."

말은 그렇게 했지만 아무리 그래도 술 마시는 사람들로 북적이는 주점에 혼자 두고 나온 게 조금 마음에 걸렸다. 나는 서둘러 노래방 쪽으로 걸었다. 길가 모서리에 도착해 만나기로 한 남자를 기다리는데, 좀체 남자가 보이질 않았다. 미연은 짜증을 내며 전화 좀 해보라고 말했다.

전화를 걸어보니 남자는 놀이터를 지나서 오른쪽으로 꺾는다는 게 놀이터를 끼고 오른쪽으로 돌아 골목을 헤매고 있는 모양이었다. 나는 미연에게 여기서 기다리라고 말하고 놀이터 방향으로 뛰어갔다. 자꾸만 발이 빨라지더니 나도 모르게 전력을 다해 달리게 되었다. 순식간에 놀이터 앞에 도착해 주위를 두리번거렸으나 길가에 서 있는 사람들 중 누가 그 남자인지 알 수가 없었다. 나는 다시 전화를 걸었다.

"어디 계세요? 저요? 저 지금 놀이터 안 화장실 앞이거든요. 저요? 저 그냥 청바지에 검은색 티셔츠요. 이쪽으로 오고 계세요?"

그렇게 말하며 나는 주위를 두리번거렸다. 휴대전화기를 귀에 댄 채 나를 향해 다가오는 남자는 대머리에 동그란 안경을 쓰고 물이 다 빠진 검은색 카디건을 입고 있었다. 나는 인형사 남자의 휴대전화를 귀에서 떼고 통화종료 버튼을 눌렀다. 일제 강점기에나 유통됐을 법한 아주 작고 동그란 안경테였다. 그 사람 옆으로는 청바지에 체크무늬 남방을 입고 카우보이모자를 쓴 갈색 피부의 외국인이 딸려 있었다. 나는 둘에게 고개를 까딱해 보이며 목인사를 했다.

"아유, 반갑습니다."

그렇게 말하는 대머리 남자는 얼핏 봐도 쉰 살 가까이는 되어 보였고, 위쪽 앞니가 모두 빠져 있었다. 남자가 내게 손을 내밀었지만 나는 잡지 않고 다들 기다리니 서둘러 가자고만 말했다. 밤이라 서늘한 바람이 불었다. 그 바람 속에 외국인 남자에게서 나는 암내가 따라오는 듯했다.

나는 조금 앞서 잰 걸음으로 뛰듯이 걸었다. 뒤에 있는 두 사람이 신경 쓰이지 않는 건 아니지만, 알아서 쫓아오겠지 싶었다. 미연은 여전히 사거리에 서서 몸을 오그리고 있었다. 미연이 나를 보더니 표정이 차갑게 굳었다. 아마도 내 뒤를 따라오는 남자들을 본 모양이다. 나는 그 사람들을 미연에게 소개도 시켜주지 않고 얼른 주점 안으로 들어갔다.

안으로 들어가 보니 인형사 남자는 사케를 벌써 두 잔이나 비워두고 있었다. 그리고 어묵탕에는 아직 손도 대지 않은 채였다. 대머리 남자가 인형사 남자의 옆에 앉고, 갈색 피부의 외국인은 간이 의자를 가져다가 테이블 모서리에 앉았다. 나는 자리에 앉으며 입을 열었다.

"식사도 안 하셨다면서, 왜 빈속에 술만 드셨어요. 먼저 좀 드시지"

그렇게 말하며 나는 직원을 불러 사케 두 잔과 해물 오코노미야키를 추가로 주문했다. 내 말을 들었는지 말았는지 남자는 여전히 어눌한 표정으로 쭈뼛거리다가 대머리 남자와 이야기를 나누었다. 그러나 나는 둘의 대화를 도무지 알아들을 수가 없었다.

인형사 남자는 정말로 배가 고팠는지 오코노미야키가 나오자 순식간에 혼자서 한 판을 다 먹어치웠다. 그리고 대머리 남자는 무슨 일을 하는 사람인지 좀체 자신에 대해 얘기하지 않았다. 그저 도가 어떻네 철학이 어떻네 하며 잘난 체 하기에만 바빴다.

흑갈색 피부의 외국인은 파키스탄 남자라고 했다. 유창한 한국어 실력으로 자신을 소개하며 비즈 사업을 하고 있다고도 말했다. 어딘가 모르게 낯익은 모습이 어쩌면 이대 앞 골목길에서 가판을 늘어놓고 액세서리를 파는 장사치가 아닐까 싶었다. 그런 그는 자꾸만 "내가 외국인이라서 그래?" 혹은 "지금 내가 외국인이라고 그러는 거야?"라는 식의 혼잣말을 내뱉었다.

어눌한 말투의 인형사와 앞니가 빠진 대머리 철학자, 자격지심으로 가득 찬 외국인 장사치까지, 참 대단한 만남이었다. 나는 잔에 반 정도 남아 있던 사케를 한꺼번에 다 들이켜고 나서 수저로 어묵 국물을 조금 떠먹었다. 미연은 뜨거운 사케를 벌써 세 잔째 마시고 있었다.

"얘가 미쳤어. 야, 너 오늘 웬 술을 이렇게 마셔?"

미연은 괜찮다는 손짓을 해보이며 계속해서 더 마실 수 있다고 말했다. 나는 그만 나가자고 말하며 미연의 팔을 잡고 일어섰다. 그러자 미연은 내 손을 뿌리치고 말했다.

"야, 양혜정. 잘난 체 좀 그만해. 너만 술 잘 마시는 줄 알아? 나도, 나도 술 마실 줄 안다고."

미연은 이미 취해 있었다. 대머리 남자가 미연에게 말을 걸었다.

"미연씨, 제가 이차 살 테니까 우리 다른 데 가서 더 마십시다."

"어머, 진짜요? 우리 그럼 와인 마시러 가요."

그러자 모두들 짐을 챙겨 자리에서 일어나 이차를 가자고 말했다. 더 할 말이 없었다. 당장이라도 가방을 싸서 집으로 가버리고 싶지만 아무리 그래도 낯선 남자들 틈에 미연을 놔두고 가버릴 수는 없어 나도 자리를 털고 일어났다. 인형사 남자는 어느새 계산대 앞에 가 서 있었다. 탁자 옆에 걸어둔 계산서는 미처 챙기지 못했는지 나는 얼른 계산서를 들고 가 그에게 넘겨주었다. 그는 계산서를 열어보지도 않고 직원에게 내밀고는 지갑을 꺼냈다.

"15만 원입니다."

여직원이 웃으며 말했다. 남자는 눈이 휘둥그레져서 대답도 못하고 지갑만 만지작거리며 서 있었다. 그러고는 다시 더듬거리며 말했다.

"자, 잘못…… 계산 한……"

"아니오, 고객님, 히레사케 여덟 잔에 어묵탕 하나 해물 오코노미야키 하나 주문하신 거요, 15만 원 맞습니다."

남자는 계속해서 주섬거리며 지갑을 열었다. 나는 그의 지갑을 넘겨다보았다. 만 원짜리가 대여섯 장 정도 들어 있는 것 같았다. 나는 얼른 지갑에서 5만 원짜리 두 장을 꺼내 그에게 주었다.

"같이 내요."

그러자 그는 아니라는 듯 내 손을 거두었다. 나는 "됐어요"라고 말하고 카운터의 여직원에게 지폐를 넘겨준 뒤 주점을 빠져나왔다. 대머리 남자와 파키스탄 남자, 그리고 미연은 먼저 밖으로 나와 우리를 기다리고 있었다. 갈 곳도 이미 다 정해둔 모양이었다. 이내 인형사 남자가 나왔고, 우리는 길을 건너 주차장 길을 지나 다시 상수동 길목에 있는 칵테일 바에 들어갔다.

미연은 자리에 앉자마자 와인 목록을 훑어보기 시작했다. 나는 곧바로 목록을 빼앗은 뒤 샹그리아를 주문했다. 한 병에 최소한 5만 원씩은 하는 750밀리리터 와인은 다 따라봤자 대여섯 잔이 고작이었다. 이 다섯 명의 무리가 와인을 마신다면 못해도 서너 병은 너끈히 마실 것이다. 반면 1.5리터나 되는 투명한 유리병에 싸구려 와인과 과일 주스를 섞어 만든 샹그리아는 2만 원밖에 하지 않았다. 어차피 내 돈이 아니긴 하지만 처음 보는 대머리 남자에게 값비싼 와인을 마구 얻어 마시고 싶지는 않았다.

두 병째의 샹그리아가 나왔을 때, 미연은 막 실연당한 이야기를 늘어놓고 있었다. 매번 나에게 늘어놓던 레퍼토리를 취한 상태에서도 토씨 하나 빼먹지 않고 그대로 읊었다. 파키스탄 남자는 계속해서 외국인이 어쩌네 무시가 저쩌네 하며 혼잣말을 했고, 대머리 남자는 실연을 도가 사상에 비유하며 알아먹지도 못할 이야기들로 미연을 위로했다. 정말 가관이라고 생각하고 있을 때, 진짜 대책 안 서는 일들이 시작되었다.

미연의 실연담을 잠자코 듣고만 있던 인형사 남자는 갑자기 미연에게 소개팅을 시켜주겠다며 누군가에게 전화를 걸었다. 지금 여기서 도대체 누구를 더 불러낸다는 말인가! 한데도 미연은 "좋아, 다 불러"라고 소리쳤고, 내성적이던 인형사 남자도 갑자기 적극적인 태도로 돌변해 미처 말릴 틈도 없이 여기저기에 전화를 걸어댔다. 그러고는 갑자기 샹그리아를 잔에 가득 따라 벌컥벌컥 마시고는 빨리 삼차를 가자고 말했다. 그 말을 기다리기라도 한 것처럼 1.5리터의 샹그리아를 네 명이서 순식간에 다 마셔버리고 모두들 서둘러 나가기 시작했다.

인형사 남자는 미연에게 소개시켜줄 남자가 홍대 주차장 거리 근처에서 실내 포장마차를 운영하는 사장이라고 말했다. 요즘엔 아주 개나 소나 다 사장이라지. 나는 속으로 빈정대며 비틀거리는 미연을 꽉 붙잡고 걸었다. 벌써 새벽 1시였다. 나야 오후 1시 출근이니 늦게 일어나도 상관은 없다만 미연은 아침 8시까지 출근해야 될 사람이라 내처 걱정스러웠다. 나는 미연에게 내일 출근할 수 있겠느냐고 물었다. 미연은 문제없다고 대답하면서 계속 비틀비틀 걸어갔다.

실내 포장마차에 들어가서는 닭 모래집 볶음에 해물 떡볶이, 소주를 주문했다. 먼저 나온 소주를 다 같이 마시자 이어서 안주가 나왔다. 그러나 세 병째의 소주병을 딸 때까지 사장이라는 남자는 코빼기도 보이지 않았다.

"대체 누가 사장인데요?"

나는 소주를 들이켜고 있는 인형사 남자에게 물었다. 그는 이미 반쯤 풀린 흐리멍덩한 눈동자로 나를 쳐다보며 말했다.

"지금 주방이 바빠서 도와주고 있대."

그렇게 말하는 그의 입가에서 침인지 소주인지 모를 것들이 비실비실 새어나왔다.

"취하니까 말은 똑바로 하네."

나는 그에게는 들리지 않을 목소리로 중얼거리며 앞에 놓인 소주를 들이켰다. 내가 벌써 세 번이나 "사장이 누군데요?" "사장은 어디 있어요?"라는 식으로 묻자 그는 조금 조바심이 난 모양이었다. 계속해서 휴대전화로 누군가와 통화를 하며 소주를 거푸 들이켰다.

잠시 뒤, 마흔 살 정도 되어 보이는 장발의 남자와, 힙합 옷

차림에 젊고 뚱뚱한 남자가 가게 안으로 들어왔다. 그러자 갑자기 인형사 남자와 대머리 남자가 자리에서 일어나 그들을 맞았다.

"늬들은 또 뭐냐……"

나는 중얼거리며 다시 소주를 들이켰다. 미연은 이미 취해서 테이블 위에 고개를 처박고는 남자 친구의 이름만 불러대고 있었다. 새로운 두 명의 남자가 우리 자리에 앉자 파키스탄 남자는 테이블 끝자리로 밀려났다.

일행이 늘어나자 미연은 술이 좀 깼는지 고개를 들고 바로 앉아 웃고 떠들었다. 나는 혼자 오만상을 찌푸리고 계속해서 소주를 마셨다. 그러자 파키스탄 남자가 자꾸만 같이 마시자며 내게 잔을 부딪쳐 왔다. 나는 그와 대화를 나누고 싶기도 했지만, 그에게서 나는 암내와 술냄새 때문에 도저히 옆에 앉아 있을 수가 없었다.

새로 온 일행들은 이미 술을 꽤 마시고 온 모양이었다. 미연은 그들과 제법 죽이 잘 맞는지 깔깔거리며 술을 들이켰다. 앞니 없는 대머리 남자는 부정확한 발음으로 도가 사상이 어떻네 유가 사상이 어떻네 하는 이야기들을 계속 지껄였다.

이미 새벽 3시를 훌쩍 넘긴 시각이었다. 이제는 아무런 생각도 들지 않았다. 잠시 뒤 앞치마를 두른 중년의 남자가 우리 테이블 쪽으로 걸어왔다. 나는 술을 너무 많이 마셔 머리가 깨질

것같이 아팠다. 그만 자리에서 일어나 미연의 휴대전화기와 거울 따위를 챙겨 핸드백 속에 넣어주고 그녀의 어깨를 끌어 일으켜 세웠다.

"그만 갈게요."

그렇게 말하고 나는 미연의 팔을 꽉 붙든 뒤 다른 한 손으로 가방을 모두 들었다. 대머리 남자가 술에 취해 부정확한 발음으로 우리에게 말했다.

"아이, 그르믄, 술은 머 고마 마시고 좀마 더 앉으만 있다 가지……"

내 옆에 있던 파키스탄 남자도 "와이 가니?" 하고 특유의 억양으로 나에게 물었다. 나는 미연을 제대로 일으켜 세우고 나서 대답했다.

"너무 취해서요. 얘는 좀 있다 출근도 해야 되고요. 먼저 갈게요. 재밌게들 놀다 들어가세요."

나는 그렇게 말하고 그만 뒤돌아섰다. 미연은 막상 일으켜 세우고 나니 제법 제대로 서서 걸었다. 막 출입문 밖으로 빠져나가려는데 등 뒤에서 나를 부르는 소리가 들렸다.

"혜정아."

나는 잠깐 뒤돌아보았다. 인형사 남자 주연이었다. 그는 얼굴을 모두 가리고 있던 앞머리를 조금 뒤로 젖히고 자리에서 일어나 흐리멍덩한 눈으로 나를 바라봤다. 그의 입가에서는 여전히 침인지 술인지 모를 것들이 조금씩 비어져 나왔다.

"왜요?"

내가 묻자, 그는 내게로 가까이 다가왔다. 그러더니 갑자기 나를 와락 끌어안았다.

"잘 가."

그렇게 말하며 그는 오른쪽 팔꿈치 안으로 내 왼쪽 가슴을 말아 쥐었다. 나는 이를 깨물고 눈을 꾹 감았다. 그가 계속해서 팔꿈치를 움직이며 내 왼쪽 젖가슴을 만지듯 건드렸다. 나는 그를 밀쳐내지 않고 이를 꽉 물고 참으며 정말 '씨발'이라는 생각만 했다. 이내 그가 나를 놓아주었고, 나는 애써 "또 봐요"라고 말한 채 미연을 끌고 나갔다. 그가 여전히 흐리멍덩한 눈으로 나와 미연의 뒷모습을 바라보고 있을 것만 같았다.

16 여행

연구실에 도착해 여느 때처럼 메일함부터 열어본 뒤 미연의 회사로 전화를 걸었다. 휴대폰으로 문자를 보내고 전화도 해봤으나 연락이 안 돼 아무래도 걱정스러웠다. 미연은 역시나 결근 중이었다. 전화를 받은 미연의 회사 과장이라는 사람은, 그녀의 어머니로부터 전화가 걸려왔다며 통화 내용을 고스란히 전해주었다. 미연이 새벽 내내 고열에 시달려 응급실에 갔다가 아침에야 돌아와 여태껏 누워 있다는 것이었다. 초등학생이나 지어낼 법한 그런 거짓말에 속아넘어갈 직장 상사가 있다는 게 신기했지만, 5년간 단 한 번도 무단결근이나 지각을 한 적이 없던 미연이었으니 이해해줄 만도 하지 싶었다.

나는 가방 속에 들어 있던 A4 용지 꾸러미를 꺼내 곧장 연구실 이면지함 속으로 집어넣었다. 그러고는 새로 체결된 연구 과제의 연구비 관리 안내 사항을 메일함에서 내려받아 꼼꼼히 읽었다. 그리고 다가올 워크숍에 대한 홍보 전화를 곳곳에 돌렸다. 오후 4시쯤, 휴대전화 벨소리가 울렸다. 미정 언니였다.

"어, 언니."

"야, 지금 바빠?"

"아냐, 괜찮아. 아, 언니 잠깐만, 내가 다시 걸게."

그렇게 말하고 전화를 끊은 뒤 나는 무선 전화기를 들고 연구실 밖으로 나갔다. 그러고는 건물 현관에 서서 통화 단추를 눌렀다. 맑고 선명한 통화대기음이 삐이, 하고 울렸다. 나는 담배 한 개비를 입에 물고 미정 언니의 전화번호를 눌렀다. 역시나 맑고 또렷한 통화연결 신호가 울려 퍼졌다. 나는 담배에 불을 붙여 깊게 빨아들였다. 전날 마신 술 때문인지 담배의 맛이 유독 쓰고 텁텁했다. 머리가 살짝 어지럽고 속도 알싸하게 쓰려왔다.

"여보세요."

미정 언니의 카랑카랑한 목소리가 전화기에서 흘러나오자, 대답 대신 애꿎은 헛기침만 쏟아져 나왔다.

"혜정이니? 야, 왜 말을 안 해?"

"어, 케엑, 언니 나야."

"야, 너네 어제 술 많이 마셨니?"

"어, 좀 마셨지. 왜?"

"나 출근할 때 보니까, 그 새끼 오늘 가게 문도 안 열었더라."

"정말? 걔도 안 나왔어?"

"걔도, 라니? 왜?"

"아니, 미연이도 오늘 결근했다기에."

"어머, 어머머, 어머머머. 야, 걔들 무슨 일 있었던 건 아니고?"

"아우 됐어. 언니는 만날 그런 생각만 하냐."

"아니 왜 너는 멀쩡한데 둘은 그 모양이냐고."

"어제 미연이 너무 취해서 남자 친구 부를까 하다가, 내가 그냥 택시로 집까지 데려다주고 왔어. 언니, 근데 그 오빠 성격 진짜 이상하더라."

"왜? 야, 너 무슨 일 있었지? 내가 내내 불안 불안하더라니······ 야, 뭐야. 빨리 말해봐."

나는 무슨 이야기부터 꺼내야 할지 선뜻 떠오르지 않았다. 공연히 담배만 한 모금 더 빨아들였다가 연기를 내뱉은 뒤 느리게 대답했다.

"아니 그냥. 일행들 계속 늘어나고 술자리만 커져서 취재 같은 건 하나도 못 했거든. 다시 찾아가서 물어보려고 해도, 목소리가 워낙 작고 말도 자꾸 더듬어서 잘 알아듣지도 못하겠고······ 괜히 또 술만 먹자고 할 것 같아서 못 가겠네."

"야, 너 내가 그래서 그렇게 조심하라고 했잖니. 그러게 왜 이 언니 말 안 듣고 그 인간이랑 술을 처마셔서 그런 개 같은 꼴을 다 보고 돌아다니느냐고. 소심하고 내성적인 사람들이 더 무서운 법이라고 내 그렇게 말했건만."

"알았어. 언니, 나 바빠서 그만 전화 끊어."

나는 전화를 끊고 담배꽁초를 재떨이에 넣었다. 멀리 보이는 운동장에서는 남학생들이 무리를 지어 농구를 하고 있었다. 공기는 덥고 끈적끈적했다. 그러고 보니 벌써 5월의 끝자락에 가까워져 있었다.

연구실에 들어가니 텁텁한 바람이 불어왔다. 출입문의 맞은편, 수혁 씨 자리 위에 붙은 에어컨 바람이었다. 안 그래도 어둡고 먼지 많은 연구실이 더 시커멓게 보였다.

"에어컨 틀었네요? 그런데 저거, 필터 청소해야 되는 거 아니에요?"

그렇게 말하며 나는 수혁 씨 책상에 놓인 리모컨을 집어 에어컨의 전원을 껐다. 수혁 씨가 말했다.

"그거 닦으려면 사람 불러야 되는데."

"네? 무슨 필터 청소하는데 사람을 불러요. 그냥 화장실 가서 비눗물로 씻으면 되는데. 수혁 씨 잠깐만 나와볼래요."

그렇게 말하며 나는 운동화를 벗고 수혁 씨 자리의 책상으로 올라가 에어컨 덮개를 열었다. 잿빛 먼지 더미들이 솜털처럼 나풀나풀 떨어졌다. 나는 숨을 크게 내쉬고 덮개 안쪽에 들어 있는 필터 두 장을 꺼냈다. 먼지가 수북했다.

"그거 지금 닦으려고요?"

수혁 씨가 물었다. 그의 책상 위로 먼지 더미들이 내려앉아 있었다.

"아…… 이거 제가 치워드릴게요."

그렇게 말하고 나는 바닥으로 내려와 필터를 내려놓고 운동화를 다시 신었다.

"아니 이걸 어떻게 닦나……"

수혁 씨는 혼잣말로 중얼거렸다. 나는 내 책상 위에 있던 물티슈를 집어 수혁 씨 책상을 재빠르게 닦았다. 수혁 씨가 조금 난처해하며 말을 걸었다.

"아니 제가 해도 되는데……"

"됐어요."

그렇게 말하고 나는 필터를 들고 화장실로 갔다. 대걸레를 빠는 커다란 개수대에 필터를 집어넣고 수도꼭지를 돌렸다. 두꺼운 물줄기가 쏟아져 내리며 필터에 닿아 사방으로 검은 물방울이 튀었다. 나는 화장실 가장 끝 칸의 청소도구함에서 물비누와 청소용 솔을 꺼냈다. 그리고 다시 개수대의 수도꼭지를 잠근 뒤 흠뻑 젖은 필터 위에 물비누를 뿌리고 솔로 문질렀다. 레스토랑에서 일할 때에는 세 대나 되는 대형 에어컨 필터를 이틀에 한 번씩 빼내 주방 바닥에 쭈그리고 앉아서 닦았다.

그때 닦던 필터들은 지금 닦고 있는 에어컨 필터의 네 배나 되는 크기였다. 그렇게 닦은 여섯 장의 커다란 필터를 홀 바닥에 늘어놓고 퇴근했다가, 다음날 출근해 다시 탈탈 털어 에어컨에 끼워 넣어야 했다.

물을 틀어 비눗물을 씻어내고 물비누와 수세미는 제자리에 갖다 놓았다. 깨끗하게 닦은 필터를 가지고 연구실로 돌아가 문 뒤쪽 벽면에 세워놓고 나는 다시 자리에 앉았다. 그러자 재훈 씨와 수혁 씨가 그 필터를 가져다가 연구실 바닥에 물기를 툭툭 털어내더니 다시 에어컨 안으로 집어넣기 시작했다.

그거, 말라야 되는데, 라고 말하려다가 말았다. 아마 어지간히도 더위를 타는 모양이었다. 나는 더 이상 아무 말 하지 않고 하던 일을 계속했다. 정말로, 덥긴 더웠다.

교수들이 주최하는 워크숍은 다음주 금요일. 오늘이 목요일이니까, 꼭 여드레가 남았다. 교수들은 내일 마지막 회의를 진행하자고 이메일을 보내왔다. 이번에는 또 어떤 식당을 예약해야 하나 천천히 짚어보았다. 나는 좀 차가운 것이 먹고 싶었다. 시원한 오이냉국이나 메밀소바 같은 것들이 떠오르는 날이었다. 그 순간 휴대전화의 벨소리가 울렸다. 폴더 바깥의 액정에는 정지헌 선배의 이름이 깜박였다. 전화를 받아보니 선배는 이 근처에서 볼일이 있어 잠깐 나와 있다며 퇴근 뒤 만나자고 말했다.

"뭐야, 갑자기. 나 오늘 술 먹기 싫은데."

"자식은, 누가 술 먹자냐. 술 싫으면 밥 먹으면 되고, 밥 싫으면 차나 한잔합시다."

나는 대답하지 않았다. 선배는 특유의 능글맞은 말투로 이어 말했다.

"야, 오랜만에 대학가에 나와봤는데, 나도 여대생들 다니는 커피숍 좀 가보자. 가서 젊은 여자들 기운 좀 듬뿍 받아보게."

어이가 없어서 웃음이 나왔다.

"알았어. 퇴근할 시간 다 돼가니까 학교 정문에서 조금만 기다려."

나는 오늘 처리한 일들을 정리해 이범우 교수에게 보고하는 이메일을 보내고 윈도우를 종료한 뒤 자리에서 일어났다. 그러고 나서 휴대전화와 담뱃갑을 가방 안에 챙겨 넣다가, 이면지함을 보게 되었다. 나는 가방을 다 챙긴 뒤 이면지함에 담긴 용지들을 꺼내 연구실을 빠져나왔다. 정문을 향해 걸으며 나는 그것을 박박 찢어 교정의 쓰레기통에 버렸다.

선배는 홍차를 마시고 싶다고 말했다. 나는 계산대 앞에 줄을 선 사람들 틈에 끼어 선배에게 말을 걸었다.

"선배, 홍차 종류 어떤 걸로 할 거야?"

"내가 뭐 아냐. 네가 알아서 시켜."

"알았어. 아이스티로 할 거지?"

"아니. 뜨거운 거."

"더워 죽겠는데 웬 뜨거운 차를 마셔."

나는 조금 다그치듯 말했다. 선배는 아무래도 상관없다는 듯 나를 계산대 앞에 남겨둔 채 창가 흡연석으로 가 앉았다. 나는 연한 다즐링 홍차와 키위스무디를 주문했다. 홍차는 잔까지 따뜻하게 데우고 스무디는 휘핑크림을 추가해달라고 말한 뒤 시럽과 얼음을 잔뜩 넣어서 갈아달라고 부탁했다. 계산을 치르고 음료를 받아 선배가 앉은 자리로 갔다. 담배를 태우고 있던 선배는 내가 들고 온 쟁반을 보더니 화들짝 놀라며 담뱃불을 끄고 물었다.

"야, 살찐다고 만날 커피랑 녹차밖에 안 먹던 애가 웬 과일 주스?"

나는 휘핑크림을 잔뜩 얹은 키위스무디에 빨대를 꽂아 빨아 마신 뒤 대답했다.

"사람 몸에 당분이 좀 필요할 때도 있는 법이거든요."

선배는 피식 웃으며 다시 물었다.

"그래, 그동안 취재는 좀 했고?"

나는 선배를 향해 눈을 치켜뜨고 대답했다.

"선배, 이제 나한테 소재니 취재니 그런 얘기 좀 하지 마. 그것 땜에 괜히 엄한 사람만 만나러 다니고…… 몰라, 다 귀찮아."

선배는 알 만하다는 표정을 지으며 혀를 끌끌 찼다.

"야, 그럼 소설 쓰는 게 그렇게 쉬운 일인 줄 알았냐?"

"누가 쉬운 일인 줄 알았대? 쉽고 어렵고를 떠나서, 아 몰라. 그 인형사 남자, 암만 봐도 정상이 아니야."

내 말에 선배는 기가 막힌다는 듯 웃어댔다.

"저기요, 남들이 보기에는 당신도 별로 정상으로 안 보이거든요."

그래, 그렇겠지. 나는 넓게 벌어진 빨대의 바깥쪽으로 휘핑크림을 퍽퍽 떠먹었다. 선배는 찻잔에 손을 가져다 댔다.

"으, 뜨거. 그래. 너는 아무래도 소재로는 안 되겠다. 그러면, 그래. 여행을 좀 떠나는 건 어때?"

나는 다시 선배를 향해 눈을 흘겨 떴다.

"선배 진짜 나랑 장난해? 여행은 무슨 여행을 가. 지금 당장 먹고 죽을 돈도 없구면."

"야, 누가 너더러 여행을 가래냐. 인물 말이야, 캐릭터. 네 소설을 읽어봐. 만날 그저 그런 평범한 일상들뿐이잖아. 일상에서 벗어나 어딘가로 훌쩍 떠나보란 말이지. 그래야 플롯이 살잖아. 인물을 자꾸 한곳에 놔두지 말고 이리저리 끌고 다니면서 이동을 좀 시켜보라고."

그러면서 선배는 오른손 엄지와 검지를 맞부딪쳐 따닥 소리를 냈다.

"인물이 독특하지 않을 거면 배경이라도 독특해야지 않겠니? 소설은 '사건'이 있어야 하잖아. 맨날 이어지는 평범한 일상과, 낯선 여행지 중에 어디서 더 특이한 사건이 일어나겠어? 낯선 곳에 가야 낯선 사람을 만나고, 낯선 사람을 만나야 뭔가 사건이 일어나잖아. 그냥 편하게 앉아서 네가 겪은 일이나 쓸 생각하지 말고 이야기를 좀 만들어보란 말이야."

이야기를…… 만든다. 나는 이제껏 '이야기'란 '만드는' 게 아니라 '하는' 거라고 생각해왔다. 소설을 쓴다는 것 또한 뭔가를 만들어내는 작업이라기보다는 이 삶과 나 자신을 그저 담담하게 이야기하는 일인 것만 같았다.

"생각 다 했어?"

내가 잠자코 앉아 있는 동안 잠시 홍차를 마시던 선배가 찻잔을 내려놓으며 물었다.

"응? 뭐, 그냥."

"잘 좀 생각해보란 말이야. 너 왜, 혼자서 배낭 싸갖고 동남아 국가들 순회도 하고 그랬다며. 그런 여행지에서 만난 사람들 중에 뭐 좀 건질 만한 사람 없어? 갑자기 네 인생에 후드득 끼어들어 너를 송두리째 흔들어 놓은…… 그런 사람 말이야."

여행지에서 후드득 끼어든 사람이라니. 나는 스무디를 빨아 마시며 여행지에서 일어났던 일들을 떠올려보았다. 한데 나는 여행을 다닐 때 이용하는 버스나 비행기, 혹은 그 여행지 내에서 어딘가 유별난 사람을 만나본 적이 한 번도 없었다. 이쯤 되면 정말이지 소설이나 영화 속 상황을 탓할 게 아니라 내 현실을 탓해야 할 일일지도 모르겠지만 말이다.

현실에서 버스나 지하철, 비행기를 타고 어딘가로 이동하는 동안 마주치는 사람들은 모두 약속이라도 한 듯 옆자리의 사람과 절대로 대화하지 않았다. 짐짓 입을 열기라도 하면 나를 정신병자 취급하며 고개를 돌려버릴 것만 같은 얼굴들을 하고 있었다. 그렇다는 걸 분명히 알 수 있었다. 왜냐하면 나 역시 그러하니까 말이다.

나는 몇 모금 남지 않은 키위스무디를 빨대로 모두 빨아들였다. 달콤한 향은 다 날아가고 키위 씨 특유의 시큼털털한 맛만 입안에 감겨 왔다. 나는 그만 선배와 헤어져 지하철을 타고 집으로 돌아가기로 했다. 수도 없이 많은 사람들 사이를 비집고 열차 안에 무사히 안착한 나는, 이 많은 사람들 중 과연 내 소설 속 인물이 될 만한 특별한 사람이 있을까 싶어 눈알을 이리저리 굴려보았다. 하지만 사람들의 표정은 모두 한결같았다. 뭘 쳐다봐 이 미친년아, 혹은, 나 지금 짜증나니까 자꾸 쳐다보지 마, 말 걸지 마, 라고 말하고 있었다.

나는 고개를 숙여 전동차의 바닥을 보면서, 여행지에서 만났던 사람들을 떠올려보았다. 3년 전 태국의 쑤완나폼 공항으로 날아가던 비행기. 그날도 나는 어김없이 타이항공 여객기를 타고 가무잡잡한 승무원들이 따라주는 태국 맥주를 마시며 땅콩을 아작아작 썹어 먹었다. 태국으로 향하는 것은 두번째였다. 처음엔 친구들과 함께 한 단체여행이었고, 드디어 혼자서 떠나는 첫 배낭여행이었다. 우선 공항에 도착하면 방콕으로 들어가 카오산 로드에 짐을 풀고 타이 마사지를 받은 뒤 맥주를 실컷 마시며 하루이틀 놀다가 깐짜나부리로 가볼 참이었다. 그 다음 육로를 이용해 캄보디아로 가 앙코르와트 사원에 비밀을 묻고, 라오스에 가서는 아무것도 안 하고 조용히 책만 읽으며 보내고 싶었다. 그러고 다시 태국으로 돌아가 남부에 위치한 섬에서 휴식을 취할 것이다. 낮에는 바닷가에서 수영하고 저녁에는 모래사장에서 바비큐를 먹으면서 말이다. 다음에는 바로 베트남으로 가도 좋고, 경비와 시간이 남는다면 미얀마에 들러 바간과 만달레이를 돌아보고 싶었다. 나는 독한 타이 비어 씽(Singha)을 홀짝홀짝 마셨다. 목구멍을 타고 넘어간 맥주는 뱃속에서 새하얀 거품을 한껏 부풀리고 있었다.

내 옆자리에는 오십대로 보이는 중년 남자가 앉아 있었다. 턱밑까지 늘어지는 살집에 턱수염을 잔뜩 기르고, 콜레스테롤 수치가 걱정스러울 정도로 아랫배가 두툼하게 올라 있는 사람이었다. 그는 통로 쪽으로 앉아 있고, 나는 창가 쪽이었다.

그는 내가 맥주를 주문할 때부터 뭔가 가소롭다는 듯이 피식피식 웃었다. 조금 전 승무원이 음료를 가득 실은 카트를 끌고

와 음료를 권할 때, 나는 카트를 둘러보며 어떤 맥주가 있나 살펴보았다. 태국에서는 상표에 코끼리 그림이 그려진 맥주 '창(Chang)'과 사자가 그려진 '씽' 그리고 네덜란드 맥주 '하이네켄'이 주로 유통되고 있었다. 이전에 친구들과 태국 패키지여행을 갔을 때, 싸구려 코리언 레스토랑에서 나오는 설익은 제육볶음과 끓이다 만 된장찌개, 그리고 끈기 없는 쌀밥을 나는 씽이 없었다면 절대 입으로 넘기지 못했을 것이다.

씽은 맥주치고는 탄산이 적고 도수가 높은 편이었다. 나는 맥주를 마시면 잘 취하지도 않고 배만 불러서 별로 좋아하지 않았는데, 씽의 그 독한 맛은 나를 단박에 사로잡았다. 그러나 기내에서 그저 맥주를 달라고만 말하면 씽이 아닌 창을 따라주는 경우도 있어 나는 어떤 맥주가 있는지 고개를 길게 빼고 살펴보았던 것이다. 그래서 승무원이 내게 음료를 권하는 말에 대답도 하지 않고 열심히 카트 안을 넘겨다보고 있었다. 옆에 앉은 중년의 남자는 내가 영어를 알아듣지 못하고 헤매는 어린아이처럼 보였는지 피식 웃으며 나에게 말을 걸었다.

"뭐 마시려고요?"

나는 그 질문의 의미를 알고 있었기에 조금 짜증이 났다. 그래서 남자의 얼굴은 쳐다보지도 않고 건성으로 대답했다.

"맥주요."

그러자 남자는 제멋대로 승무원에게 주문을 했다.

"비어 플리즈."

지금 뭐하는 짓이냐고 화를 내기도 전에 승무원과 남자가 빠르게 말을 주고받았다.

"왓 우쥬 라이크 포 비어?"

"하이네켄."

승무원은 기다렸다는 듯 하이네켄을 깡통을 집어 꼭지를 따려 했다. 나는 황급히 "노노노!"를 외치고 다시 말했다.

"두 유 해브 어 비어 씽? 아이 원트 투 비어 씽."

그제야 승무원은 하이네켄을 내려두고 씽을 집어 마개를 열어주었다. 그러고는 플라스틱 컵과 볶은 땅콩을 함께 건네주었다. 나는 맥주를 컵에 따르고 땅콩 봉지를 뜯었다. 그러자 중년의 남자가 또 말을 걸어 왔다.

"그 맥주, 독할 텐데, 알고나 마셔요?"

나는 슬슬 욕이 나올 것만 같았다. 그런 식의 잘난 체는 정말이지 나를 참을 수 없게 만들었다. 나는 그만 그를 무시하기로 작정하고 계속해서 맥주를 들이켜고 있던 참이었다.

착륙을 앞두고 승무원들이 입국신고서를 나눠주었다. 내가 입국신고서를 차근차근 적어 내려가고 있는데 남자가 또다시 말을 걸어 왔다. 그는 "이리 줘봐요" 하며 내 입국신고서를 제멋대로 빼앗아 갔다.

"이걸 이렇게 쓰면 어떡하나."

그는 그렇게 말하며 'Adress in Thailand'라고 적힌 칸에 내가 적어둔 'Tara Guest House'라는 글자를 지워버렸다.

"저기요, 지금 뭐하시는 거예요?"

나는 더 이상 참지 못하고 큰 소리를 냈다. 그런데도 남자는 아랑곳 않고 "어이, 가만히 좀 있어봐. 아 나 이걸 이렇게 쓰면 어떡하나 그래"라고 말하며 'Grand Sheraton Hotel'이라고 바꿔 적었다.

"내가 태국에 갈 때마다 묵는 호텔이요. 이렇게 해두지 않으면 괜한 떠돌이 부랑자로 오해받기 십상이라니까."

나는 너무 짜증이 나고 또 화가 났지만, 기대감으로 붕 떠 있던 기분을 망치고 싶지 않아 더 이상 아무 말 않고 내 입국신고서를 다시 빼앗았다. 그러나 남자는 계속해서 주저리주저리 지껄이고 싶은 모양이었다.

"나는 사업 때문에 육 개월에 한 번씩은 왔다 갔다 해요. 뭐 궁금한 거 있거나 모르는 거 있으면 언제든지 물어보라고."

나는 깡통에 남은 맥주를 남자의 얼굴에 부어버리고 싶은 욕구를 참느라 똥 못 싼 강아지처럼 부들거리며 앉아 있었다.

열차는 어느덧 영등포구청역에 도착해 있었다. 사람들로 붐볐던 전동차 안이 휑뎅그렁하게 비어 있었다. 나는 아래로 늘어뜨린 양발을 서로 맞부딪혔다. 아무리 생각해봐도, 그따위 남자를 소설 속 인물로 등장시킬 수는 없었다.

나는 다시 일본으로 떠났던 배낭여행을 떠올려보았다. 그때 나는 집에서 가까운 김포공항으로 가 하네다행 항공기에 몸을 실었다. 나는 기내의 통로 쪽에 앉았고, 내 오른편 창가에는 얼굴이 무척 하얀 여자가 한 명 앉아 있었다. 갈색 머리칼이 햇빛에 반사되어 노랗게 빛났고, 피부는 투명해 보일 정도로 맑았다. 이목구비는 작은 편이었지만 얼굴 또한 매우 작아서인지 전체적으로 균형이 잘 잡혀 있고 단아한 인상이 남는 여자였다.

승무원이 카트에 음료수를 싣고 가까이 다가왔을 때, 이번에도 나는 무얼 마실까 고민하느라 이것저것 살펴보고 있었다. 근거리 비행이라 술도 그다지 당기질 않았다. 그냥 따뜻한 커피를 마시고 싶어 승무원이 음료를 권하기도 전에 먼저 입을 열었다.

"커피 플리즈."

내가 말하자, 승무원은 일본어로 무언가를 되물었다. 무슨 말인지 알 수가 없었다. 내가 당황하는 사이 내 옆에 앉은 여자가 입을 열었다.

"코히 구다사이. 소시떼…… 와타시와 링고주스 구다사이."

승무원은 그제야 환하게 웃으며 내게는 커피를, 여자에게는 팩에 든 주스를 따라 넘겨주었다. 나는 말없이 커피를 마셨고, 여자는 구름으로 뒤덮인 새하얀 창밖을 내다보며 주스를 홀짝였다.

비행기가 하네다 공항에 도착할 때쯤 승무원이 입국신고서를 나눠주었다. 나는 신고서를 작성하다 말고 다시 여자를 쳐다봤다. 여자는 공항에서 미리 작성해 왔는지 완성된 입국신고서를 무릎 위 간이 테이블에 올려두고 있었다. 정확히 말해 나는 그녀가 아니라, 그녀의 입국신고서를 넘겨보고 있었다. 나는 결국 그녀에게 입국신고서를 보여달라고 말했고 여자는 선뜻 내어주었다. 출생년도를 보니 나보다 2년이 늦었다. 대충 옮겨 적고 신고서를 돌려주며 나는 어렵사리 말을 붙여보기로 했다.

"혼자 여행하시는 거예요?"

여자는 "아뇨" 하고 대답했다. 더 말하기가 싫은가 보다 싶어 나도 그만 고개를 돌렸는데 여자가 이어 말하기 시작했다.

"남자 친구가 유학 가 있어서 방학 때마다 오가고 있어요. 그쪽은요?"

그쪽은요? 하고 묻는 목소리에는 별다른 호기심이나 관심 따위가 묻어 있지 않았다. 내가 먼저 물었으니 마지못해 똑같이 되물어 어색함이나 면해보려는 것 같았다. 어떤 사람들은 항상, 타인에게서 아무것도 받지 않으려 했다. 그러나 어쩔 수 없이 무언가 받게 되었을 때는 꼭 그와 같은 질량의 것을 되돌려주었다. 나는 그만 고개를 돌렸다.

"네. 그냥, 배낭여행요."

나는 그렇게 대답해두고는 더 이상 말하지 않았다. 비행기가 하네다 공항에 도착했을 때 나는 먼저 자리에서 일어섰고, 여자는 계속 앉아 있었다. 아마 공항을 빠져나갈 때까지 나와 마주치기가 번거로웠으리라. 내가 인사하려 하자 여자가 먼저 입을 열었다.

"그럼, 여행 재밌게 하세요."

활짝 웃는 여자의 얼굴 어딘가에 불안과 두려움이 서려 있는 것을 나는 볼 수 있었다. 나도 활짝 웃어 보였다.

"네, 고마워요."

그렇게 말하고 나는 뒤돌아 기내에서 빠져나왔다.

전동차는 금세 목동역에 가 닿았다. 나는 사람들 틈에 섞여 전동차에서 내린 뒤 계단을 올랐다. 아무리 생각해봐도, 아무런 색깔도 입혀지지가 않았다. 그녀에게서는 타이 항공기의 중년 남자에게 받았던 불쾌함 같은 것도 찾아볼 수 없었다. 그저 지금 이렇게 나와 함께 계단을 오르고 있지만 나와는 아무런 상관없는 많은 사람들 중 하나일 뿐이었다. 이들 중 대부분은 나와 같은 동네에 살고 있고, 어쩌면 같은 아파트 안에 살고 있는 사람이 있을지도 몰랐다. 그러나 나는 그런 그들의 삶이 궁금하지 않았다. 그들도 자신의 삶이 타인에게 알려지는 것을 원치 않을 것이다. 영원히 만나지지 않을 것만 같은 사람들 속에서 매일 부대끼고 있는 꼴이었다.

비행기에서 내린 뒤 도쿄에서 그녀를 다시 마주치는 상황을 상상해보았다. 때마침 연인과 헤어진 그녀와 어쩌다 보니 같이 여행을 하게 되고, 그러면서 서로에게 마음을 열고 진정으로 서로의 상처를 보듬으며 진실한 마음과 마음으로 끌어안는, 그렇게 인간을 안아주고 서로에게 손 내밀어주는 그런 소설을 쓸 수 있을까. 말도 안 되는 이야기였다. 나의 현실에서는 일상이건 여행 중이건 간에 그런 우연한 만남이 결코 이루어지지 않았다. 그래서 도저히 상상이 되질 않았고, 나는 그런 상상 속의 이야기를 현실감 있게 그려낼 수 없었다. 그건 매력적인 이야기이고 좋은 방식일 수 있지만, 내가 쓸 수 있는 방식도 나의 이야기도 아니었다.

17 개

여행지에서 내 마음을 홀리는 만남이 아주 없던 것은 아니었다. 문제는 그게, 내 마음을 홀렸던 대상이 '사람'이 아니었다는 데 있었다. 그것은 개였다. 그랬다. 태국의 길거리를 제멋대로 돌아다니는 똥개들은 내 시선을 자꾸만 빼앗았다. 하지만 개와의 만남을 가지고 소설 한 편을 엮어나갈 수는 없는 노릇이었다.

나는 어릴 적부터 개들이 무섭고 싫었다. 그래서 아주 자그마한 애완견 말티즈나 푸들만 보아도 곧잘 뒷걸음질 쳤다. 그 조그마한 개들이 깽깽 짖어댈 때에는 정말이지 너무 무서워 소리를 꽥 내지르며 도망치거나, 아니면 다리가 후들거려 도망도 못 치고 그 자리에서 덜덜 떨고만 있었다. 나처럼 성질 더럽고 싸움도 잘하는 애가 한낱 개새끼에 절절매다니. 친구들은 웃기지 말라며 코웃음을 칠 게 뻔했다. 그래서 나는 옆에 친구가 있을 때에는 어떻게든 두려운 기색을 숨기고 잰 걸음으로 개새끼들을 피해 달아나곤 했다.

초등학교 3학년 때였다. 나는 고작 열 살이었지만, 이제 내 나이에 붙는 숫자가 한 개가 아닌 두 개라는 사실에 어느덧 어른이라도 된 기분이었다.

나는 살아 있는 개와 마주하는 것을 그렇게 싫어하면서도 어머니가 기름장에 찍어 입안으로 밀어 넣어주는 개고기 수육은 무척 좋아했다. 오빠와 사촌들은 모두 혀를 내두르며 야만인이라고 놀렸지만 개고기는 분명 내가 먹어본 어떤 고기보다도 육질이 부드럽고 육즙 또한 풍부해 씹는 맛이 무척 좋았다. 그래서 나는 늘 친척 어른들 틈에 끼여 개고기를 야금야금 집어 먹었다.

해마다 여름방학이면 어머니와 함께 셋째 삼촌 댁에 가서 개고기를 얻어먹었다. 삼촌의 외가, 그러니까 외숙모의 친정에서는 개를 사육해 식당에 직접 공급해주는 도매상을 운영하고 있었다. 덕분에 삼촌들은 해마다 살아 있는 개를 바로 잡아 신선한 육질의 수육과 탕을 먹었다.

일단 어머니와 함께 삼촌 댁에 들어서면, 마당의 말뚝에 개 한 마리가 매어 있는 게 보였다. 삼촌들 셋이 삽을 한 자루씩 들고 말뚝에 묶인 줄을 끌어 집 뒤의 야산으로 올라갈 때, 오빠와 나는 한번 따라가보기로 했다. 때마침 둘째 삼촌이 개의 목에 묶인 끈을 나무에 단단히 묶고 있었다. 이내 막내 삼촌이 개의 몸통을 꽉 붙들어 맸고, 셋째 삼촌이 삽을 들고 개의 모가지를 힘껏 내리쳤다. 깨갱, 소리와 함께 개는 그대로 나자빠졌다. 그러자 삼촌들은 모두 삽을 들고 개의 몸뚱이를 사정없이 내리쳤다. 어린 우리가 보기에 확실히 잔인한 장면이었다.

깨갱거리던 개는 어느덧 헉헉대며 숨을 몰아쉬었다. 10분 정도 삽으로 실컷 두들기고 나자 개의 숨소리는 점차 잦아들고, 삼촌들이 정신없이 헉헉대며 고르지 못한 숨소리를 냈다. 막내 삼촌은 이마 위로 흘러내리는 땀을 닦으며 주머니에서 라이터를 꺼냈다. 그러자 둘째 삼촌이 미리 준비해둔 부탄가스와 토치를 내밀었다. 가스에 불이 붙자 쉭쉭 소리가 나면서 파란 불꽃이 일고, 그 불꽃으로 삼촌은 개의 가죽을 그슬렀다. 그리고 나서 삼촌들은 사이좋게 담배를 한 개비씩 나눠 피운 뒤 불에 그슬린 개를 들고 산에서 내려갔다.

오빠는 속이 뒤틀린다며 저녁을 먹지 않았고, 나는 나를 위해 맞아 죽은 개의 희생을 감사히 여기며 더 맛있게 먹고 건강해져야겠다고 다짐했다. 그러나 한편으로는, 그렇게 가죽을 모두 그슬린 개새끼가 갑자기 눈을 부릅뜨고 살아나 삼촌들을 모두 물어 죽이고, 사람들을 해치는 상상을 했다. 그때 먹은 개고기는 계속 나의 피와 살 속에 섞여 있는 것만 같고, 그래서인지 살아 있는 개를 볼 때면 언제 나를 물어 죽일지 모른다는 생각을 매번 하게 되었다. 그러나 겨우 그런 상상 때문에 자그마한 애완견까지 무서워할 정도로 나약해진 것은 분명 아니었다.

해가 지나고 열한 살이 된 나는 여름날 다시 삼촌 집을 찾았다. 삼촌의 딸, 그러니까 내 사촌동생은 나보다 다섯 살 어린 여자아이였다. 그때 나는 개를 먹는 것만 좋아했으나, 그 동생은 그냥 개 자체를 무척 좋아했다. 그래서 집 안에서도 푸들이나 말티즈, 요크셔테리어 같은 애완견들을 키우고 있었다. 삼촌 집에 식구들이 찾아가 보신탕을 먹을 적이면 동생은 애완견들을 모두 데리고 방 안으로 들어가 잠시도 나오지 않았다.

동생의 개 사랑은 집에서 키우는 애완견들을 아끼는 것에 그치지 않았다. 그 애는 심지어 우리가 잡아먹으려 마당에 매어둔 커다란 개들도 마구 끌어안고 입을 맞추었다. 아직 도착하지 않은 삼촌들을 기다리며 마당에서 놀고 있을 때에도 그랬다. 동생은 계속 그 똥개를 데리고 놀았다. 나는 동생이 그 개를 가까이하는 게 싫었다. 얼마 안 있으면 산으로 올라가 삼촌들의 삽에 맞아 죽을 텐데 뭐하러 정을 나누나 싶었던 것이다. 그런데도 동생은 자꾸만 개를 끌어안았고, 나는 멀찌감치 떨어져 있었다.

나는 나무 막대기를 주워 바닥에 선을 긋고 혼자 땅따먹기를 하면서 폴짝폴짝 뛰어다녔다. 땅따먹기는 항상 숫자 4의 땅이 고비였다. 한 발로 3, 5, 6의 땅을 연달아 딛어야 하니 말이다. 그렇게 한참 땅을 넘어서고 있을 때, 개가 가쁘게 숨을 몰아쉬며 컹컹 짖는 소리가 들려왔다. 나는 막 3에서 5의 땅으로 넘어가고 있던 참이었다. 나 역시 가쁜 숨을 몰아쉬며 5의 땅을 넘어 6의 땅으로 나아가고 있었다. 7과 8의 땅에 두 발을 동시에 딛으려고 폴짝 뒤돌아 뛰었을 때, 나는 결국 4의 땅을 따먹지 못하고 바닥에 철퍼덕 주저앉아버렸다.

개가, 사촌동생의 눈을 물어뜯고 있었다. 동생은 개의 다리 밑에 깔려 소리도 지르지 못하고 그저 개의 몸통을 꽉 끌어안고 있었다. 동생의 얼굴이 보였다. 그 애는 이를 꽉 문 채로 개의 공격을 묵묵히 견디고 있었다. 자신을 죽이지는 못할 거라고 믿는지 자그마한 두 팔로 개의 몸통을 온전히 끌어안고만 있는 것이었다. 그러나 개는 거칠게 컹컹 짖으며 동생의 얼굴을 파고들었다.

나는 아무 소리도 내지 못했다. 흥분한 미친개에게 달려들어 동생을 구해낼 수 없었고, 집으로 뛰어 들어가 어른들을 불러낼 수도 없었다. 동생은 내가 아무것도 하지 않고 가만히 있어주기를 바라고 있었다. 나는 알 수 있었다. 내가 나서서 어른들을 불러내면, 어쩐지 나중에 그 애가 내게 화를 낼 것만 같았다. 나는 자리에 주저앉아 이도저도 못하고 멍하니 그 광경을 지켜보고만 있었다.

둘째 삼촌의 차가 마당 안으로 들어왔고, 황급히 운전석에서 내린 삼촌이 얼른 마당 한편에 놓인 삽을 집어 개의 대가리를 내리쳤다. 개는 동생의 눈을 입에 문 채로 고꾸라졌다. 동생은 눈에서 피가 흐르는데도, 쓰러진 개를 안고 울기 시작했다. 피 눈물이라는 게 저런 거구나 싶어 나는 소름이 끼쳤다.

그날은 아무도 개고기를 먹지 못했다. 동생은 삼촌의 차에 실려 응급실로 갔다. 눈 밑의 살점이 떨어져 나가 너덜너덜해진 상태였다. 살을 꿰매는 수술을 받았지만 워낙 살점이 많이 떨어져 오래도록 흉이 남을 거라고 의사는 말했다.

스무 살이 된 사촌동생의 눈 밑에는 아직도 개의 이빨자국이 선연히 남아 있었다. 그 자국을 볼 때마다 미친듯이 짖어대던 개의 소리가 귓가에 이명처럼 들려왔고, 이를 꽉 물고 있던 동생의 모습도 떠올랐다. 그리고 아무 말 못하고 그 자리에 주저앉아 차갑고 뻣뻣하게 굳어 있던 내 모습도 떠오르곤 했다.

해마다 야산에서 죽어나갈 개들은 더 이상 끌려오지 않았다. 따라서 삼촌들의 보신탕 모임도 자연스레 흐지부지되었다. 그런데 그런 상처를 얼굴에 새겨놓고도 버젓이 집에서 애완견을 기르고 수의학과에 진학한 사촌동생을 보면, 그 개가 정말로 동생에게 먼저 달려들었던 것인지 간혹 궁금해졌다.

"책에서 읽었는데, 예전에는 모든 사람과 동물이 죽지 않고 영원히 살았대."

지난 설날, 나는 어머니를 따라간 큰외삼촌 댁에서 사촌동생을 마주했다. 대학교 입학을 앞둔 동생은 외사촌들을 모아두고 개에 대한 이야기를 하고 있었다. 아마도 누군가 "개가 뭐 그리 좋냐?"고 묻기라도 한 모양이었다.

"그런데 점점 더 많은 사람과 동물이 생겨나면서 살 공간과 먹을거리가 줄어든 거야. 동물들끼리 자꾸 다투고 소란이 일자 신이 이제 누구도 평생 살 수는 없게 됐다며 모두에게 제각각 수명을 나눠주었대. 제일 먼저 천년을 살 동물부터 정하자고 했더니 들거위가 대답을 했고, 백년을 부르니 들오리가 대답을 했어. 그런 식으로 육십 년까지 왔을 때 개가 대답을 했대. 인간은 너무 느리고 굼떠서 대답할 시기를 모두 놓쳐버렸고, 남은 건 십여 년밖에 없는 거야. 인간들이 제발 우리를 더 살 수 있게 해달라고 매달렸지만 신은 이미 끝난 일이라며 못박았고, 정 아쉬우면 다른 동물과 수명을 바꿔보라고 말했어. 그때 모든 동물들이 다 거절했는데 마음이 너그러운 개가 인간과 수명을 바꿔 줬어. 그래서 인간은 그 고마움의 답례로 평생 개들을 돌봐주기로 약속했대. 사람들이 수없이 많은 동물들 중에서 유독 개를 많이 키우는 건 다 그런 약속과 끌림이 있기 때문이야."*

* 사촌동생의 이야기는 크리스틴 매튜·양 얼처 나무가 지은 『아버지가 없는 나라』(강수정 옮김, 김영사)에서 인용.

흥미로운 이야기였지만 목사인 큰외삼촌과 이모부 앞에서 그런 이야기를 했다가는 아마 욕을 바가지로 퍼먹을 게 뻔했다. 나는 동생에게 입조심하라고 일러두고 방을 빠져나왔다.

집으로 돌아가는 길, 나는 태국에서 만났던 개들을 떠올렸다. 태국의 길거리를 쏘다니는 개들은 대부분 살집이 없고 다리와 몸통이 길쭉길쭉했다. 크기로만 치면 우리나라 진돗개와 비슷한 정도인데 몸통이 그보다 훨씬 마르고 길었다. 그들은 우리나라 개들처럼 누군가의 소유물이거나 어딘가에 묶여 있거나 하지 않았다. 바닷가 리조트의 로비나 정원, 시내와 시장, 모래사장 등 어디에나 그저 제멋대로 돌아다녔다.

방콕 카오산 로드에 처음 도착해 게스트하우스에 짐을 풀고 주변을 둘러보러 나갔을 때, 주인도 목줄도 없이 돌아다니는 커다란 개들이 나는 정말 무서웠다. 우리라면 시골이나 단독주택의 너른 마당 같은 곳에서 키울 법한 개였다. 그런 개들은 사람을 볼 때마다 큰 소리로 짖어대는 경우가 많았다. 한적한 주택가의 대문 안쪽에서 개 짖는 소리만 들려도 나는 곧장 다리가 후들거리는 사람이었다. 그런 개들이 주인도 없이 길가에 제멋대로 나돌아다니다니. 두 발이 그대로 땅에 붙박여 얼어붙는 듯했다.

사나운 개들을 만났을 때 섣불리 도망쳐서는 안 된다는 이야기가 개를 마주할 때마다 떠올랐다. 특히나 화가 나서 짖어대는 개들은 자신을 피해 달아나는 사람을 끝까지 쫓는다고 들었다. 개가 정말 무섭다면 공연히 도망치지 말고 평상심을 유지하며 자연스럽게 지나치거나 그 옆에 가만히 서 있는 것이 좋다고. 따라서 나는 태국에서 개를 마주칠 때마다 섣불리 움직이지 않고 땅에 붙박인 나무처럼 멀뚱히 서 있었다. 그럴 때마다 이마에서 한줄기 땀이 흘러내리고 손끝이 파르르 떨렸다. 어서, 어서 지나가. 나는 마음속으로 간절히 외치며 그 커다랗고 비쩍 마른 개들이 지나가주길 가슴 깊이 바랐다. 그러나 긴장하는 건 매번 나뿐이었다. 대부분의 개들은 내가 서 있는 쪽으로 다가오더라도 나를 바라보거나 소리 내어 짖지 않았다. 내가 서 있는 자리보다 더 뒤쪽의 어딘가를 바라보며 제 갈 길로 나아갈 뿐이었다.

태국의 길거리를 제멋대로 돌아다니는 개새끼들에게 완전히 익숙해진 건 푸껫에 도착했을 때였다. 개들은 어디에나 많았다. 시장, 시내, 산, 바다, 들 할 것 없이 즐비해 있었다. 그리고 늘 사람 따위는 아랑곳 않고 제멋대로 거리를 누비고 다녔다. 때때로 내 바짓가랑이 사이를 아무렇지 않게 지나는 개들도 있었다.

나는 푸껫에서 가장 조용한 해변가인 나이 한에 도착해 방갈로에 짐을 풀었다. 한 시간 반 동안 비행기를 타고 푸껫 공항에 도착해 다시 미니버스와 썽 태우를 갈아타고 해변으로 들어온 터였다. 그러고는 걸어서 방갈로까지 오느라 몹시 피곤했다. 나는 좁은 욕실에서 샤워를 마치고 가운을 걸친 채로 침대에 누웠다. 지치고 피곤했지만 잠이 오지는 않았다. 나는 눈을 껌벅이며 조금 누워 있다가 자리에서 일어나 옷을 갈아입고 해변으로 나갔다.

모래사장에 부려놓은 커다란 드럼통 위에서 바비큐가 익어가고 있었다. 주점의 직원들이 모래사장 위에 방석과 테이블을 깔아두는 모습도 보였다. 나는 그곳에 한 자리를 차지하고 앉아 방석의 등받이에 몸을 기댔다. 머리 위로 서늘한 바닷바람이 불었다. 나는 살며시 눈을 감고 그 바람을 들이마시는 것이 좋았다.

반바지에 민소매 셔츠 차림의 남자가 주점의 메뉴판을 들고 다가왔다. 나는 언제나처럼 썽 맥주와 함께 숯불에 구운 새우, 기름에 튀긴 스프링롤을 주문했다. 그리고 돈을 지불하자 직원이 맥주를 먼저 가져다주었다. 맥주로 목을 축이며 나는 계속해서 모래사장 위에 테이블과 방석을 부려놓는 남자들을 바라봤다. 피부색이 검은 그들은 대부분 키가 작고 비쩍 마른 몸에 근육이 많았다. 한국에 돌아가면 이번에는 또 어떤 일을 할까. 계속해서 사무 보조 일을 할까. 아니면 다시 식당이나 카페의 직원 자리를 알아볼까. 또 한두 달 정도만 일하다가 취업비자를 받아 태국으로 와버리는 건 어떨까. 게스트하우스에서 지내며 저렇게 바비큐를 굽는 것도 괜찮은데. 수영복 위에 티셔츠만 한 장 걸친 채로 일하고 쉬는 시간이면 바다에 들어가 마음껏 수영하고. 그러면 살도 안 찌겠지. 어쩐지 이 나라에 살면, 다이어트를 하지 않아도 될 것 같다는 생각이 들었다.

안주로 새우와 스프링롤이 나왔을 때 나는 맥주를 한 병 더 주문했다. 거품 같은 파도가 스멀거리며 일었고, 씽을 넘길 때마다 그 파도의 포말이 혀끝으로 넘어오는 듯한 청량감이 일었다. 동전만한 크기의 공기 방울이 대기를 돌아다니다 내 이마에 부딪쳐 톡톡 터졌다. 나는 눈을 감고 방석에 낮게 기대어 잠깐 잠이 들었다. 몸이 파도 위에서 출렁이고 있었다. 따뜻한 바람과 함께 시원한 물방울 속에 잠겨 이대로 깨어나지 않기를 진심으로 바랐다.

북슬북슬, 길게 자란 털들이 내 허벅지를 훑고 지나갔다. 그 순간 나는 자리에서 벌떡 일어나 눈을 크게 떴다. 사자만한 개 한 마리가 길게 자란 흰색 털을 흩날리며 내 옆을 지나가고 있었다. 개는 낮게 치켜든 꼬리로 내 발목을 훑으며 해변으로 걸어가는 중이었다. 가만히 생각해 보니 방갈로 마당 한쪽에 쭈그리고 앉아 있던 개였다. 길게 자란 털이 은빛 사자처럼 밝게 빛나는 아주 멋있는 개였다. 방콕 시내에서 보던 개들과는 다른 종임이 분명했지만, 특유의 긴 몸통과 다리는 여전했다. 다만 털 때문인지 살집이 좀 두터워 보였다.

해변에는 이미 노을이 물러가고 땅거미가 내려앉아 있었다. 하얀 개는 해변을 어슬렁어슬렁 걸어다녔다. 앞쪽에는 삼삼오오 모여 앉은 유럽 사람들이 와인을 마시며 떠들어대고 있었다. 그들은 개를 보고 자신들이 먹다 만 감자튀김을 던져주었지만 개는 그쪽은 쳐다보지도 않고 계속해서 걸어갔다.

다음날 아침 나는 아예 수영복을 입고 방에서 나갔다. 지갑과 여권, 카메라를 넣어둔 주머니를 방갈로 주인에게 맡기고 수경 하나만 손에 든 채였다.

바닷가 맞은편으로 조그마한 섬이 하나 보였다. 섬이라기보다는 나무만 네댓 개 정도 솟아 있는 바윗덩어리 같았다. 나는 바다에 뛰어들어 그곳을 향해 헤엄쳤다. 그러나 반도 못 가서 그만 몸을 되돌리고 말았다. 물 바깥에서 볼 때는 뭍에서 무척 가까워 보였는데, 막상 가보니 맨몸으로 헤엄쳐 가기에는 너무 먼 거리였다. 어쩐지 가면 갈수록 더 멀어지는 느낌도 들었다. 그래도 마음만 먹으면 가볼 수야 있겠지만, 그랬다가는 돌아올 체력이 남아나지 않을 것 같았다. 지금 남아 있는 체력으로는 다시 해변으로 돌아가기도 빠듯했다.

남국의 바닷물 속에서 익사하고 싶지는 않아 나는 다시 헤엄쳐 바닷가로 돌아왔다. 물에서 나와서는 물기도 털지 않고 그대로 모래사장에 앉았다. 뜨거운 햇볕과 더운 날씨에 5분도 지나지 않아 몸의 물기가 말랐다. 나는 머리카락에 남은 물기만 툭툭 털어내고 바다를 바라보았다. 레오나르도 디캐프리오 주연의 영화 「비치(Beach)」를 촬영했던 곳이 바로 이 섬이라고 했다. 나는 디캐프리오의 리즈 시절 모습에 빠져 그 영화를 보다가, 그가 풍덩 뛰어드는 바닷물의 색깔에 넋을 잃었던 기억이 났다. 그리고 지금, 화면이 아닌 내 눈앞의 현실로 펼쳐져 있는 바다의 색은 영화로 보던 것보다 훨씬 더 맑았다. 도대체 어떻게 해야 물이 저런 색깔을 낼 수 있는 걸까? 햇볕이 내리쬐고, 한낮의 달콤한 꿈같은 물빛을 바라보며 나는 천천히 숨을 들이쉬고 내쉬었다. 햇빛을 한껏 받은 바다의 물결은 홀로그램처럼 흔들리며 빛났다.

빛나는 홀로그램 사이로 하얀 개가 끼어들었다. 어제 저녁 내 허벅지를 쓸고 간 놈이었다. 개는 사람이 많지 않은 해변의 오른쪽 가장자리로 걸어갔다. 그러고는 파도가 밀려드는 돌무더기 사이에 몸을 비집고 들어갔다. 파도가 밀려올 때마다 돌무더기 사이로 바닷물이 폭포처럼 쏟아져 내렸다. 개가 그 사이에 가만히 앉자 바닷물이 마치 샤워기처럼 개의 털을 쓸어주었다. 파도가 밀려올 적마다 개는 눈을 감고 그 물결을 온전히 느끼는 듯했다.

아주 느긋이 목욕을 마친 개는 다시 돌무더기 사이를 비집고 나와 헤엄을 치다가 모래사장으로 올라왔다. 그러고는 고개와 꼬리를 세차게 흔들어 몸의 물기를 털어냈다.

개는 방갈로 정원을 향해 서서히 걸어갔다. 나는 개가 몸을 담갔던 돌무더기 사이로 흐르는 바닷물을 멍하니 바라보았다. 손끝이 저릿저릿하고, 피부 깊숙이 서늘함이 밀려들었다. 입술 사이로 한줄기 물이 흘러들었고, 짠맛이 났다.

나는 몸을 일으켜 그 돌무더기 사이로 들어갔다. 파도가 밀려오고, 바닷물이 쏴아 폭포수처럼 흘러들며 내 몸에 부딪쳤다. 물은 끊임없이 몸속으로 흘러들었고, 짜고 시큼한 맛이 내 내 혀끝에 감돌았다.

18 지혜

동물의 간은 사람의 간에도 좋다고 했다. 그러니까, 상어의 간이 사람의 간을 맑고 건강하게 한다는 이야기를 말끔한 유니폼 차림의 여직원이 해주며 접시를 내려놓고 갔다. 소간이 빈혈에 좋다던데, 상어 간도 마찬가지일까. 그런데 상어는 포유류인가 어류인가. 나는 분홍색도 주황색도 아닌 상어의 간을 한 덩이 집은 뒤 기름장을 발라 입안에 넣고 오물오물 씹었다. 이도 아니고 저도 아닌 맛 같았다. 씹히는 느낌은 소간과 별반 차이가 없지만 돼지의 허파처럼 구멍이 송송 나 있어 씹을 때 좀더 부드럽게 씹혔다. 그리고 뭐랄까, 좀 토사물 같은 맛도 배어 있는 것 같았다.

"왜 이런 것까지 먹고 살아야 돼? 좀 혐오스럽지 않아요?"

항상 최진성 교수가 이야기의 주도권을 잡았다. 소설 창작 동호회 뒤풀이 시간에도 그는 늘 오십대 여자 회원들의 중심에 앉아 이런저런 이야기들을 떠벌려 인기가 매우 좋았다. 화학과의 박보성 교수는 그보다 경력이 높고 나이도 많았지만 늘 별말은 없이 허허 웃기만 하는 사람이었다. 통 모임에 나오지 않던 박원형 교수는 이까짓 일에는 관심도 없다는 듯 앞에 놓인 상어 회를 꾸역꾸역 입속으로 집어넣기만 바빴다. 이범우 교수는 최진성 교수의 말에 매번 맞장구 쳐주며 친절하게 웃었다. 예대 교수라는 사람 또한 "그렇죠" 소리를 내며 맞장구를 쳤지만 어딘가 모르게 사람을 깔보는 대답처럼 들렸다. 최진성 교수는 상어의 간 대신 사시미 뜬 뱃살을 집어 초고추장에 찍은 뒤 깻잎으로 쌈을 싸며 계속 말했다.

"나는 그냥 보기 좋고 먹기 좋은 것만 먹을래. 좋아하는 것만 좀 하고 살았으면 좋겠어. 나는 사실 내 전공이 제일 싫은데, 돈이 없어서 공부했거든. 학비가 없어서 죽어라 공부했고, 그래서 카이스트 들어가고 뭐 그런 거야. 하고 싶은 건 다 참으면서 지금껏 살아왔다고. 나는 그냥 여자가 좋고, 즐기는 게 좋아. 그런데 사람들은 그걸 천박하다고 말하잖아. 처음엔 그 의식이 불쾌했는데, 점점 나 자신이 천박하고 퇴폐적인 사람이라는 걸 인정하게 돼. 인정 안 하면 어쩔 거야. 안 그런 사람도 못 봤고, 점잖아야 할 이유도 없는데. 점잖은 필요할 때만 떨고,

이제부터는 정말 나를 속이지 않고 즐기면서 살 거야."

미끈덩거리는 상어의 간이 아직 다 씹히지도 않았는데 목구멍을 타고 꿀꺼덕 넘어갔다. 숨이 막혔다. 나는 상어의 간을 잘 내려보내려고 조심스럽게 고개를 떨어뜨려보았다. 어쩐지 카라마조프의 목소리를 듣는 것만 같았다. 자신은 솔직한 사람이라고, 인간의 내면에는 다 더럽다고 칭해지는 그것들이 있는데 다들 숨기고 아닌 체만 한다고, 자신은 남과 전혀 다르지 않은 사람이라고, 다만 솔직한 내면을 솔직하게 까발릴 뿐이라고 표도르 파블로비치 카라마조프는 여러 번 되풀이해서 말했다.

나는 회를 초고추장에 찍으면 그 신선함을 제대로 느낄 수 없을 것 같아 최진성 교수가 생선회를 먹는 모습이 영 마음에 들지 않았다. 회는 초고추장에 찍으면 어떤 생선이건 그 맛이 다 똑같았다. 나는 흰살 생선은 주로 소금에만 살짝 찍어 먹었고, 붉은색이 감도는 생선회는 고추냉이를 푼 간장에 찍어 먹었다. 그러나 나는 아무 말 않고 침만 꿀꺽 삼켰다. 말을 하려고 입을 열 때마다, 한정식 집에서 계란찜을 먹다가 혀와 입천장을 다 데어버린 일이 떠올랐다. 나는 다시 침을 삼켰다. 최진성 교수는 초장에 막장까지 얹은 깻잎쌈을 입안에 넣고 우물우물 씹어 삼킨 뒤 계속해서 이야기했다.

"왜 우리나라 사람들은 지도자가 깨끗한 사람이어야 한다고 생각하는 거지? 나는 그걸 이해할 수가 없어. 지도자가 왜 깨끗해야 돼? 지도자가 깨끗해야 되는 이유가 도대체 뭐야? 지도자는 그냥 일을 잘하면 되는 거야. 일 잘하는 거랑, 깨끗한 거랑, 대체 무슨 상관이라고 깨끗하고 올바른 정치인 운운하는 거야. 그래서 잘된 거 있어?"

최 교수는 그렇게 말하며 소주를 들이켰다. 그리고 다시 말했다.

"하여간 깨끗한 게 더 독하다니깐."

나는 맞은편에 앉은 최진성 교수가 내려놓는 소주잔을 바라보았다. 100퍼센트 순수결정과당을 사용하여 더 맑고 깨끗해졌다는 소주의 광고 문구가 머릿속을 휘휘 돌아다녔다. 나는 미끄덩거리는 상어의 간을 젓가락으로 집어 들며 고개를 끄덕였다. 교수들의 대화를 듣고 있으면, 다 맞는 말 같기는 한데 왠지 모르게 몸 한 구석에 돌멩이가 가라앉는 듯했다. 얼마 전 아버지와의 대화에서도 그랬다. 아버지와 만나는 일은 무척 드문데다가 만나도 대화를 나누는 일은 거의 없는데, 그날 아버지의 차 안에서는 아무 대화 없이 부여에서 서울로 올라오기가 쉽지 않았다.

아버지와 나는 사촌오빠의 결혼식에 참석했다가 돌아오는 길이었다. 어머니와 아버지의 별거가 5년을 넘어서고 있는 시점이기도 했다.

아버지는 작년에 20년간 몸담고 있던 회사를 그만두고 올해 초 분당에 자기 소유의 회계사 사무실을 냈다. 이제 각자의 삶에만 충실하고 있는 아버지와 내게는 더 이상 이렇다 할 감정 따위가 남아 있지 않았다. 다만 아버지는 이따금씩, 예전에 자신이 그렇게 잡아줬으니 지금의 내가 그나마라도 사람 노릇을 하고 있는 거라고 말했다. 그럴 때면 나는 아무런 대답도 하지 않았다.

그날 아버지는 나에게 아침 일찍 자신의 사무실로 오라고 말했다. 하지만 나는 목동에서 분당까지 지하철을 타고 가는 것보다 지하철을 타고 고속터미널로 가서 버스를 타는 게 낫지 싶어 그렇게 부여로 향했다. 그리고 서울로 돌아오는 길에는 아버지가 나를 집까지 바래다주겠다고 해서 아버지의 승용차에 올라탄 것이었다. 아버지와 재잘재잘 대화를 나누는 일은 영 어색했지만, 그렇다고 두 시간 동안 단 한마디도 안 하고 잠자코 있기도 어색하긴 마찬가지였다. 나는 마지못해 어머니 이야기를 꺼냈다. 아버지는 좀체 어머니에 대해 묻지 않았지만, 충분히 궁금해하고 있다는 것을 나는 알 수 있었다.

"엄마는 얼마 전에, 개봉동에 있는 조그만 교회에 전도사로 취직하셨어요."

"그래?"

아버지는 별 관심 없다는 듯 시큰둥하게 대답했다. 하지만 그 시큰둥한 반응 속에는 이미 호기심 어린 목소리가 묻어 나오고 있었다.

"네. 전도사로 일하고 싶어서 오래전에 졸업한 신학대에 서류를 떼러 갔다가 우연히 아는 목사님을 만났대요. 그분이 취직을 도와주셨나 봐요. 엄마는 아직도 주님이 늘 자신을 도와주신다고 말해요."

"잘됐네."

아버지는 여전히 운전을 하느라 내 쪽은 돌아보지도 않고 말했다. 나도 그저 앞만 쳐다보고 있었다. 이대로 대화가 끊길까봐 불안했다. 나는 어머니에 대한 이야기가 아버지와 나의 대화에 주된 내용이 되지 않기를 바랐다. 본론은 따로 있고, 그저 스치듯 어머니 이야기가 나오는 그런 형식의 대화가 되기를 바랐다. 나는 서둘러 다른 화젯거리를 찾으려 노력했지만 좀체 생각나는 일이 없었다.

"저 아는 사람 중에요,"

무작정 내뱉은 말이었다. 일단 그렇게 무작정 내뱉고 나면 내가 뭐라 생각하기도 전에 말들이 먼저 쏟아져 나오는 경우가 왕왕 있었다.

"소설을 쓰는 남자 선배가 있어요. 등단한 소설가인데 저보다 한 다섯 살 많아요."

내 말에는 사실과 거짓말이 섞여 있었다. '소설을 쓰는 선배'는 내가 아는 사람은 맞지만 그냥 나 혼자 아는 사람이었고, 내 선배도 아니었다. 나는 그를 실제로 만나본 적이 없고 그의 소설을 읽어본 적도 없었다. 그저 언젠가 문예지 특집 코너에서 그의 에세이를 한 편 읽었을 뿐이다. 그런데도 나는 그가 나와 아주 가까운 사람인 양 꾸며내어 거짓 대화를 이끌어갔다.

"그런데 그 사람이 얼마 전에 교회에 전도사로 취직을 하게 됐대요."

그것은 사실이었다. 그 에세이 속에서 그는 얼마 전 전도사로 취직해 교회에서 돈을 받고 일하게 되었다는 이야기를 서술하고 있었다. 나는 무심한 듯 튀어나오는 내 말에서 어머니와 그 소설가의 공통점을 찾으려 애쓰고 있는 것이었다.

"그렇게 전도사로 취직해 돈을 받고 일하게 되자 갑자기 불안해지기 시작했대요. 행여나 교회 사람들이 자신의 소설을 읽게 되면, 자기를 겉과 속이 다른 사람으로 바라볼까 봐요. 신앙의 세계와 소설의 세계는 당연히 다를 수밖에 없는 것인데도, 그 괴리감을 이겨내기가 힘든가 봐요."

나는 마치 그가 나에게 직접 고민 상담이라도 해왔던 양 꾸며내어 말하고 있었다. 아버지는 그제야 나와의 대화에 실마리라도 찾은 듯 빠르게 말을 내뱉기 시작했다.

"그래. 젊을 땐 그런 고뇌가 끊임없이 이어지지."

나는 아버지의 말 이면에 감춰진 삶을 조금 알고 있었다. 아버지가 교회를 개척해 목사로 임했던 모습을 본 적은 없지만,

그때의 이야기를 나는 막내 외삼촌에게 자주 들었다. 어머니 여섯 형제 중 가장 나이 어린 막내 외삼촌은 나랑 열일곱 살 차이가 났다. 내가 태어났을 때 외삼촌은 고등학생이었고, 아버지의 교회에서 예배를 드렸다고 했다. 그때 교회의 신도들은 삼촌을 포함해 열 명도 채 되지 않았다. 삼촌은 얼마 되지 않는 신도들과 함께 예배를 보기가 무척 민망했지만, 그렇다고 교회에 나가지 않기도 민망했다고 말하곤 했다. 결국 아버지의 교회는 내가 두 살이 되기 전에 문을 닫았다. 그 뒤로 아버지는 목회를 완전히 접고 회사에 취직해 지금껏 회계사로 일하다가 얼마 전 자신의 사무실을 낸 것이다.

나는 이제까지 살아오면서 아버지가 교회에 가는 모습은커녕 성경을 읽는 모습도 보지 못했다. 무엇이 그를 종교로부터 달아나게 했을까. 답은 알 수 없었다. 다만 집 안 책장에 아직도 남아 있는 아버지의 책들 중 『내 잔이 넘치나이다』 『생의 이면』 『만다라』 같은 소설들을 읽어보며 아버지의 젊은 시절을 내 멋대로 그려볼 뿐이었다. 아버지는 계속해서 말했다.

"하지만 항상 곧고 정직하게 밀고 나갈 수만은 없는 거야. '동물의 왕국' 같은 걸 봐라. 비단 약육강식만을 이야기하는 게 아니다. 같은 사자끼리만 놓고 보아도 강한 사자와 약한 사자가 있게 마련이잖니. 암컷을 놓고 수컷들끼리 싸울 때, 약한 사자는 굳이 나서서 싸우지 않고 그냥 물러나잖아. 자신이 더 약해 싸움에서 질 것을 분명히 알고 있거든. 그런데 만약 그걸 알면서도 싸움에서 도망치는 건 비겁한 짓이라고 판단해 무작정 싸운다고 생각해봐라. 그럼 결국 죽게 되고, 나중에 다시 힘을 길러 싸워볼 수 있는 기회를 놓치고 마는 거 아니겠니. 더럽고 치사해도 일단은 숨죽이며 자신의 힘을 길러야지. 올바르다고 해서 무조건 맞서기만 하는 건 정말 무모한 짓이야."

아버지가 어머니와 별거하기 전, 밤늦은 시간에 홀로 거실에서 텔레비전을 보던 모습이 떠올랐다. 아버지는 특히 동물들이 살아가는 모습을 담은 다큐멘터리 프로그램을 좋아해 새벽 시간까지도 종종 보곤 했다.

"결국, 나이가 들수록 비겁해지는 것 같아요."

나는 고개를 오른쪽 창밖으로 돌리며 무심한 듯 이야기했지만, 아버지의 목소리는 왠지 더 집요해지는 듯했다.

"그래, 비겁해지지. 하지만 어쩌겠니. 더러운 꼴 안 보겠다고 지금 죽을 순 없는 거야. 전쟁이 일어나 나라가 망하고 자식과 부인, 재물을 모두 다 적군에 빼앗겨도 죽는 것보다는 살아남는 게 중요해. 적의 종으로 들어가 때를 기다리고 힘을 길러 다시 치는 경우도 허다하잖니."

"그래요, 와신상담. 『손자병법』에나 나올 법한 이야기죠."

"그건 소설이 아니라 역사야. 과거의 역사를 통해 현재와 미래를 대처해나갈 지혜를 배우는 거다. 나이가 들수록 비겁해지는 게 아니라, 삶의 지혜를 깨닫게 되는 거지."

나는 낮게, "그래요…… 아버지 말이 맞아요"라고 중얼거렸다. 분명 맞는 말이라고 생각이 되었다. 하지만 내게 왕과 장군들이 등장하는 역사 속 이야기는 너무나 먼 허구의 세계 같았고, 모두 다 지어낸 이야기에 불과한 소설은 오히려 내 손에 잡히는 진짜 현실 같았다.

나는 더 이상 아무런 이야기도 하지 않았다. 갈비뼈 사이로 오래 묵은 돌이 착착 얹혀 내려앉고 있었다. 마른침을 삼키며 억지로라도 트림을 좀 하려고 주먹 쥔 손으로 가슴을 콩콩 찧어보기도 했다. 웨딩홀의 뷔페에서 밥을 먹고 바로 차에 올라서인지 소화가 제대로 안 되고 멀미가 나는 것 같았다. 나는 차문 안쪽 손잡이에 달린 단추를 눌러 차창을 내리고 바깥 공기를 들이마셨다.

몇 점 안 남은 상어회 접시는 치워지고 회덮밥과 김마끼가 나왔다. 식사가 나오자 이제 웬만한 화젯거리도 다 떨어졌는지 다들 별다른 말없이 밥을 먹기 시작했다. 나는 식사가 뜨거운 알밥이 아니라 다행이라고 여기며 마끼를 집어 입안으로 밀어넣었다. 이제 워크숍까지는 고작 일주일밖에 남지 않았다.

19 준비

　주말을 보내고 연구실에 출근해 서너 시간이 지날 때까지 특별한 일은 일어나지 않았다. 언제나와 마찬가지로 커피를 마시며 친구들의 인스타그램 게시물을 둘러보고 인터넷 포털의 연예 기사를 읽으며 시간을 보냈다. 그러다 갑작스레 바빠지기 시작한 건 워크숍의 리플릿과 발표 책자 최종 파일들이 이메일로 도착하고 난 다음부터였다. 그때는 그저 오후 5시쯤 연구실을 나서 학교 앞 인쇄소에 일을 맡기고 바로 퇴근하면 될 성싶었다. 그러나 5시가 되자 교내에 설치할 플래카드가 도착했고, 이범우 교수는 전화를 걸어와 퇴근 전까지 교내 게시판에 워크숍 홍보 포스터를 부착해달라고 지시했다. 워크숍이 바로 이번 주 금요일이니, 월요일인 오늘 다 마무리해야 할 일들이었다.

우선 인쇄소에 전화를 걸었다. 나이 든 남자의 목소리가 흘러나왔다. 영업 시간을 묻자 남자는 시큰둥하게 10시까지라고 답하고는 제멋대로 전화를 끊어버렸다. 나는 잠시 멍하니 앉아 무엇부터 할지 정리해보았다. 일단 플래카드를 설치하는 일부터 해결하고 나서 홍보 포스터 부착하는 일들을 마무리하는 게 나을 것 같았다. 평소보다 조금 늦은 시간에 퇴근해 인쇄소에 들르면 되는 간단한 일이었다. 그러나 모든 일들이 내가 원하는 대로 이루어지지만은 않았다. 교내에 플래카드를 게시하려면 관리처에 가서 신청서를 제출하고 승인을 받아야 했다. 플래카드의 내용과 게시 날짜, 해당 학과와 신청인의 이름을 적어서 신청을 하는 것인데 신청인이 많으면 오늘 안에 승인이 나지 않을 수도 있었다. 나는 서둘러 학교 본관의 관리처로 가 신청서를 작성하려 했다. 그러나 나는 다 작성한 신청서를 바로 제출하지 못하고 휴대전화를 꺼내 연구실로 전화를 걸었다. 번번이 이런 식이었다. 신청자의 학과와 학번을 기재하는 난이 있기 때문이었다. 재학생이 아니면 아예 신청을 할 수 없게 되어 있는 것이었다. 강의실을 예약할 때에도 마찬가지여서 그간 '강의실 신청서' 같은 것은 스무 장 정도를 가져다가 연구실에 놓아두고 있었다. 그리고 교수가 강의실 예약을 부탁할 때마다 옆자리의 수혁 씨나 재훈 씨에게 학번을 물어 해당 부서에 제출해 오곤 했다.

전화는 재훈 씨가 받았다. 나는 학번을 묻고 불러주는 대로 받아 적고는 전화를 끊었다. 그러고 나서 그의 이름을 적어 넣은 뒤 아무렇게나 서명을 해서 교내 시설물 관리 담당 직원에게 제출했다.

"오늘 안에 승인이 날까요?"

나이가 제법 들어 보이는 남자 직원은 책상 위의 모니터만 바라보며 마우스를 이리저리 움직였다.

"글쎄요, 확인 좀 해보고요."

남자는 그렇게 말하며 키보드를 두드렸다. 나는 자꾸만 조바심이 났다. 이내 남자가 입을 열었다.

"여섯시 전까지 스티커 받으러 오세요."

"스티커요?"

"스티커가 부착된 플래카드만 게시 가능합니다."

"그럼 그냥 지금 주시면 안 돼요? 저 되게 바쁜데."

그러자 남자는 모니터에서 시선을 떼고 고개를 들어 나를 올려다보았다. 나 지금 일하는 거 안 보여? 시키면 시키는 대로 해야 될 거 아냐, 뭐 이런 말들이 쏟아져 나올 것 같은 표정이었다.

"여섯시까지 올게요."

나는 그렇게 말하고 그만 뒤돌아섰다.

"여섯시 전까지 오세요."

남자의 목소리가 등 뒤에서 울렸다. 나는 돌아보지 않고 관리처에서 빠져나왔다.

포스터 게시만 해도 아무 장소에나 갖다 붙일 수 있는 게 아니었다. 대부분의 게시판에는 이미 게시물들이 부착되어 있고, 게시물 하단에 적혀 있는 게시 날짜를 확인해 날짜가 지난 것들만 떼어내고 그 자리에 붙여야 했다. 나는 스무 장의 포스터를 어깨에 얹고 사무용품함에서 스테이플러를 세 개 꺼냈다. 그리고 책상 앞에 앉아 게임을 하고 있는 수혁 씨와 재훈 씨를 바라보았다. 컴퓨터 화면 속에 정신을 팔고 있어서인지 몸이 다 들썩이고 있었다. 나는 그냥 뒤돌아서 복도로 나와 엘리베이터를 타고 위층으로 올라갔다.

위층 연구실에서 생활하는 대학원생 중 석사과정 1학기에 재학 중인 세 명의 학생에게 포스터 부착을 좀 도와달라고 말했다. 그들 중 한 명은 나와 나이가 같고, 두 명은 나보다 두 살이 많았다. 연구실 위치가 달라서인지 이따금 마주쳐도 인사만 나누는 게 고작인 사람들이었다. 그들이 내 부탁을 흔쾌히 들어줘서 나는 포스터를 각각 다섯 장씩 나누었다. 그러고는 각자 공과대학과 이과대학 복도를 층층이 돌기로 했다.

나는 공과대학 건물 안의 게시판들을 찾아다녔다. 1층부터 5층까지, 'ㄱ'자 모양으로 휘어진 건물을 오르락내리락했다. 햇빛이 들지 않는 건물의 복도는 서늘했는데도 이마에 땀방울이

송글송글 맺혔다. 세 군데의 게시판에 포스터를 부착하고 다시 연구실 안으로 들어가니 차가운 에어컨 바람이 불어왔다. 이마와 등에 맺혀 있던 땀방울이 식어 피부가 시렸다.

벌써 오후 6시가 다 되어가고 있었다. 나는 종이컵으로 정수기의 찬물을 받아 급하게 입안으로 넘기고 다시 연구실 밖으로 나갔다. 그러고는 학교 본관까지 재게 달렸다. 관리처로 들어가 플래카드에 부착할 스티커를 발급받고 나서야 제대로 숨이 쉬어지는 듯했다. 그리고 나서 1층 연구실에 돌아가 보니 나를 도와준 세 명의 학생이 내 자리에 둘러앉아 인터넷을 하며 낄낄거리고 있었다.

"아. 포스터 붙이고 하다보니까. 더워서요."

한 명이 그렇게 말하자 다들 주섬주섬 자리에서 일어났다.

위층 연구실에도 이곳과 똑같은 크기의 에어컨이 설치되어 있었다. 그러나 위층 연구실은 이곳보다 세 배 가량 더 넓었다. 대학원생들이 사용하는 컴퓨터는 열 대가 넘고, 레이저 복합기와 냉장고, 전자레인지 등의 가전제품까지 출입문 옆으로 빽빽이 늘어서 있었다. 여덟 명의 성인 남자들과 여러 기계들이 뿜어내는 열기는 연구실 밖까지 뻗쳐 나오곤 했다. 더군다나 연구실 중앙의 테이블 모서리에는 커다란 책꽂이가 세워져 있어 바람이 잘 통하지 않았다. 오래된 에어컨에서 나오는 미미한 바람은 오히려 따뜻하게 느껴질 정도였다.

이곳의 에어컨 날개는 아래쪽을 향해 대각선으로 늘어뜨려 져 있었다. 날개의 회전이나 바람의 세기를 조절할 수 없는 오 래된 제품이었다. 에어컨의 바람이 곧장 내려앉는 곳은 바로 내 책상 자리였다. 정오를 막 넘긴 시간에 전철역에서부터 연 구실까지 걸어오느라 끓어오른 몸의 열기를 식히기에는 좋았 지만, 내내 앉아 있다 보면 그 찬바람에 온몸이 으슬으슬 떨리 고 머리가 지끈거리기까지 할 정도였다. 갑자기 더워진 날씨 탓에 민소매 티셔츠와 반바지만 입고 다니던 나는 한기가 서릴 때마다 리모컨을 찾아 에어컨의 전원을 껐다. 그러나 종종 화 장실에 가거나 담배를 태우러 건물 밖으로 나갔다가 돌아와 보 면 누군가 다시 에어컨의 전원을 켜두었다. 나는 잠자코 앉아 업무를 보다가 다시 피부의 돌기가 일어서고 몸에 한기가 서리 면 에어컨 전원을 껐다. 그러면 재훈 씨나 수혁 씨 둘 중 하나 는 5분도 못 가서 다시 에어컨을 켰고, 얼마 전부터 나는 더 이 상 에어컨 리모컨에 손을 대지 않았다. 몸에 한기가 서리기 시 작하면 그저 밖으로 나가 담배를 태웠고, 정말 견딜 수 없이 추 울 때면 집에서 가져다 놓은 무릎 담요를 꺼내 어깨에 걸쳤다.

"더 앉았다 가셔도 돼요. 뭐, 음료수라도 좀 드시고 가세요."

그만 연구실을 나서려는 그들에게 나는 그렇게 말하며 정수 기 옆에 놓인 냉장고 문을 열었다. 수혁 씨가 먹지 않고 쌓아 둔 요구르트와 비타민음료 한 상자가 들어 있었다. 나는 상자를 꺼내고 포장을 뜯어 모두에게 음료수를 하나씩 나누어 주고 다시 말했다.

"저, 이거 플래카드 말인데요. 교수님께서 정문이랑 후문 쪽에 하나씩 걸고, 도서관 쪽에도 하나 더 걸라고 하셨는데 저 혼자서는 아무래도 못할 것 같거든요."

나는 플래카드를 펼쳐 오른쪽 하단에 스티커를 부착하며 그렇게 말했다. 플래카드는 총 넉 장이었다. 하나는 워크숍 당일 행사장 안에 걸 것이고 나머지 세 개는 교정에 걸 것으로 양쪽 테두리에 각목이 연결되어 있었다.

"아, 예. 당연히 저희가 해드려야죠."

누군가 한 명이 음료수의 병뚜껑을 돌리며 말했다.

"네. 그럼 음료수 마시고 천천히 하죠."

나는 그렇게 말하고 물을 한 잔 더 들이켰다. 몸속 깊은 곳까지 차가워지는 느낌이 들었다.

세 명의 대학원생과 함께 정문과 후문을 오가며 플래카드를 거는 동안 나는 딱히 할 일이 없었다. 한 명이 플래카드의 한쪽 모서리를 잡고 있으면 다른 한 명이 끈으로 거치대와 각목을 가까이 당겨 동여맸다. 나머지 한 명은 대충 맞은편 모서리를 잡아주며 간격을 맞춰주었다. 웬만해서는 둘이서 다 할 수 있는 일이라 나까지 끼어 거들면 오히려 번거로워질 것 같았다.

퇴근 시간은 이미 훌쩍 지나 있었다. 나는 나머지 플래카드는 그들에게 맡겨버리고 인쇄소에 들러 일을 맡긴 뒤 그만 퇴근하고 싶은 생각이 앞섰다. 하지만 본래 내가 맡은 일을 도와달라고 부탁해놓고 먼저 쏙 빠져나가기가 좀 머쓱했다. 그래서 나는 가만히 서서 그들이 플래카드 설치를 끝내는 모습을 고스란히 지켜보고 있었다. 가끔 수평이 잘 맞는지 확인이나 해주면서 말이다.

20 괴물

　어제인 화요일과 수요일인 오늘도 정신없이 바쁘긴 마찬가
지였다. 학교식당에 찾아가 워크숍 신청자들의 점심식사 식권
을 미리 끊어오고, 주차관리실에 가서 주차권을 발급 받는 등
교내 곳곳을 돌아다니며 무언가를 신청하고 받아 오고 하는 일
들의 연속이었다. 또 화학과의 박보성 교수는 리셉션을 굉장히
중요하게 여기고 있었다. 해서 나에게 학교 근처 레스토랑을
물색해 메뉴 리스트를 가져다달라는 일까지 시켰다. 그중 마음
에 드는 코스 요리를 본인이 직접 선택할 테니 초청 강사와 일
반 참가자들 인원만큼 예약해달라는 것이었다. 그렇게 해서 프
랑스식 고급 레스토랑부터 이태리식 중급 레스토랑까지 고르
고 골라 리스트를 갖다 주었더니 결국 선택한 곳은 교내 동문

회관에 있는 서양식 레스토랑이었다.

워크숍 참가 신청은 두 부류로 나누어 받았다. 학부생 및 대학원생들에게는 리셉션 비용을 제외한 6만 원의 신청비를 받았고, 기업이나 기관에서 오는 외부인들은 10만 원의 참가비를 받았다. 오후에는 그 참가자들의 신청서를 확인하고 계좌로 입금된 금액을 정리해 예산을 확보했다.

오후가 되어 나는 택시를 타고 학교 밖으로 나가 대형마트로 갔다. 커다란 카트를 빼내 종이컵과 일회용 커피, 녹차, 온갖 쿠키상자들로 채워 넣었다. 주스도 오렌지와 포도, 알로에, 토마토 등 종류별로 담아 넣고 다과를 담아낼 접시도 챙겼다.

마트 고객관리센터에 배송을 부탁하고 다시 택시를 타고 학교로 돌아가려고 보니 마트에서는 마침 콜밴으로 배송을 해주고 있었다. 그래서 나는 마트 직원과 콜밴을 타고 상자에 담긴 물건들과 함께 뒷자리에 앉아 학교로 돌아왔다. 밴은 교정을 가로질러 공대 건물 앞까지 들어갔다. 콜밴 기사는 물품들을 모두 건물 현관에 부려놓고 인사도 없이 떠나버렸다. 나는 휴대전화를 꺼내 위층 연구실 번호로 전화를 걸었다. 연결신호음이 울리자마자 누군가가 전화를 받았다.

"네, 전자회로 연구실 석사과정 일학기 송민준입니다."

항상 석사 1학기 학생들이 전화를 받았다. 나는 건물 현관에 워크숍에 쓰일 물품들이 쌓여 있으니 동기들과 같이 내려와서 좀 옮겨달라고 부탁했다. 어차피 금요일 아침 일찍 워크숍 장소인 신축 건물로 누군가 옮겨야 할 테니 위층 연구실에 쌓아두는 게 나을 터였다. 잠시 뒤 석사 1학기 대학원생 세 명이 또 몰려 나왔다. 나는 그들과 함께 엘리베이터에 물건을 실어 5층으로 올라갔다.

위층 연구실은 여전히 더웠다. 나는 연구실 가운데에 놓인 테이블 밑으로 과자와 음료수가 든 상자들을 밀어넣었다. 그리고 문 앞에 놓인 냉온수기에서 냉수를 한 컵 따라낸 뒤 의자에 잠시 앉았다. 물 한 잔만 마시고 다시 아래층 연구실로 내려가야 했다. 그곳에는 오늘 안에 다 처리해야 할 허드렛일들이 산더미처럼 쌓여 있었다. 워크숍 참가자들의 명단을 확인해 명찰을 만들고 식권과 주차권, 리셉션 초대장들을 한 장씩 모아 봉투에 챙기는 일도 남았다. 모두 다 적어도 200개씩은 준비해두어야 할 것이다.

이틀 동안의 시간이 어떻게 지나갔는지도 기억나질 않았다. 어제만 해도 이미 다 짜두었던 워크숍 예산안을 부분 수정해 다시 짜달라는 박보성 교수 때문에 저녁 9시가 다 되어 퇴근을 했다. 그리고 지금은 벌써 오후 4시가 다 되어가고 있었다.

밤 9시가 되면 인쇄소에 맡겼던 리플릿과 발표 책자가 연구실로 배달될 예정이었다. 그러면 내일은 그것들과 답례품을 하나씩 서류봉투에 담아 또 200개 정도 준비해두어야 했다. 나는 차가운 생수를 세 잔째 들이켜고 잠시 상체를 숙여 머리를 탁자에 갖다 댔다. 차가운 기운이 몸속 전체로 퍼져나갔다. 나는 얼마간 움직이지 않고 그대로 엎드려만 있었다.

고개를 들고 눈을 뜨자 탁자 위에 제멋대로 쌓여 있는 논문집과 학회지들이 보였다. 나는 눈을 조금 더 크게 떴다. 논문집과 학회지들 사이에 반으로 펼쳐 뒤집어진 채 끼어 있는 조그마한 책이 자꾸만 시선을 끌었다. 곧이어 어두운 초록빛의 양장본 책표지가 눈에 들어왔다. 나는 눈을 크게 뜨고 자리에서 벌떡 일어났다. 그것은 미셸 깽의 소설 『처절한 정원』이었다. 내가 수혁 씨에게 빌려 주었던 바로 그 『처절한 정원』 말이다.

나는 고개를 돌려 주위를 살펴보았다. 대학원생들은 모두 각자의 자리에 앉아 컴퓨터 화면만을 바라보고 있었다. 모니터에서 쏟아져 나오는 불빛에 그들의 얼굴 굴곡이 더욱 도드라져 보였다. 말, 같은 건, 누구에게도 걸 수 없었다.

나는 『처절한 정원』을 그대로 테이블 위에 두고 밖으로 나가 아래층 연구실로 내려갔다. 그리고 내 자리에 앉아 PC로 워크숍 참가자들의 명단을 확인하고 엑셀 프로그램 워크시트에 그 이름들을 복사해 넣었다. 명찰의 크기에 맞게 엑셀 셀 포인터를 확장시키며 나는 입을 열었다.

"수혁 씨."

그러나 나는 그를 바라보지는 않았다. 그저 모니터 속의 워크시트에 집중한 채 셀의 크기를 조정하며 말을 꺼냈을 뿐이다.

"네?"

나는 그를 보고 있지 않지만, 그 역시 나를 보지 않고 있다는 것을 알 수 있었다. 공기는 조금도 달라지지 않았다. 나는 다시 물었다. 물기 없는 목소리가 벅벅 갈라져 나왔다.

"제가 빌려드린 책, 다 보셨어요?"

그러자 그의 입에서는 한 치의 주저함도 없이 곧바로 대답이 나왔다.

"아, 그거, 아직이요."

나는 명찰 크기에 맞게 확장된 셀 포인터에 맞춰 글자의 크기도 늘렸다. 크기를 웬만큼 설정해놓았는데도 글자는 셀 포인터에 꼭 맞게 들어가질 않았다.

"그럼 그 책 그냥 계속 갖고 계시는 거예요?"

나는 다시 글자의 크기를 더 크게 수정했다.

"아뇨, 그게⋯⋯ 가만 있자, 아, 후배들이 보고 싶다 그래서 빌려준 거 같은데, 지금 드려야 돼요?"

나는 더 이상 대답하지 않고 글자의 크기와 셀의 크기만 계속 맞춰보았다. 이번에는 빈틈없이 꼭 맞아들었다. 곧바로 출력 단추를 눌렀다.

저녁 10시가 훌쩍 넘은 시간에야 나는 연구실에서 빠져나왔다. 천천히 걸어 지하철역에 도착하니 시간은 11시에 가까워져 있었다. 새벽 1시 너머까지 지하철이 운행되고 있지만 밤 11시가 넘으면 열차의 배차 간격이 넓어져 기다리는 시간도 길어졌다. 나는 방화행 열차가 들어오는 5호선 플랫폼에 서서 열차를 한없이 기다렸다.

맞은편 플랫폼에 서 있는 사람들이 보였다. 서 있는 사람들 뒤로 의자에 앉아 있는 사람들도 보였다. 늦은 시간, 사람들은 모두 일행이 없었다. 이어폰을 귀에 꽂고 목을 끄덕끄덕 움직이고 있거나, 아이패드 속에 시선을 고정시켜두고 있거나, 휴대전화의 키패드를 두드리며 누군가와 메시지를 주고받고 있거나 하는 식이었다. 나는 고개를 들어 열차의 진행을 알리는 전광판을 바라보았다. 열차는 아직 이전 역에도 들어서지 않았다.

나는 가방을 열어 아이패드를 찾았다. 저장해놓은 영화가 있었던가. 화장품 파우치와 지갑 사이에서 아이패드의 딱딱한 케이스가 잡혔다. 너무나 차가웠다. 차가움이 내 손을 타고 넘어 심장과 머리끝, 발끝까지 쭉쭉 뻗어가는 듯했다. 온몸이 시리도록 차가운데, 이상하게 하나도 춥지 않았다. 나는 아이패드를 가방 속에서 꺼내지 않고 그대로 놓아두었다. 언제부터였을까. 책을 가지고 다니지 않게 된 것이.

지금 뭐하시는 거예요? 저기요, 나 좀 똑바로 보고 다시 얘기해볼래요? 아니, 어떻게 남의 책을 주인 허락도 없이 다른 사람들한테 빌려줄 수가 있어요? 그래서, 두 권 다 빌려줬나요?

아니면 한 권만? 그것도 아니면, 한 권 한 권 서로 다른 사람한 테 빌려줬어요? 그 사람들한테 그게 내 책이라는 이야기는 했 어요? 언제까지 돌려줄 건지 확인은 했고요? 아니 도대체 무슨 일을 이따위로 해요? 내가 그걸 내 허락도 없이 수혁 씨 후배들 빌려주라고 한 적 있어요? 그 사람들이 안 돌려주거나, 제멋대 로 돌려보다가 잃어버리기라도 하면 어떡할 거예요? 그럼 그냥 그때 가서 돈으로 물어주면 된다고요? 지금 말 다했어요? 그 게 나한테 어떤 책인지 알기나 해요, 라고 따져볼 수도 있었다. 1년, 아니, 3개월 전의 나였더라면 분명히 그렇게 말했을 거였 다. 그러면 그들은 뭐라고 대답할까. 책 한 권 가지고 왜 이렇 게 과민반응을 보이냐고 하며 속으로는 미친년 지랄 똥을 싸 네, 라고 빈정대겠지.

3년 전 처음 소설을 쓰기 시작하면서부터, 아니 어쩌면 10년 전 중학교 수업 시간에 소설을 읽을 때부터, 나는 단 한 번도 책장을 접어본 적이 없었다. 책날개가 접히거나 구겨지는 것도 싫어 반드시 책갈피를 가지고 다녔고, 책갈피가 없을 때에는 휴지나 주민등록증이라도 꺼내 책장에 끼워두곤 했다. 아무리 마음을 움직이는 문장이 있어도 책에 밑줄을 긋거나 메모를 하 지 않고 수첩에 따로 옮겨 적었다. 책등이 벌어질까 봐 책을 활 짝 펼쳐서 읽지도 못했다. 두 번, 세 번, 열 번씩이나 읽은 책도 항상 새 책처럼 빳빳하고 말끔한 상태가 유지되어야만 마음이 편했다. 왜, 였는지는 나도 알 수 없었다. 그냥 그렇게 하고 싶었고, 늘 그렇게 할 수밖에 없었다.

이전 역에 열차가 들어서고 있는 모습이 전광판에 떴다. 소설이 내 전부라고 생각했다. 노는 일에도 진력이 났던 스물두 살, 그때는 정말 할 것도 없고 하고 싶은 것도 없었다. 횡단보도 앞에서 신호를 기다리고 있을 때마다 그저 빵, 하고 차에 치이기만을 바랐다. 종합병원 입원실에 고무줄 환자로 드러누워 보상금이나 진득하니 뜯어내면 좋겠다는 생각을 자주 했다. 혹 일이 잘못되어 죽게 되더라도, 특별히 아쉬울 것도 안타까울 것도 없었다.

이전 역에서 출발한 열차가 내가 서 있는 플랫폼을 향해 달려오고 있었다. 터널 속에서 열차가 가르는 바람이 서서히 밀려왔다. 입시학원에 등록하고, 평생 해본 적 없던 공부를 시작하고, 중학교 교실에 여덟 시간이나 앉아서 수능을 치르는 일들은 소설이 아니라면 저지를 까닭이 없었다. 월요일 아침부터 금요일 저녁까지 통학버스를 타고 다니며 수업을 듣던 일도, 대형서점에 처박혀 값비싼 전공 서적들을 훔쳐보며 과제물을 작성하던 일들도 모두 다 소설 때문이었다. 모든 게 소설 때문이었다. 아무것도 없는 나에게, 오로지 소설만이 있었다. 그것만이 살아갈 이유가 되었고, 희망이 되었고, 힘이 되었다. 소설은 나에게 친구였고, 애인이었고, 가족이었고, 종교였다. 거짓과 위악만이 난무하는 이 세계에서 오로지 소설만이 진실한 존재였고, 유일한 가치였다. 소설이 아니라면 다른 무엇도 하고 싶지 않았다. 당장 죽는다 해도 아쉬울 게 없었다. 나에게서 소설이 없어진다면 나는 아마 잠시의 순간도 견디지 못하고 무너질 거라고만 믿었다.

차가운 바람이 어두컴컴한 터널 안에서 광풍처럼 휘몰아치고 있는 것이 보였다. 머리카락이 흩날리고, 팔뚝과 허벅지에 오소소 닭살이 돋았다. 열차가 플랫폼 안으로 들어오고, 문이 열리고, 사람들이 쏟아져 나왔다. 사람들이 나올 때마다 열차가 덜컹거렸다. 마치 거대한 괴물이 한쪽 내장을 벌려 이제까지 먹은 것들을 토해내는 것처럼 사람들이 쏟아져 나왔다. 다시 그 안으로 사람들이 빨려 들어가고, 문이 닫혔다. 나는 움직이지 않았다. 열차는 곧바로 다시 한 마리 괴물이 되어 어두운 터널 속으로 쉬익 쉬익 바람을 몰며 빠져나갔다. 전혀 아쉽지가 않았다. 이상하게 느껴질 정도로 마음이 하나도 아프지 않았다. 그리고 나는 이렇게 아무렇지 않게 서 있다. 너무도 담담하게, 처음부터 이곳에 아무것도 들어오지 않았던 것처럼.

21 워크숍

　정신없이 바빴던 지난 나흘간에 비해 워크숍 당일에는 막상 할 일이 별로 없었다. 어제 저녁 늦은 시간까지 꼼꼼히 준비를 해둔 덕이긴 하지만, 매번 일의 앞뒤 순서를 재지 않고 내 멋대로 우왕좌왕하며 일해오던 것에 비해 오늘 워크숍이 시작되기 직전까지의 일들은 정말로 순조롭게 진행되었다.

　아침 8시, 위층 연구실의 대학원생들과 교수들 모두 학교에 나와 있었다. 워크숍에 필요한 물품을 대학원생들과 함께 행사장 안으로 나르고 로비에 다과를 차리는 소소한 일까지 다 마무리 지었다. 그리고 그동안 준비해둔 명찰과 봉투를 참가자들에게 나눠주기 좋게 꺼내놓은 뒤 행사장 입구에 놓인 긴 책상 앞에 서서 백화점 안내데스크 직원처럼 환하게 웃었다.

물론 문제가 아주 없는 것은 아니었다. 어제 저녁, 고등학생 때 입던 정장을 꺼냈을 때였다. 온라인 쇼핑으로 구입했던 싸구려 정장이라 이미 색이 많이 바랜 데다가 퀴퀴한 냄새까지 진동했다. 아직 10대였을 때, 나이트클럽에 들락거리려면 나이가 들어 보여야 신분증 확인을 하질 않아서 늘상 입고 다녔던 것들이었다. 술냄새와 담배 냄새가 잔뜩 배어 있는 걸 세탁도 건조도 제대로 하지 않고 옷장 한편에 둘둘 말아 넣어둔 상태였다. 성인이 되고 난 뒤부터는 굳이 어른스럽게 꾸미고 다닐 필요가 없어서 캐주얼 차림으로 홍대 입구나 이태원 골목길에 즐비한 클럽으로 놀러 다녔으니 말이다.

나는 세탁소 비닐에 쌓여 있는 하얀색 바지 정장을 집었다. 흰옷은 관리를 제대로 안 하면 금세 누렇게 변하기 때문에 그나마 틈틈이 꺼내 드라이를 해놓기도 한 옷이었다. 흰색 옷은 클럽의 현란한 조명을 그대로 다 받을 수 있어 사람들의 시선을 끌기 좋았다. 스테이지에서 춤을 추다가 재킷을 벗어도 계속해서 시선을 끌 수 있도록 오프숄더 탑을 안에다 받쳐 입고 다니던 기억도 났다.

이른 새벽에 일어난 나는 샤워를 마치고 화장을 한 뒤 간절기용 트레이닝복을 입었다. 그러고는 진분홍색 블라우스와 함께 챙겨둔 흰색 정장을 쇼핑 봉투에 담아 학교로 갔다. 연구실에는 아직 아무도 도착해 있지 않았다. 수혁 씨와 재훈 씨는 분명 10시가 넘은 시각에 바로 행사장으로 올 것이다. 나는 연구실 문을 잠그고 트레이닝복을 벗었다. 그러고 나서 블라우스를 챙겨 입고 의자에 앉아 바지를 꿰어 입었다. 그런데 바지의 후크가 서로 닿지를 않았다. 그렇게 관리를 했건만, 아무래도 고등학생 때보다는 허리가 굵어진 것이었다. 나는 자리에서 일어나 배에 힘을 주고 숨을 잔뜩 들이마신 뒤 손에 힘을 줘 후크를 끌어당겼다.

워크숍이 시작되자 사람들은 모두 행사장 안으로 들어가버렸다. 나는 다과상에 놓인 쿠키와 오렌지주스를 가져다가 책상에 두고 앉아서 조금씩 먹기 시작했다. 사소한 문제는 또 있었다. 위층 연구실에서 쓰던 냉온수기를 이곳에 연결할 때의 일이다. 정장을 차려입은 대학원생들은 20리터들이 생수통을 네 개나 들고 왔다. 그런데 로비의 콘센트는 끝 쪽 구석진 자리에 박혀 있었고, 냉온수기의 코드 선은 너무 짧았다. 로비 한가운데에 차려놓은 다과상을 구석으로 밀어넣을 수도 없는 일이었다. 나는 연구실에 있던 잡동사니 상자를 생각했다. 그 안에서 분명 멀티탭을 본 적이 있었다. 학생들에게 잠깐 기다려보라고 말한 뒤 나는 연구실로 달려가 잡동사니 상자를 찾았다. 그런데 연구실 한쪽에 켜켜이 쌓아둔 상자들을 모두 끌어내 뒤져보아도 그 상자를 찾을 수가 없었다. 안 쓰는 키보드와 마우스 따위를 담아두었던 상자였으니 그사이 누군가 버렸을지도 모르는 일이었다. 어떻게 해야 하나 싶어 잠시 멍하니 서 있는데 휴대전화 벨소리가 울렸다. 위층 연구실의 대학원생이었다.

"혜정 씨, 멀티탭 찾았어요?"

"아뇨. 연구실에 쌓여 있던 상자에서 본 것 같은데, 아무리 찾아도 없네요."

"그러면, 위층 연구실 옆에 옆에 연구실로 가보실래요? 저희 연구실은 아니고, 인터넷공학 연구실이요. 거기 선배들한테 한 번 빌려보시겠어요? 제가 지금 그쪽 연구실 선배한테 전화해놓을게요."

"네. 알았어요."

그렇게 말하며 나는 전화를 끊고 복도로 나가 엘리베이터를 탔다. 5층으로 올라가 그 연구실의 문을 두드리자 남학생 한 명이 문을 열어 주었다.

"오셨어요? 방금 전에 전화 받았습니다."

"아, 네."

"지금 찾아보고 있으니까 잠깐만 기다리시겠어요? 안으로 들어오셔서 기다리세요."

"아뇨, 괜찮아요. 빨리 가봐야 해서요."

나는 그렇게 말하고 열린 문 앞에 서서 기다리기로 했다. 그 때 그 남학생이 연구실 안쪽에 대고 소리쳤다.

"형은아, 아직 못 찾았니? 이범우 교수님 연구실에서 대학원생이 벌써 오셨는데."

별일도 아니긴 했지만 나는 잠시 눈앞이 캄캄했다. 그에게 "저 대학원생 아닌데요"라고 말하려니 "그럼 누구세요?"라는 질문이 따라올 것만 같았다. 그럼 뭐라고 대답해야 할까. 이내 다른 남자가 멀티탭을 들고 나왔다. 나는 얼른 받아들었다. 행사 끝나고 바로 돌려주겠다고 말한 뒤 감사인사를 전하고 다시 엘리베이터를 탔다.

행사장 안쪽에서는 외국인이 발표를 하는지 잘 알아들을 수 없는 언어가 스피커를 타고 로비까지 흘러나왔다. 나는 미리 가져다놓은 쿠키를 입안에 넣으며 만일 그 남자가 정말로 "그럼 누구세요?"라고 물었다면 뭐라고 대답했을지 생각해보았다. 우선 이범우 교수가 나를 채용할 때 내세웠던 '연구보조원'이라는 직함은 싫었다. 실제 나는 연구를 도와주는 사람이 아닐뿐더러, 아무도 나를 그렇게 부르지 않았다. 이범우 교수는 나를 '미스 량'이라고 불렀고, 대학원생들은 '혜정 씨'라고 불렀다. 학교 본관의 관리처나 행정실, 연구처 사람들은 나를 '학생'이라고 불렀다. 그리고 가끔 찾아오는 대학원 졸업생들은 '양 비서님'이라고도 불렀다. 그중 딱히 이렇다 싶은 게 없었다. 분명한 건, 나는 학생도 비서도 아니었다. 엄밀히 따지자면 '전자회로공학 연구실에서 연구비를 관리하는 아르바이트생' 정도가 맞겠지만, 그렇게 긴 설명은 안 하느니만 못했다. 그렇다고 해서 이범우 교수가 쓰는 호칭을 따라 "미스 량인데요"라 거나 대학원생들이 쓰는 "혜정 씨라고 하는데요"라는 말들을 내뱉을 수도 없는 노릇이었다. 쿠키가 뻑뻑하게 목구멍을 조여 왔다. 나는 오렌지주스를 한 모금 들이켠 뒤 꿀꺽 삼켰다.

쉬는 시간이 되자 사람들이 로비로 나와 화장실에 가거나 다 과를 들었다. 건물 밖으로 나가 담배를 피우는 사람들도 있었 다. 나에게 다가와 학교식당은 어디인지, 리셉션 장소는 어디 인지, 답례품을 하나 더 받아갈 수 있는지 따위를 묻기도 했다. 나는 그럴 때마다 레스토랑에서 아르바이트를 할 때처럼 친절 하게 웃으며 나긋나긋한 말투로 대답해주었다.

다시 두번째 발표가 시작되고, 나는 책상에 앉아 쓸데없는 생각들을 반복했다. 그리고 오전 일정이 모두 끝나자 두 시간 동안의 점심시간이 이어졌다. 조금 사소한 문제가 또 생겼다. 화학과의 박보성 교수가 외부 기업에서 초청한 사람들과 발표 자들을 모아 학교 밖에 위치한 한정식집으로 가서 점심을 먹겠 다는 것이었다. 대략 눈대중으로 보니 스무 명 정도는 되는 인 원이었다. 워크숍 참가자들의 점심식사를 위해 준비한 식권이 남으면 다시 학교식당에 가 환불을 받아야 할 것이다. 환불이 안 되면 대학원생들에게 나눠주게 될 테지만 어차피 내 돈은 아니니 크게 신경 쓰지는 않았다. 그런데 식사를 마치고 온 박 보성 교수가 영수증을 넘겨주더니 식대를 워크숍 예산으로 처리해달라고 말했다. 영수된 금액은 50만 원이 넘었다. 회의 따위 한답시고 일주일에 한 번씩 가졌던 모임에서의 식사비까지 이미 회식비로 잡아둔 상태였다. 더 이상 보태고 뺄 것도 없이 딱 맞게 짜놓은 예산을 어떻게 조정해야 할지 가늠이 되질 않았다. 나는 일단 영수증을 지갑에 넣어두고 밖으로 나가 담배를 물었다. 그러자 식사를 마치고 돌아온 대학원생들이 다가와 자기들끼리 로비 데스크를 지키고 있을 테니 내게도 식사를 하고 오라고 말했다. 오전에 과자를 너무 많이 먹어서인지 밥 생각이 나지 않았다. 그래서 나는 그들에게 괜찮다고 대답했다.

"그래도 가셔야 되는데…… 교수님이 꼭 교대해주라고 시키셔서……"

내가 밥을 먹지 않고 계속 로비 데스크에 앉아 있으면 아마도 학생들이 교수님에게서 오해를 살 것 같았다. 나는 그만 알았다고 대답하고 건물을 돌아 학교 운동장으로 걸어갔다. 그리고 운동장 가장자리 벤치에 앉아 농구를 하고 있는 남학생들을 바라보았다. 윗옷을 벗고 상반신을 드러낸 채 땀에 흠뻑 젖어 뛰어다니는 학생들도 더러 보였다. 5월은 정말, 지독히도 더웠다.

나는 휴대전화의 폴더를 열어 검색 단추를 눌렀다. 저장된 전화번호는 500개가 넘었다. 나는 아래쪽 방향 단추를 눌렀다. 기역으로 시작하는 성을 가진 이름들이 하나하나 올라가기 시작했다. 치읓과 지읏의 이름들을 지나, 이응으로 시작되는 이름들이 이어 나왔다. 나는 계속해서 방향 단추를 눌렀다. 휴대전화 액정 화면 속의 포인터는 사람들의 이름을 타고 끊임없이 올라갔다.

오후 2시, 발표가 다시 시작되었다. 나는 로비의 데스크에 앉아 행사장에서 흘러나오는 발표 소리를 들으며 깜박깜박 졸기도 했다. 간간이 늦게 도착하는 사람들에게 준비된 물품들을 챙겨주고, 쉬는 시간이 끝나면 비워진 다과상에 쿠키와 음료를 새로 채워 넣기도 했다. 수혁 씨와 재훈 씨는 오후 3시 반쯤 술 냄새를 풍기며 로비 안으로 들어섰다. 내가 그들의 명찰을 찾아주자 수혁 씨는 상갓집에 다녀오느라 늦었다고 말했다. 검은 양복에 타이도 매지 않은 모습이 딱 밤새고 온 꼴이긴 했다. 나는 아무 말 않고 그들에게 명찰을 넘겨주었다. 그리고 다시 책상에 앉아 휴대전화에 저장된 이름들을 계속해서 넘겨보았다.

워크숍은 오후 6시 정각에 별 다른 문제없이 마무리되었다. 오전과 마찬가지로 위층 연구실의 대학원생들이 짐을 날라주어 나는 별로 할 일이 없었다. 꽉 끼는 바지를 입고 너무 오래 앉아 있느라 숨쉬기가 힘들었던 것 빼고는 정말로 다 괜찮았다. 나는 가만히 서서 행사장과 로비가 정리되어 가는 모습을 지켜보다가 그만 건물을 빠져나왔다. 건물을 등지고 돌아 다시 연구실로 걸어가려는데 휴대전화 벨소리가 울렸다: 이범우 교수였다.

"여보세요."

"응. 미스 량인가?"

"네. 지금 거의 다 정리되어 갑니다."

"아, 그래? 그럼 혹시 미스 량 이쪽으로 와서 리셉션에 참석하지 않겠나? 그동안 수고도 많이 하고 해서 식사라도 같이하고 싶은데 말이야."

"아뇨, 괜찮습니다."

"여기 교수님들도 다들 미스 량 고생이 제일 많았다고 찾으시는데, 와서 같이 자리하지."

이범우 교수는 항상 그 부드러운 목소리와 다정다감한 말투로 무언가를 권하거나 부탁했다. 늘 따뜻하게 배려하는 것처럼 보이지만 그래서 더 중압감이 느껴지기도 했다. 이범우 교수가 그렇게 다정하게 이야기를 꺼내면 대학원생들은 절대로 거절하지 못하고 그의 뜻을 따라야만 했다.

"아뇨, 저 이미 학교 밖으로 나왔어요. 신경 써주셔서 감사합니다."

"아니 그래도 저녁은 먹을 거 아닌가. 아직 멀리 간 것도 아닐 텐데 웬만하면 다시 오지 그러나."

여전히 부드러운 음성에 한층 더 나긋나긋해진 말투였다.

"저녁은 집에 가서 먹을게요. 정말 괜찮습니다, 교수님."

나는 숨을 크게 들이쉬고 내쉬며 말했다. 아닌 게 아니라 지금 이 상태로 레스토랑에 앉아 서양식 코스 요리를 먹다가는 디저트가 나오기도 전에 바지의 후크가 떨어져나갈 판이었다. 이범우 교수는 조금 작은 목소리로 다시 말했다.

"미스 량 정말 왜 이러나. 내가 이렇게 생각해서 이야기하는데 사람 성의를 봐서라도 와야 하는 거 아닌가."

"교수님 성의만 감사히 받겠습니다. 그리고 레스토랑에는 사전에 신청한 인원수에 딱 맞춰 예약을 해두어서요."

"아니, 어차피 참가자들이 많이 돌아가고 자리도 남으니까 부담 갖지 말고 나오지 그러나."

리셉션 비용까지 포함한 10만 원의 일반 참가비를 모두 입금한 사람은 학과 교수들을 포함해 스무 명도 채 되지 않았다. 교수들을 제외하고 나면 대기업 연구실의 연구원들 대여섯 명이 고작이었다. 나머지 사람들은 리셉션 비용을 뺀 6만 원만 입금하고 참가하는 것이었다. 어차피 이미 입금이 다 된 돈이니 일반 참가자가 저녁을 먹지 않고 가버리면 리셉션 비용이 고스란히 남을 것이다. 그러나 레스토랑에서는 예약한 인원수대로 요리를 준비해두었을 게 분명했다. 박보성 교수가 메뉴까지 일일이 지정해 예약을 부탁했으니 말이다. 먹은 사람도 없는데 공연히 예약한 인원수대로 식사비용을 지불하거나, 아니면 민망함을 무릅쓰고 미리 준비해둔 음식 중 6인분 정도는 취소해야 할 것이다.

"교수님. 제가요, 진짜 이런 말씀 안 드리려고 했는데요. 저 스테이크 정말 싫어하거든요. 성의는 감사하지만 먹기 싫은 걸 먹자고 거기까지 갈 수는 없어요. 그만 전화 끊겠습니다."

그렇게 말하고 나는 이범우 교수의 대답도 듣지 않은 채 휴대전화의 통화 종료 버튼을 눌러버렸다. 무엇보다도 빨리 옷부터 좀 갈아입고 싶었다.

연구실에 들어가 보니 수혁 씨와 재훈 씨가 자리에 앉아 컴퓨터를 하고 있었다. 나는 내 책상 위에 올려둔 쇼핑 봉투를 집어 트레이닝복을 꺼냈다. 그리고 둘을 향해 말했다.

"저기요. 죄송한데, 잠깐 밖에 나가서 담배라도 좀 태우고 오시면 안 될까요?"

둘이서 동시에 나를 바라봤다. 나는 다시 말했다.

"저 옷 좀 갈아입으려고요."

나는 손에 쥐고 있던 트레이닝복을 조금 높이 들어보였다. 수혁 씨의 표정에서, 화장실에 가 갈아입으면 안 되나, 하는 말들이 묻어나왔다.

"여자 화장실 바닥에는 물이 많아서, 바지가 젖을까 봐서요."

그제야 둘은 예에애, 하는 불분명한 발음의 대답을 하고는 담뱃갑과 지갑을 들고 연구실 밖으로 나갔다. 나는 문고리를 걸어 잠그고 뒤로 돌아 맞은편 창문을 바라봤다. 때와 먼지가 부옇게 낀 연구실 창문 밖으로 교정을 지나는 사람들의 머리통이 보였다. 어느새 어스름이 자욱이 내려앉아 있었다. 혹시나 내가 옷을 갈아입는 모습이 밖에서 보이지 않을까 싶어 출입문 옆의 형광등 스위치를 눌러 불을 모두 껐다.

창문으로 들어오는 희미한 빛에 의지해 나는 양손으로 바지의 후크를 집었다. 팽팽하게 당겨진 바지 때문에 후크가 제대로 열리질 않았다. 나는 다시 숨을 크게 들이쉬고 손에 힘을 줘 후크를 당겼다. 겨우 후크가 열리고, 하아, 하는 커다란 숨이 한꺼번에 빠져나왔다. 이내 바지를 벗고 재킷과 블라우스도 벗은 뒤 책상에 아무렇게나 던져놓았다. 옷을 벗자 차가운 에어컨 바람이 뼛속까지 와 닿는 것 같았다. 나는 얼른 티셔츠와 트레이닝팬츠를 챙겨 입고 리모컨을 찾아 에어컨의 전원을 내렸다. 그러고는 의자에 앉아 벗어둔 옷들을 쇼핑 봉투 속에 구겨넣어 바닥에 내려놓은 뒤 잠갔던 문고리를 풀어놓았다.

책상 위 스피커에서 메시지 알림 소리가 울렸다. 컴퓨터가 켜 있는 모양이었다. 마우스를 움직이자 모니터에 불이 들어왔다. 동현이었다. 디트로이트의 날씨는 정말이지 개 같아서, 미친듯이 맑고 화창하다가도 어느 날 갑자기 아무렇지도 않게 눈이 쏟아져 내린다고 말했다. 5월에 내리는 눈이라니. 옛말 틀린 거 하나 없구나…… 나는 홀로 중얼거렸다.

─거기도 눈이 오는구나

나는 손으로 키보드를 두드려 메시지를 입력했다.

—여기도 눈 온다

아닌 게 아니라 내 자리의 스파트필름 꽃술에 꽃가루 분분했
다. 스파트필름 이파리 위로 꽃가루가 하얗게, 눈처럼 내려와
있었다. 얼마 전 꽃봉오리가 맺혀 있는 것까지는 본 것 같은데,
언제 이렇게 피어난 것일까. 다시 동현의 메시지가 들어왔다.

—지금 서울에 눈이 온다고? 말도 안 돼
—사람 사는 데가 다 거기서 거기지 뭐. 거기나 여기나 오뉴
　월에 눈 내리는 건 똑같다고
—와, 진짜 안 믿긴다. 정말 지랄 같은 날씨구나
—그래, 지랄 같은 날이지

그렇게 대답하고 나서 계속 이야기하려 했는데 갑자기 키보
드가 먹지 않았다. 나는 마우스를 움직여 대화창에서 껌벅이는
커서를 다시 클릭해보았다.

—그래서 오늘 학교도 못 가고 하루 종일 집구석에만 처박혀
　있다

—야, 양혜정. 왜 대답이 없어. 너 또 어디 갔냐

　동현은 계속해서 메시지를 보내왔다. 대화창의 커서는 여전히 깜박이며 나의 입력을 기다리고 있었다. 나는 자리에서 일어나 의자를 뒤로 빼고 몸을 숙여 책상 밑으로 기어 들어갔다. 그러고는 책상 아래 바닥에 놓아둔 컴퓨터의 본체를 끌어당겼다.
　휴대전화의 손전등을 켜서 본체 뒤쪽에 연결된 선들을 비춰보았다. 키보드의 잭은 제대로 꽂혀 있었다. 나는 혹시나 싶어 잭을 한 번 뺐다가 다시 꽂았다. 마우스와 모니터, 그리고 무언지 알 수 없는 나머지 잭들도 꾹꾹 눌렀다. 그러고 나서 컴퓨터 본체를 안으로 다시 밀어넣었다.
　나는 몸을 일으켜 책상 밖으로 나가려다가 그만 중심을 잃고 바닥에 주저앉았다. 연구실 바닥은 차갑고 딱딱했다. 나는 그대로 주저앉아, 이제 어떻게 할지 생각해보았다. 지난 나흘간 연구실에서 근무한 시간은 하루 열 시간도 넘었다. 워크숍이 끝났다고는 하지만 앞으로도 처리해야 할 일들이 산더미처럼 쌓여 있었다. 그러니 기존의 다섯 시간만의 근무로는 버거운 게 사실이었다. 어차피 계속 이렇게 추가로 시간을 들여 일을 할 거면 아예 아침 일찍 출근하거나 밤늦은 시간까지 일하기로 하고 돈도 두 배로 달라고 하는 게 어떨까. 그렇지 않고서는 도저히 다 처리해낼 수 없는 업무들이니 말이다. 싫다고 하면 어쩌지. 그러면 그냥 이번 달 시급만 받고 그만둬버릴까? 어차피 아르바이트로 들어온 거니 후임자를 구할 때까지 기다려 인수인계를 해줄 필요도 없었다.

일을 그만두고 나면 어떻게 할까. 이제 소설 같은 건 쓰지 않을 것이다. 레스토랑 매니저로 취직하거나, 다시 와인바에 가서 새벽일을 해도 괜찮을 것 같았다. 레스토랑에 취직하면 하루 여덟 시간, 주 5일 근무에 180만 원 정도의 월급을 받을 수 있고 세 달에 한 번씩 상여금이 나왔다. 와인바에서 미정 언니와 같은 직원이 되면 보통 오후 4시부터 다음날 새벽 3시까지 열 시간 내지 열한 시간 정도 근무했다. 주말에는 열두 시간씩 일을 하고, 휴무도 한 달에 세 번 내지 네 번일 테지만 200만 원 정도의 월급이 지급될 것이다. 외식업계의 특성상 주말에 쉬지 못하는 건 둘 다 마찬가지였다. 적은 시간 일하고 휴일을 좀더 챙길 수 있는 레스토랑에 들어갈까 아니면 일을 좀 많이 하더라도 돈을 더 많이 주는 와인바에 들어갈까.

나는 다시 레스토랑에서의 근무와 와인바에서의 근무를 떠올려보았다. 레스토랑에서는 여덟 시간밖에 일하지 않지만 밥을 먹는 시간 외에는 잠시도 쉬거나 앉아 있을 수 없었다. 손님이 없을 때에도 항상 대기 자세로 서서 언제 들어올지 모르는 고객들을 맞이할 준비를 하느라 잠시도 긴장을 풀 수 없었다. 반면 와인바에서는 하루 열 시간 이상을 일하지만 손님이 많이

들이닥치는 시간은 저녁 9시에서 새벽 1시 사이뿐이었다. 나머지 시간에는 와인 잔을 닦고 주류를 정리하며 시간을 보내거나 그마저도 일이 없을 땐 아무 자리에나 앉아 미정 언니와 시시덕거릴 수 있었다.

직원 식사도 비교 대상이긴 마찬가지였다. 레스토랑에서 서빙해야 할 음식들은 쳐다보기만 해도 군침이 도는 스테이크와 로브스터 그리고 수제 파스타와 샐러드 등이었다. 매일 보는 음식이라 질릴 법도 하건만 서빙을 하다 보면 에너지 소비가 크게 마련이고, 그런 상태에서 마주하는 레스토랑 음식들은 정말이지 정신을 차릴 수 없게 만들었다. 식사 시간이면 직원 식당에서 주방장이 만들어놓은 백반을 먹었지만 그런 음식은 아무리 많이 먹어도 배가 부르지 않았다. 하루 종일 서서 하는 일이다 보니 사람들이 먹다가 남기고 간 빵과 고기를 몰래 주워 먹고 싶은 유혹을 물리치기 힘들 만큼 늘 배가 고팠다. 그러나 규정상 고객이 남긴 음식은 절대로 먹을 수 없으며, 먹을 시간과 공간 자체가 없기도 했다. 그럼에도 불구하고 종종 식탐이 많은 남자애들은 테이블을 치우며 챙긴 음식들을 화장실로 가지고 가 몰래 먹었다. 그러다가 매니저에게 걸리면 혼이 나는 건 둘째 치고 마음 깊이 수치심이 남더라는 말들도 떠올랐다.

대부분의 주점들은 먹는 것에 관한 한 비교적 자유로운 편이었다. 물론 그렇지 않은 곳들도 있기야 하겠지만 내가 일해본 대부분의 호프집이나 바에서는 각종 음료와 커피, 하우스 와인과 칵테일 정도는 알바생들조차 굳이 사장의 허락을 받지 않고 마음대로 먹어도 되었다. 또 근무 시간이 열 시간이나 되다 보니 기본적으로 하루 두 끼를 제공했고, 꼭 밥 먹는 시간이 아니어도 손님이 없을 때면 주방 직원에게 부탁해 먹고 싶은 음식을 만들어달라고 할 수도 있었다. 바쁘지만 않으면 담배도 아무 때나 피울 수 있고, 손님이 있는 자리에서 직원들끼리 잡담을 나누어도 괜찮았다.

미연에게 사무실 자리를 하나 알아봐달라고 부탁해도 될 것 같았다. 미연은 증권회사 경리부 주임이 되면서부터 거래처에 급여가 높은 사무 보조 자리가 났다느니, 아는 회사에서 사람을 구한다느니 하며 번번이 연락을 해왔다. 예전에는 소설을 쓰리라는 생각이 있었고, 경리 일에는 싫증을 잘 느끼던 때라 제대로 따져보지도 않고 거절하기 바빴다. 하지만 지금 이 연구실에서의 일도 경리 일과 다르지 않았다. 이제는 나이가 들어서 그런 건지 공간이 편해서 그런 건지 아무튼 이 일이 그렇게 싫거나 지겹지만은 않았다. 이곳에서 일하는 3개월 동안 제법 이력도 붙었으니 다른 회사에 들어가보는 것도 나쁘지 않을 것 같았다.

정지헌 선배에게 드라마 보조작가 자리를 다시 알아봐달라고 하는 건 어떨까. 선배는 방송국에 아는 사람이 많으니 보조

작가 자리쯤은 언제든지 알아봐 줄 수 있을 것이다. 꼭 드라마가 아니더라도 예능 프로그램의 보조직 정도는 금세 물어다 줄지도 모르겠다. 방송국 사람들은 입이 험하고 성격이 거칠다고는 하지만 그건 또 그만큼 시원시원하고 활동적이라는 뜻일 수도 있었다. 쉽게 다가서고 금세 친해질 수 있는 사람들과 부대끼며 방송과 관련된 다양한 경험을 쌓는 것도 재밌을 것 같았다.

이도 저도 아니다 싶으면 그냥 여기서 계속 아르바이트를 하든가, 아니면 모두 다 그만두고 한동안 백수로 지내도 나쁠 건 없었다. 어릴 때처럼 옷이나 액세서리 따위를 구입하는 일도 시들해졌고, 인터넷으로 책을 구입할 일도 이제는 없다. 집이야 어차피 어머니 집에서 살고 있으니 세금이나 관리비를 낼일도 없고 친구들을 만나 내 돈을 쓰지만 않으면 통장 잔고로 휴대전화 요금과 교통비 정도만 충당하며 얼마든지 살아갈 수 있었다. 조금만 쉬다가 남들처럼 취업과 관련된 자격증 학원에 다녀서 준비를 잘하면 웬만한 중소 출판사나 광고회사에 취직할 수도 있을 것 같았다. 그동안은 소설을 쓰겠다는 각오 때문에 취직할 마음을 먹지 못했을 뿐이지, 마음만 먹으면 정말이지 못할 게 없었다.

앞으로 살아갈 날들에서 소설을 빼고 나니 할 수 있는 일들이 정말 많았다. 소설만 쓰지 않으면 나는 무엇이든 할 수 있고 어디로든 갈 수 있었다. 혹은 아무것도 하지 않을 수도 있고 아무데도 가지 않을 수도 있다. 어느 쪽이든 어렵고 힘든 일은 하나도 없었다. 소설을 공부해오며 나는 소설이 나를 지탱해주는 디딤돌이라고 여겨왔는데, 이제와 돌이켜보니 소설은 내 앞을 가로막고 있는 걸림돌일 뿐이었다.

내 소설을 읽어본 사람들은 항상 이렇게 말했다.

"나쁘지 않다."

나는 그것이 꼭, 나에게 재능이 있다는 말처럼 들렸다. 그러나 그것은 "좋지 않다"는 말이기도 하고, 나에게 재능이 없다는 뜻이기도 했다. 아무리 공을 들여 소설을 쓰고 또 퇴고를 해도 사람들은 다 괜찮은데 무언가 하나씩 부족하다고 말했다. 인물의 행동에 설득력이 없고 사건의 전개에 개연성이 떨어진다. 설명이 많고 묘사가 부족하다. 스토리가 느슨하고 플롯이 제대로 엮이질 않았다. 인물과 소재, 배경이 너무 평이하다. 나는 사람들의 이야기를 듣고 소설을 고치고 또 고치며 아무리 노력을 해봐도 결과는 언제나 매한가지였다. 나는 '다 괜찮은데 무언가 부족한' 소설이 아닌, '다 부족한데 무언가 괜찮은' 소설을 쓰고 싶었다. 그러나 아무리 노력해도 그런 평가는 돌아오지 않았다.

소설을 쓰는 일도 어렵지만 500:1 정도의 경쟁률을 자랑하는 신춘문예에 당선되는 일은 더 어려웠다. 재작년부터 작년까지 공들여 쓰고 또 퇴고하기를 수십 번이나 반복해 투고했던 소설들은 모두 다 예심도 통과하지 못하고 뚝뚝 떨어졌다. 설사 운이 좋아 그 바늘구멍 같은 틈을 뚫고 신춘문예 당선자가 된다해도, 그다음부터는 어떻게 살 수 있을지 전혀 가늠이 되질 않았다. 수십만 부의 책이 팔려나가는 스타 작가가 되거나, 각종 문학상을 휩쓸며 문단의 인정을 받는 작가가 되는 일들은 바라지도 않았고 바랄 수도 없었다. 그런 걸 바라기 때문에 힘이 드는 게 아니었다. 그저 소설 한 편 한 편을 완성해나가는 일 자체가 다 너무 힘들고 싫었다. 소설의 내용을 구상하고, 인물과 배경을 설정하고, 플롯을 짜고 자료를 조사하고 취재를 하는 일들이 내게는 다 어렵기만 했다. 고전 명작 소설을 읽어대는 일도 이제는 다 지겨웠다. 원고지 80매짜리 단편소설 한 편을 완성하기까지 들이는 시간과 노력, 체력과 감정의 소모도 더 이상 견딜 수가 없었다. 이러한 일들을 모두 감당해가며 평생 소설가의 삶을 살아갈 수 있을 정도로 나는 강하지 않았다.

소설만 아니라면, 나는 무엇이든 할 수 있었다. 취직을 하든 백수로 지내든 어떻게든 살아가게 마련이고, 그렇게 살다 보면 백마 탄 왕자님까지는 아니어도 쿠페를 타는 도련님 정도는 맞이할 수 있겠지. 서울 시내의 웨딩홀에서 결혼식을 올린 뒤 비행기를 타고 따뜻한 나라로 날아가 해변에서 칵테일을 마시는 거야. 밤이면 포근한 침대 위에서 서로를 끌어안으며 잠들겠지. 시작은 자그마한 연립주택이나 전세 아파트여도 괜찮아. 남편이 벌어오는 돈으로 장을 보고 음식을 만들고, 세탁기와 청소기는 일주일에 한 번씩만 돌리면 될 거야. 주말이면 이탈리안 레스토랑에 가서 식사를 하며 둥그런 와인 잔을 기울이고, 가끔은 백화점에 가 남편의 신용카드로 수입 화장품과 원피스를 살 거야. 그렇게 단꿈 같은 신혼부부로 2년여 정도 지내다가 어느 날 뱃속에 아이를 품게 되면, 그때는 정말 다이어트 따위는 잊은 채 비싸고 맛있는 음식들을 마음껏 먹어야지. 건강하고 듬직한 사내아이를 낳고, 꽃처럼 화사한 계집아이도 이어서 낳을 거야. 32평형 아파트로 이사를 가고, 아이들을 돌보느라 정신없이 바빠져 외출할 시간도 없어지면 나처럼 아이 키우는 친구들과 한두 시간씩 전화 통화를 하며 지내게 되겠지. 아이들이 자라고, 고급 브랜드의 49평형 아파트로 이사를 가고, 아이들이 대학을 졸업해 취직을 하면 멋진 배우자를 데리고 내 앞에 나타나…… 나는 다시 웨딩홀에 들어서고, 손자와 손녀가 태어나고, 그들을 돌보면서, 그렇게 편안하고 행복한 삶을 끊임없이 살아가면 돼. 아무것도 어려울 게 없고 아무것도 고민할 게 없어. 나는 그렇게, 그렇게 살면 돼. 무엇이든지 다 할 수 있는, 평안하고 행복한, 삶을 살면 돼.

책상 밑 어둠이 점점 더 짙어져가고 있었다. 수혁 씨와 재훈 씨는 왜 돌아오지 않는 걸까. 그대로 저녁을 먹으러 가버린 것일지도 모르겠다. 좁은 공간, 컴퓨터 본체에서 뿜어져 나오는 열기 때문인지 나는 조금 더웠다. 눈을 크게 감았다 떠보았다. 다시 감았다 뜨고, 또 감았다 뜨기를 몇 차례 반복했다. 짙은 어둠이 더 많이 내려앉았다. 어릴 적 방문을 잠그고 이불을 뒤집어쓴 채 친구들과 통화를 할 때처럼 캄캄한 어둠이었다. 항상 이렇게 어두운 이불 속에 몸을 웅크리고 앉아 수없이 많은 사람들과 이야기를 나누었다. 짜증나고 부끄러운 이야기들은 숨기고, 재밌거나 매력적인 이야기들은 더 부풀리기도 하면서.

문득 서랍장 제일 아래 칸에 넣어둔 골드스타 전화기가 떠올랐다. 나는 손으로 바닥을 짚어 책상 밑에서 기어 나와 서랍을 열었다. 전화기가 보였다. 그것은 마치 진공의 상태로 포장해둔 혈액처럼 선명한 빨간빛을 뿜어내고 있었다.

나는 전화기를 서랍에서 꺼내 본체에 감아둔 선을 풀었다. 그러고 나서 수혁 씨 자리의 책상 밑으로 들어가 휴대전화의 손전등을 다시 켰다. 불빛에 의지해 콘센트에 꽂혀 있는 무선 전화기의 코드를 빼내고 골드스타 전화기의 코드를 꽂아 꾹 눌렀다. 휴대전화 손전등을 끄고 수화기를 들어 귀에다 갖다 댔다. 뚜우, 하는 통화 대기음이 울렸다. 무척이나 맑고 선명한 소리였다. 나는 전화기의 본체를 조심스레 더듬어 어릴 적 쓰던 전화 사서함의 번호를 눌러보았다. 고등학생이 되어 휴대전화를 쓰기 시작한 이래 단 한 번도 눌러본 적 없는 번호였다.

놀랍게도 신호가 갔다. 따리리리링, 따리리리…… 전화기가
호흡을 고르며 사서함을 향해 달려가는 소리가 또렷이 들려왔
다. 아직까지 내 사서함이 있다니…… 문득, 전화기 너머의 세
계가 느껴졌다. 수많은 사람들이 수화기 앞에서 뱉어놓은 말들
은 전화기 속으로 빨려 들어가 넓고 어두운 우주를 마구 떠돌
아다니고 있는 건 아닐까? 서로 부딪치기도 하고 끌어안기도
하면서 오랜 세월 우주를 여행한 이야기들은 어느 날 산산이
부서져 흩어지고, 밤하늘에 총총히 박힌 별들로 다시 태어나
반짝이고 있을지도 모를 일이었다.

　—원하시는 사서함 번호를 눌러주십시오. 새로운 사서함을
　　만드시려면 우물 정자를 눌러주십시오.

사서함을 안내하는 여자의 목소리가 울려 퍼졌다. 나는 다시
전화기를 더듬어 집 전화번호를 눌렀다. 불현듯, 낯선 목소리
가 수화기 너머에서 흘러나왔다.

—안녕하세요, 혜정이의 사서함입니다. 저는 현재 중삼, 목
　동에 살고 있고요, 좀 통통하고 못생기고 공부도 못하지만
　남을 생각하고 사랑할 줄 아는 나름대로 착한 사람이랍니
　다. 소원이 있다면 오토바이를 타고 달리는 것 정도. 저에

게 관심이 있으면 메시지나 연락처를 남겨주세요.

10년 전, 열여섯 살의 내가 녹음한 사서함 자기소개 멘트였다. 전혀, 기억나지 않았다. 남을 생각한 적도, 사랑한 적도, 오토바이를 좋아한 적도 없는데. 그때의 나는 도대체 누구였을까?

　—메시지를 녹음하시려면 별표를, 녹음된 메시지를 청취하
　　시려면 비밀번호를 눌러주십시오.

어쩌면 최근까지도 누군가가 내 사서함 속에 메시지를 녹음해두고 있지는 않았을까. 이 안에는 과연 어떠한 말들이 저장되어 있을까. 그러나 비밀번호 따위는 기억나지 않았다. 나는 다시 별표를 눌렀다.

　—삐. 소리가 나면 메시지를 녹음하시고, 녹음이 끝나면 별
　　표를 눌러주십시오.
　—삐이

상상할 수 없을 정도로 많은 말들이 머릿속에 떠올랐다. 나는 조심스레 입을 열었다. 먼 우주로 뻗어나가 기나긴 여행을 시작할 나의 이야기를 하나둘 꺼내어놓기 시작했다.

22 저장

별표를 눌러 메시지를 저장한 뒤 수화기를 내려놓았다. 창밖은 어느덧 완연한 어둠으로 가득 차 있었다. 그 캄캄한 어둠 속에서, 희미하게 빛나는 자그마한 별들이 조금씩 자리를 옮겨가고 있었다.

지도에 없는 길

3년 전 태국으로 가는 비행기에 몸을 실은 적이 있습니다. 글을 쓸 수 있는 공간을 찾아 헤매던 중 방콕에 있는 저렴한 방을 단기로 빌린 뒤 무작정 비행기를 탄 것입니다. 다급히 출국하느라 별다른 준비도 못하고 노트북과 옷가지, 방콕 지도 한 장만 손에 든 채였습니다. 한데 방콕에 도착해보니 제가 들고 간 지도는 시내 중심가와 관광지밖에 나와 있지 않았습니다. 주민들이 살고 있는 주거 지역은 지도의 바깥 공간, 지도에는 없는 곳에 자리하고 있었습니다.

지도에 없는 길들을 걷고 또 걸었습니다. 길을 헤매느라 10분이면 갈 수 있는 거리를 한 시간 만에 도착하기도 했고, 더위에 지쳐 길바닥에 주저앉기도 했습니다. 그러는 동안 참 많은 사람들을 길 위에서 만났습니다. 사람들이 살아가는 모습을 보게 되었고, 그 이야기를 듣게 되었습니다. 그리고 그들에게 '나'의 이야기를 자꾸만 하게 되었습니다.

소설을 쓰는 일이, 지도에 없는 길들을 찾아가는 일이기 바랐습니다. 모두가 똑같은 것을 보고, 모두가 똑같은 길로만 나아갈 때, 보이지 않는 것을 바라보고, 보이지 않는 곳으로 나아가고 싶었습니다. 겉으로 드러나지 않은 그곳에 분명히 존재하는 이야기들을 찾아가고 싶었습니다.

그렇게 이 소설을 쓰기 시작했습니다. 저와 함께 이 땅에 살아가고 있는 수많은 청년들이, 눈에는 보이지 않는 자기 안의 이야기를 찾아가기 바라는 마음으로 쓰고 또 썼습니다. 우리 모두가 다, 공무원이 되건 회사원이 되건 예술가가 되건 상관없이, 반드시 자기 자신만의 이야기를 알아가길 바랐습니다. 남들과 같지 않은 자신만의 이야기를 가지고 있지 못하면, 꿈에 그리던 직업을 가지고, 가정을 이루고, 작가가 되어도 결코 행복할 수 없는 까닭입니다.

지도에 없는 길들을 계속 걸어갈 수 있게 등 떠밀어주신 수

림문학상 심사위원님들께 감사한 마음 전합니다. 이 길을 함께 걸어가고 있는 선후배, 동료 작가님들과, 이 여정을 묵묵히 지켜봐주시는 독자님들께도 엎드려 감사드립니다. 당신들의 존재가 있어 저는 늘 존재할 수 있었습니다. 위로받을 수 있었습니다. 걸어갈 수 있었습니다.

앞으로도 저는 여전히 길을 헤매고, 틈틈이 주저앉을지 모릅니다. 그렇지만 길을 포기하지는 않겠습니다. 끝까지, 오직 자신만의 길을 갔던 안티고네와 같이 저는 가고 또 가겠습니다.

2016년 10월

김혜나

제 4 회 　 수 림 문 학 상 　 심 사 평

올해는 작년에 수상작을 내지 못한 탓에 심사의 부담이 적지 않았다. 특별한 재능의 등장과 함께 이루어지는 한순간의 도약은 문학사가 스스로의 경이로움을 증명하는 일반적인 방식이지만, 그것을 가능하게 하는 문학적 자원과 제도의 문제는 언제나 얼마간 수수께끼로 남기도 하는 것 같다. 서두를 일도 아니겠지만, 장편소설의 진작에 대한 기대와 우려를 나누는 것으로 심사의 머리를 열 수밖에 없었다.

본심에 오른 작품은 모두 일곱 편. 관습적으로 유형화되고 사물화된 인간들을 투입하는 이야기는 그 서사의 설계가 아무리 치밀하고 흥미로워도 인간 진실의 질문이나 탐구와는 멀어질 수밖에 없을 테다. 소설의 문장은 단순히 이야기를 실어나르는 도구가 아니라 그 자체로 다른 세상을 여는 문이자 신호라는 점도 많은 응모자가 놓치고 있는 사실인 듯했다. 그런 가운데에서도 「전방 300m, 카페」와 「나의 골드스타 전화기」 두 작품은 일정한 소설적 수준에 이르렀다는 점에 심사위원들의 의견이 쉽게 일치하며 집중적인 논의의 대상이 되었다.

「전방 300m, 카페」는 서교동에 위치한 자그마한 카페를 꾸려 가는 젊은 여성 화자를 중심으로 다양한 주변 인물들의 이야기를 펼쳐낸다. 전체적으로 이즈음의 세태와 감각이 잘 녹아 있다. 특별히 극적인 사건도 없지만 나날의 근심은 떠나지 않는 사람살이의 모습이 자분자분하게 그려지는데, 그 평범한 이야기들을 묶고 푸는 서사의 리듬감이나 전환의 매듭이 예사롭지 않다. 유독 뒤틀리고 기이하고 폭력적인 지점에서 인간의 문제를 들여다보려는 일각의 소설적 흐름에 대한 반성과 비판의 차원에서도 건질 게 많은 작품이다. 그러나 이야기도 인물도 다 너무 적당한 지점에서 멈춘다는 느낌을 지울 수 없다. 무성애자 은우 캐릭터를 포함해 인물들은 너무도 순하게 이 카페를 향해 모여들고 적당한 답을 얻은 채 떠나간다. 정말 그럴 것 같지는 않다.

「나의 골드스타 전화기」는 묘한 작품이다. 대학원 연구실의 업무 보조 아르바이트를 하는 25세 여성 화자의 시선은 자신의 내부를 향해 심하게 닫혀 있고 종종 냉소적이다. 소설 바깥의 세계에서라면 그다지 귀를 기울일 성싶지 않은 시시하고 누추한 독백의 세계가 이어지는데 어느 순간 그녀의 심드렁한 발성과 화법에 익숙해지면서 이야기 속으로 빠져들게 만든다. 아무것도 아닌 일상의 시시콜콜한 풍경도 '그녀의 눈'을 통하면 이상한 생기와 예각을 얻는다. "자기가 본 것만 그리기"는 뒤늦게 문창과를 졸업하고 소설가가 되고자 하는 그녀의 욕망이자 삶의 근거인데, 기실 그녀가 이 소설에서 자신의 이야기를 들려주는 방식이기도 하다. 그러고 보면 일견 느슨하게 보이는 이 소설의 구조가 치밀하게 설계되었다는 사실이 눈에 들어오고, 이 소설의 만만찮은 리얼리티가 결국 오래도록 준비된 시선의 자각적인 힘이라는 점을 알게 된다. 낡은 골드스타 전화기로 어린 시절 개설한 전화 사서함과 교신하는 소설의 매력적인 결말이 웅변하듯, 그녀는 고집스럽게 자신의 내부와 접속하는 방법을 찾고 있다. 소설가-되기 혹은 소설 쓰기를 이야기의 통로로 삼은 진부한 방식에 대한 지적과 우려가 없었던 것은

아니지만, 자기 언어와 자기 시선에 대한 지독할 정도의 애착
과 고집에는 새로운 문학적 언어의 가능성이 잠복해 있다. 그
가능성에 기대를 걸며 「나의 골드스타 전화기」를 제4회 수림문
학상 수상작으로 세상에 내보는 데 심사위원들은 기쁘게 합의
했다. 수상을 축하드린다.

심사위원 윤후명·정미경·성석제·정홍수·김숨

(대표 집필 정홍수)